GRAN
ANGULAR

Donde surgen las sombras

DAVID LOZANO

PREMIO
GRAN
ANGULAR
2006

LITERATURA**SM**•COM

Primera edición: abril de 2006

Gerencia editorial: Gabriel Brandariz
Coordinación editorial: Berta Márquez
Coordinación gráfica: Marta Mesa
Cubierta: Julián Muñoz

© del texto: David Lozano Garbala, 2006
© Ediciones SM, 2017
Impresores, 2
Parque Empresarial Prado del Espino
28660 Boadilla del Monte (Madrid)
www.grupo-sm.com

ATENCIÓN AL CLIENTE
Tel.: 902 121 323 / 912 080 403
e-mail: clientes@grupo-sm.com

ISBN: 978-84-675-9685-4
Depósito legal: M-18003-2017
Impreso en la UE / *Printed in UE*

A mis padres, por darme lo que soy,
y a quien me introdujo en la comida china,
por ser un apoyo constante.

A todos los que, un día, desaparecen de sus vidas.
Con el íntimo deseo de que, tarde o temprano,
logren encontrar el camino de vuelta a casa.

Ciertos lugares hablan con su propia voz. Ciertos jardines sombríos piden a gritos un asesinato; ciertas mansiones ruinosas piden fantasmas; ciertas costas, naufragios.

ROBERT L. STEVENSON

Camelot es su juego de rol favorito sobre batallas medievales. Su personaje se llama Ralph. Esbelto, de cabellos muy claros que le caen sobre los hombros y armado con un arco, como corresponde a su raza élfica, recorre la pantalla del ordenador avanzando por un barranco encharcado de sangre. Allí se acaba de librar una batalla feroz. Ralph camina entre gruesos troncos, esquivando multitud de cadáveres de monstruos y de armas desperdigadas que no puede atrapar.

Como teme encontrarse con una emboscada, Álex opta por cambiar la dirección de los pasos de su rubicunda criatura, pero no llega a teclear el comando oportuno; en el recuadro del chat del juego, en la parte inferior izquierda de la pantalla, le acaba de llegar un mensaje:

Vamos a entrar en el castillo, ¿te apuntas?

Álex bosteza; aunque la propuesta le atrae, es tarde y se encuentra muy cansado, por lo que decide contestar a los miembros de su *guild*, sus aliados en el combate, que pasa del plan y se retira por esa noche. Guía al ratón para cerrar las ventanas correspondientes aunque, antes de apagar el ordenador, le apetece visitar unos minutos otro conocido chat sobre el juego. Será entonces el momento de saludar a algunos amigos que no ha detectado en la partida.

Ya en la página que buscaba, el ordenador le exige un *nick*. Álex todavía no tiene registrado ninguno en particular, así que utiliza uno que le llamó la atención en el mismo chat días antes, *Necronomicón*, título de un tenebroso libro sobre los muertos, inventado por el escritor americano Lovecraft. Álex lo conoce porque es un apasionado de las historias de miedo. Teclea aquel nombre y espera a ver si el ordenador se lo admite, lo que hace a los pocos segundos; tampoco está protegido.

Enseguida aparece en la pantalla el recuadro central de diálogos, en el que nacen palabras a borbotones, y a su derecha la casilla con la lista de todos los presentes en ese momento. Empieza a buscar el *nick* de su amiga Lucía, *LadyLucy*, auténtica experta informática y adicta al *Camelot*, cuando en medio de la pantalla surge de improviso el texto enmarcado de un mensaje privado. Qué raro; quien se lo envía se hace llamar *Tíndalos*, y él no sabe de nadie que utilice semejante *nick*. Además, no lleva mucho tiempo jugando y le conocen pocos. *Tíndalos*. El caso es que ese nombre le resulta familiar. Lee el texto:

Dirección: cnWLC4<D8A<UO°°DDLDLPQ'2348.com
Usuario: zcb1000
Contraseña: jj9e893qq—

No habrás experimentado jamás nada tan fuerte.
Has acertado con tu compra. Que disfrutes. Lovecraft

Álex, perplejo, se da cuenta de que le han enviado aquel mensaje por error, y está a punto de cerrarlo y olvidarse del tema. Al final le seduce la curiosidad: «No habrás experimentado jamás nada tan fuerte». Suena bien. ¿A qué misteriosa página web conduciría aquella intraducible dirección? Además, ese privado lo firman como *Lovecraft*, uno de sus autores de terror preferidos, buena parte de cuyos relatos ha leído de una recopilación que conserva en su habitación titulada *Los mitos de Cthulhu*. Una intuición le alcanza entonces y, levantándose, se aproxima con su cojera hasta la estantería para buscar aquel libro. En cuanto lo localiza y tiene su índice a la vista, repasa la lista de los cuentos allí contenidos, y a los pocos segundos sus ojos se clavan en uno concreto: *Los perros de Tíndalos*. Ajá. Ahora sabe por qué le ha sonado ese *nick*. No le cuesta nada acordarse de aquella narración; trata de unos animales espantosos que viven en otra dimensión, y que representan el Mal. Mola.

Todo se ofrece muy interesante. Álex se mantiene dudando, fascinado ante aquel texto algo siniestro superpuesto en la pantalla. Le acaban de facilitar la clave para entrar en algún sitio que debe de ser cañero de verdad, ¿la va a desperdiciar? A sus dieciocho años, estas circunstancias son demasiado tentadoras. Al fin, toma la determinación de que solo accederá una vez y saldrá pronto, nada más. No cree que le puedan decir algo por ello. Además, tiene que aprovechar que está solo en casa. Ahora o nunca.

En el recuadro del misterioso privado brotan nuevas palabras:

¿Has recibido la información? Lovecraft

¿Otra vez se han confundido de destinatario? Aquello es muy raro, supone que le están tomando por otra persona. ¿Y por qué firman el mensaje como *Lovecraft*, si utilizan el *nick* de *Tíndalos* en el chat? Álex ignora la pregunta que le siguen haciendo y, sin perder más tiempo, apunta en un papel los datos que ha recibido del primer mensaje, manejando con agilidad el ratón para salir de la pantalla y del juego. Después, todavía en el Internet Explorer, teclea la extraña dirección para terminar aplastando el *enter*.

Mientras el ordenador procesa la orden, Álex intenta adivinar cómo se ha producido el malentendido por el cual ese *Tíndalos* le ha pasado las claves. El desconocido, en su mensaje inicial, no le ha saludado ni se ha entretenido con presentaciones, lo que le induce a pensar al chico que se acaba de inmiscuir en una conversación privada ya iniciada entre *Tíndalos* y el auténtico *Necronomicón*. ¿Pero cómo es eso posible, si él se ha metido al chat con ese mismo *nick* y no se admiten dos iguales? La única posibilidad que explica lo ocurrido supone una tremenda coincidencia: que justo al entrar él en el chat, el verdadero *Necronomicón*, aquel a quien ha usurpado el nombre, se haya caído de la red, instantes antes de que *Tíndalos* le enviara unos datos por los que, en apariencia, ha pagado pasta. Y este último sigue sin percatarse de la fortuita suplantación. De momento.

En cualquier caso, Álex no está dispuesto a quedarse sin averiguar qué se oculta en esa dirección que se vende. El ordenador, tras varios minutos de trabajo a pesar de que en casa disponen de banda ancha, muestra ya la presentación: una foto de excelente calidad donde se ve la puerta de un viejo panteón rodeado de oscuridad, todo muy tétrico. No se lee ningún título ni nombre. Esto promete.

«Aquí dentro tiene que haber algo muy gordo para que al procesador le cueste tanto abrirlo», aventura Álex, mientras guía la flecha del ratón hasta situarla sobre la imagen de un pomo de piedra donde se distingue la palabra *enter*. En cuanto pulsa encima, se le pide el nombre de usuario y contraseña, información que Álex copia del papel donde la tiene apuntada, presionando de nuevo el *intro* del teclado. Aguanta la respiración, deseando que el contenido que va a descubrir merezca tantas expectativas.

Una hora más tarde, con el cuerpo encogido frente al monitor y una atmósfera en la casa que parece congelada, su rostro se ha convertido en una máscara temblorosa de ojos enrojecidos que le escuecen por el tiempo que lleva sin pestañear. Está alucinado y arrepentido de haberse colado en aquella página web. Su estómago se revuelve, advirtiéndole con arcadas que a duras penas logra reprimir. Jamás habría imaginado las atroces imágenes que se suceden ante su vista, encerradas en la pantalla del ordenador y acompañadas por sonidos inhumanos que casi retuercen los pequeños altavoces del equipo. Su mente, como mecanismo de protección, se empeña en no asumirlas, en argumentar que todo es un montaje. Pero, en lo más íntimo, sabe que esas imágenes no pueden estar trucadas. Y vomita.

Termina de limpiarse en el baño cuando un violento apagón sume toda la casa, incluido el jardín, en la oscuridad. Álex, a pesar de la ávida inquietud que lo va carcomiendo, pues empieza a ser consciente de lo que ha visto, siente un profundo alivio al comprender que, gracias a aquel fallo eléctrico, su ordenador habrá enmudecido. «Ojalá que para siempre», implora.

Lo siguiente es el ruido de la puerta de la casa, inconfundible para él, que lleva quince años viviendo allí. Se ha abierto.

–¿Papá? –pregunta con voz sofocada, tan débil que apenas arrastra aire de sus pulmones–. ¿Sois vosotros?

Nadie contesta; sin embargo, junto a los brutales latidos de su corazón, alcanza a captar presencias extrañas que se aproximan.

1
DOS DÍAS ANTES...

A pesar de que aquel sótano solo invitaba a la serenidad, Gabriel recibió de golpe el impacto del miedo, como si una especie de percepción le advirtiese de que la paz que le rodeaba era falsa, que debía largarse de allí cuanto antes. Sin embargo, el lugar en el que se encontraba pareció entonces imaginar lo que pensaba y, antes de que él pudiese reaccionar, comenzó a cambiar.

El joven, paralizado por el susto ante la repentina transformación que sufría su entorno, se percató de que a sus espaldas la pared iba desvaneciéndose emitiendo un rugido cavernoso, y en su lugar tan solo quedaba un gran agujero, una boca negra cuyas fauces abiertas despedían un aliento pestilente. Mientras, la luz de la estancia desaparecía por completo, contribuyendo así al ambiente lúgubre, aislado por unas tinieblas pegajosas sobre las que se dejó oír una voz que transmitía apetito de sangre: «Veeeennnn...», le susurraba con tono carroñero, «veeennn hacia mííí...».

Él quería correr, escapar, pero resultaba imposible zafarse de la extraña atracción del cráter del que procedía la llamada. Era como si hubiese perdido la capacidad para moverse, para mandar sobre su cuerpo. No lograba avanzar un solo paso, únicamente podía girar la cabeza en medio del pánico que le dominaba, siendo testigo de que, tras él, esa mancha de oscuridad iba aumentando, expandiéndose.

Como hipnotizado, el joven se descubrió a sí mismo aproximándose hacia el graznido que seguía pronunciando su nombre con ansia. La oscuridad del centro del agujero comenzó a condensarse, adoptando una misteriosa forma alargada que, al hacerse más nítida, dejó adivinar una garra de retorcidos dedos, que se extendían y cerraban buscando el cuerpo de su víctima. El chico gritaba, intentando rebelarse contra su avance hambriento, pero los chillidos se apagaban pronto en aquella bruma sobrenatural.

Fue entonces cuando Gabriel despertó, envuelto en un amasijo de sábanas y cubierto de sudor. Todavía tardó unos minutos en comprender, aliviado, que todo había sido una pesadilla que ya conocía de otras veces. Luego, soltó un prolongado suspiro.

Él no lograba olvidar aquel estremecedor sueño ni la fecha en la que lo tuvo por primera vez: el pasado ocho de octubre. Y es que durante aquella noche, mientras él se debatía inconsciente en la cama, Álex, uno de sus mejores amigos, desaparecía sin dejar rastro abandonando la casa de sus padres. Como despedida solo dejó una breve carta, en la que advertía de que no se molestasen en buscarlo, que estaba harto y que con su marcha pretendía romper con todo y empezar una nueva vida. Nada más. Ni un teléfono, ni una dirección, ni un nombre de persona o destino. Extraño plan que, algo sorprendente, Álex no había compartido con nadie, ni siquiera con su novia.

Catorce largos días habían transcurrido desde la inesperada marcha de Álex aquel ocho de octubre; y en ese tiempo, de aquel traumático modo, Gabriel descubría lo mucho que le importaba su amigo. Se había ido sin avisar, sin decir adiós. Dos semanas. De repente ya no estaba, el grupo de colegas perdía un miembro como si se lo amputasen, dejando en su lugar un feo muñón donde se distinguían muchos interrogantes. Catorce días. El plazo suficiente para descartar una broma pesada, una tardía rabieta adolescente o, al menos, un rápido arrepentimiento. Álex, frente a todas las conjeturas, no había regresado durante ese tiempo ni había dado más señales de vida que la carta que dejó sobre su cama la noche de su marcha. Gabriel, además de preocupado, estaba muy dolido.

Nadie parecía saber por qué ni hasta cuándo Álex había decidido desaparecer; a lo mejor lo había hecho para siempre, renunciando a su familia con tan solo dieciocho años y, lo que más escocía, dejando a sus amigos con un agrio sabor a traición. ¿Por qué no les dijo nada, si tan mal lo estaba pasando como para tener que huir? ¿Es que no confiaba en ellos, que tantas experiencias habían compartido?

Harto de permanecer comiéndose la cabeza en casa, Gabriel se había acercado a la zona de la Junquera, a pesar de las gélidas ráfagas de cierzo. Así llegó, paseando, a la antigua casa de Álex, un chalé pequeño casi invisible por la vegetación que tapizaba las verjas. Lo cierto es que no le motivaba la idea de encontrarse ante sus padres, que estaban destrozados, pero la posibilidad de permanecer una última vez en la habitación de su amigo ausente le resultó importante para su estado de ánimo, por lo que acabó entrando en aquel domicilio. Podía no haber, aventuró con pesimismo, más ocasiones de volver a visitarlo. Se preguntó por enésima vez: «¿Se puede pasar así de los colegas de toda la vida?».

Minutos después, tras el mal trago de hablar, a trompicones, con los padres del desaparecido, Gabriel cruzó los umbrales del que fuera el cuarto de su amigo. Necesitaba estar allí, y solo.

Como era previsible, el dormitorio permanecía igual a como lo había dejado Álex el día de su enigmática marcha. Su madre se había apresurado a recuperar el recuerdo de su hijo manteniendo viva aquella habitación como cuando su inquilino la ocupaba, con la esperanza de que apareciese cualquier día. Y lo había conseguido: por el estado de la habitación de Álex, daba la impresión de que nada había cambiado. La evocación era tan vívida que Gabriel habría jurado que el respaldo de la silla de ordenador que tenía frente a él, situada ante el escritorio, todavía se movía fruto de la inercia de la última vez que Álex se levantó de allí. Era inquietante. El saber que contemplaba algo irreal, un espacio fuera del tiempo, no ayudó a Gabriel a esquivar la pena incisiva que le atravesó, y con vergüenza se dio cuenta de que estaba llorando. «¿Dónde estás, amigo?».

El efecto de aquel dormitorio era, en definitiva, muy fuerte. De un momento a otro parecía que iba a surgir Álex, con la cojera que arrastraba desde pequeño, y le iba a saludar al igual que hacía siempre: «Cómo va eso, tío». La sensación sobrecogió a Gabriel, y tardó en reponerse mientras iba girando sobre sí mismo, avanzando indeciso, para observar toda aquella abundancia de resquicios de su amigo.

No es que no encontrase lo que buscaba; es que no sabía si buscar algo era lo que estaba haciendo, o solo miraba. Pasó una mano con lentitud sobre el edredón que cubría la cama, y acercó los ojos a la corchera donde permanecían, atravesadas de chinchetas, fotografías de un pasado que era reciente pero que a él se le antojó remoto. Eran imágenes inmortalizadas que Álex, al librarlas de la ingrata prisión de un álbum cerrado y colocarlas tan a la vista, había querido tener presentes en su vida diaria. Aparecían todos los amigos. También localizó el primer plano que había hecho Lucía a Álex hacía tres semanas (¿habría tomado ya, por aquel entonces, la determinación de largarse de casa, o fue una decisión que adoptó sin premeditación?).

Gabriel se detuvo ante esa foto. Se le hizo curiosa su autenticidad teniendo en cuenta que, por una vez, Álex estaba serio, sin sonreír. Su mirada, en medio de un rostro con su típica traza irónica, era penetrante, simpática y traviesa, con ese vitalismo sin límites que les insuflaba a todos cuando llegaba, por muy bajos de moral que pretendiesen mostrarse. Sin embargo, aquellos ojos castaños enérgicos no fijaban la vista en algo cercano, no; reflejaban una profundidad recóndita, estaban muy lejos. Álex se hallaba cerca de la cámara, pero sus pupilas escudriñaban algo mucho más distante: el horizonte.

«Sí, es probable que ya tuviese planeada su marcha», concluyó Gabriel, apesadumbrado. «Y nadie fue capaz de darse cuenta».

Lo que en ocasiones hace que una foto sea buena no es tanto la calidad, sino la capacidad del que se sitúa tras el objetivo de captar un instante que no se repetirá. Cabía la posibilidad de que Álex, a lo mejor sin ser consciente de ello, los hubiera avisado con sus ojos de sus planes durante una fracción de segundo. Gabriel dudó; semejante idea suponía demasiada premeditación, y eso amenazaba con provocarle un espectacular cabreo.

«¿Qué te ocurre, Álex? ¿Qué acontecimiento poderoso te ha forzado a cambiar de vida?».

2
DÍA CERO

En plena noche, el viento gemía. Balanceaba las ramas de los árboles como amenazadoras extremidades de fantasmas borrosos, que se quejaban rechinantes mientras intentaban alcanzar a los incautos visitantes. A Mateo siempre le habían inquietado los bosques cuando la luz del día desaparece; y, a pesar de su edad, no podía evitar caminar nervioso hacia donde debía encontrarse con Gabriel y Lucía. Por si fuera poco, el resplandor de la luna, que colaboraba al ambiente tenebroso con su luz pálida cuando la vegetación no lo impedía, multiplicaba las sombras que se retorcían a su alrededor. Él se consideraba un simple tipo de ciudad. Desde luego, con sus ojos azules, su ropa recién planchada, sus mejillas imberbes y su delgadez, no daba el tipo de curtido explorador. Aceleró el paso y por fin alcanzó la explanada en la que habían quedado a pesar del frío.

–Ya era hora.

Mateo identificó la voz grave de Gabriel, y en su tono intuyó un leve reproche. ¿Tan serio era el asunto? Encima de que le dejaba las llaves del chalé de sus padres para que pudiesen estar allí pronto...

–Ya os dije que no me venía bien la hora de la reunión –se defendió el recién llegado–. Además, había quedado para jugar al *Camelot* y al final he tenido que faltar a la sagrada partida de los viernes. Así que no te quejes tanto.

Gabriel gruñó, murmurando algo inaudible sobre el carácter insoportable de los pijos y de aquella panda de viciosos del rol por ordenador, entre los que también se encontraban Lucía y Raquel, la novia del desaparecido Álex.

Mateo reparó entonces en que Lucía no había podido acudir a la cita, pues su amigo se encontraba solo. Sin hacer ningún comentario, se sentó en una silla con una manta mientras el otro, agachado y en cuclillas, intentaba encender una vela muy gruesa.

Cuando lo hubo conseguido, se apresuró a depositarla en medio de los dos, en un rincón protegido de las ráfagas de aire. Un matiz amarillento que danzaba al son del viento tiñó sus rostros.

—Supongo que te preguntas por qué he convocado esta reunión, que he preferido no aplazar aun con la ausencia de Lucía.

De nuevo hablaba Gabriel, serio tras unas gafas negras de pasta que le daban un aspecto intelectual que no distaba de la realidad. De hecho, a pesar de pasar bastantes horas ayudando en la cafetería de sus padres, siempre había sido un auténtico devorador de libros, gracias a lo cual podía presumir de una cultura asombrosa y una forma de hablar que impresionaba. Algo grueso y muy despistado, Mateo le admiraba, aunque tuviese que soportar sus frecuentes bromas acerca de los pijos. Y es que los padres de Mateo tenían mucho dinero.

—¿Te lo preguntas o no, tío?

El aludido volvió de sus cavilaciones:

—Perdona, me he distraído un momento. ¿Qué decías?

Gabriel hizo una mueca.

—Que si te ha extrañado lo de esta reunión.

Mateo asintió, muy consciente de que, desde la marcha de Álex, los encuentros periódicos de aquel peculiar grupo de amigos que formaban no habían vuelto a producirse.

—No me la esperaba. Como ya no estamos todos...

—Sí —reconoció el primero, continuando—, yo también estoy pensando en Álex. De hecho, él es la causa de que estemos aquí.

—No sé —opinó Mateo, con un repentino hastío—. Creo que deberíamos ir pensando en disolver este grupo. Ya no tiene mucho sentido seguir, solo somos tres. Hoy, ni siquiera eso.

Gabriel le miró con detenimiento.

—No es cuestión de número, Mateo. Aunque falte Álex, el resto seguimos siendo amigos, ¿no? ¿Vamos a permitir que su decisión destruya lo que tenemos? Su salida nos afecta mucho a todos, pero eso no es motivo para que nuestras vidas se vean arrastradas por ella; al contrario, hemos de unirnos más que nunca. Estoy convencido de que este grupo merece la pena. ¿Acaso echarías por la borda estos cuatro años? Estás resentido con Álex, eso es todo.

El aludido reflexionó unos instantes, recordando la cantidad de momentos geniales que habían compartido. Curiosa unión la suya, teniendo en cuenta lo distintos que eran a pesar de tener todos la misma edad, cosecha del ochenta y siete: Gabriel, el camarero intelectual; Lucía, la informática repleta de energía; Mateo, el pijo vago, con un físico envidiable y una portentosa red de contactos. Y, claro, luego estaba Álex, el aventurero optimista. Vaya «patrulla» de adultos recientes.

—Eso es verdad, Gabriel —acabó conviniendo Mateo—. Al menos defendamos lo que queda, está bien. A fin de cuentas, nosotros estamos aquí, ¿no? Si Álex no va a volver, por mucho que duela, tenemos que acostumbrarnos a ello. Además, peor para él.

Gabriel se encogió de hombros, atento a la llama temblorosa de la vela.

—Comenzamos una nueva etapa —se volvió hacia Mateo—. Bueno, ya tendremos tiempo de hablar con más calma y organizarnos. Ahora será mejor que vayamos al grano: hay algo importante que decir, y mañana tengo que madrugar mucho.

—Sí, entremos en materia. ¿A qué viene todo esto? —adoptó un gesto suspicaz—. ¿Qué has querido decir con eso de que Álex es la causa de esta reunión? ¿No se supone que hemos de pasar de él?

Gabriel no contestó enseguida, sino que se entretuvo observando la arboleda negra que se extendía brevemente a espaldas de su amigo, y el perfil confuso de la casa cincuenta metros más allá. Durante bastante tiempo se habían reunido allí cada semana, formando una suerte de club donde la confianza era absoluta, razón, por otra parte, que justificaba lo mal que les había sentado la maniobra de Álex. Cuántas cosas habían vivido en aquel chalé... aunque ninguna como la que se proponía comunicarles, desde luego. Gabriel suspiró.

—Ha costado —comenzó—, pero ya estamos aceptando el giro que han dado nuestras vidas a raíz de la desaparición de Álex, ¿verdad? Hemos asumido su incomprensible fuga.

A Mateo le llamó la atención aquella introducción, y por primera vez se percató de que algo serio de verdad pasaba por la cabeza de Gabriel. Asintió sin interrumpirle, arrebujándose en su manta.

—Ayer encontré mi móvil en la conserjería del club Helios —continuó el otro—. Como recuerdas, lo extravié el mismo día en que Álex se fue de casa, la última vez que acudí a nadar allí. ¿Y sabes qué? —le miró a los ojos con intensidad, como calibrando por última vez sus pensamientos—. Tenía llamadas perdidas suyas de la misma noche de la desaparición.

Su interlocutor se puso en pie de un respingo.

−¿Te dejó Álex algún mensaje de voz? ¿De texto? ¿Sabes dónde está?

Apesadumbrado, Gabriel meneaba la cabeza hacia los lados.

−Me temo que no −con un gesto, le instó a que se sentara de nuevo−. Tranquilízate, la cosa no es para tanto. O a lo mejor −añadió, intrigante− sí que lo es.

Volviendo a su silla, Mateo hizo un esfuerzo por serenarse. Reparó en que, desaparecido Álex, que había sido en cierto modo el líder del grupo, de alguna manera Gabriel estaba adoptando el papel de nuevo cabecilla. Lo vio natural: ni Lucía ni él mismo valían para eso, aunque le asombró la facilidad con que el reajuste se había producido. Aquellos mecanismos automáticos de adaptación solo eran posibles entre clanes de auténtica confianza, de verdadera amistad. No, no debían permitir que aquel pequeño grupo desapareciese. Sin ser muy conscientes de ello, durante los cuatro años anteriores habían construido algo que valía la pena.

Gabriel cortó las reflexiones de su amigo volviendo a suspirar, lo que produjo la impresión de que necesitaba reorganizar sus ideas. La expectación había llegado a su punto culminante.

−Te escucho −susurró Mateo.

−Álex me llamó cinco veces −reconoció al fin Gabriel, provocando un gesto anonadado frente a él−. Pero eso no es todo.

El silencio había pasado a hacerse blindado. Hasta el viento parecía haberse detenido. Mateo permanecía quieto como un fósil, con los ojos muy abiertos.

−Además, las cinco llamadas se produjeron −terminó Gabriel, solemne− en un lapso de tiempo de cuatro minutos. Desde la una y cinco hasta la una y nueve de la madrugada. Alucinante, ¿eh? ¿Qué conclusión sacas de ello?

La respuesta no se hizo esperar:

−Está claro que Álex tenía mucho interés en hablar contigo. No se trata de simples llamadas perdidas.

Gabriel sonrió, al tiempo que rechazaba con la mano tal hipótesis.

−Mateo −advirtió−, hemos de ser más rigurosos. No es que Álex tuviese interés en hablar conmigo, es que *necesitaba* hacerlo. Que no es lo mismo. Y tenía que conseguirlo en aquel momento, no más tarde. Solo así se puede justificar semejante ritmo de llamadas.

–Y que no volviera a intentarlo más tarde –completó Mateo, acariciándose la nariz sin poder disimular su desconcierto–. No entiendo nada.

Gabriel estuvo de acuerdo:

–Es que no tiene mucho sentido. ¿Por qué una persona que decide marcharse en secreto de casa por voluntad propia, y que tiene toda la noche para hacerlo, de improviso necesita contactar con un amigo al que ha decidido mantener al margen de su plan, y con el que, para colmo, solo precisa hablar entre la una y cinco y la una y nueve de la madrugada? Tampoco os llamó a vosotros ni a Raquel, su reciente novia. Es absurdo.

–Es absurdo –los dos se sobresaltaron al oír aquella voz ajena, proveniente de la arboleda– si mantenemos la convicción de que Álex se marchó de casa por su propia voluntad, chicos. Si no, no.

Se trataba de Lucía, la informática, que acababa de llegar y había logrado escuchar la última parte de la conversación de los amigos. El viento, que volvía a hacer acto de presencia, le dio la bienvenida revolviendo su melena pelirroja.

–Explícate –pidió Mateo sin más preámbulos.

Ella se fue a sentar sobre la hierba, adoptando la postura más cómoda.

–Perdona –se apresuró a excusarse Gabriel, acercándole una manta–, creí que al final no vendrías. ¿Quieres una silla?

–Tranquilo, no hace falta. Lo que decía es que las llamadas de Álex resultan extrañas, sí, pero solo si intentamos razonarlas partiendo del supuesto de su marcha voluntaria.

Gabriel la apoyó:

–Lucía acaba de adelantar la causa de esta reunión –extendió un brazo mostrando su móvil–. Es posible que las llamadas de Álex constituyan un indicio de que algo extraño pasó la noche del ocho de octubre en su casa. Algo que nadie ha imaginado... hasta ahora.

Mateo estaba boquiabierto.

–¿Insinuáis... insinuáis que la versión oficial de la policía es falsa? –preguntó–. Eso es muy fuerte, tíos.

Gabriel lo sabía muy bien; apenas había podido dormir la noche anterior pensando en las consecuencias que se podían desatar de ser cierto lo que sospechaba. ¿Por qué tuvo que perder el móvil justo el ocho de octubre? Si hubiera podido hablar con Álex durante aquellos valiosos minutos... Seguro que su amigo le intentó localizar primero en casa, pero aquella noche tuvo una cena y volvió tarde. Era increíble lo que las circunstancias se podían complicar por azar. Realmente, aquella madrugada del ocho de octubre, Álex estaba predestinado a encontrarse solo, sin ayuda, frente a algo. Pero ¿qué era ese algo? ¿Dónde estaba ahora Álex? ¿Por qué no había intentado de nuevo ponerse en contacto con ellos? Demasiados interrogantes.

Lucía ofrecía un aspecto de intensa concentración.

–Fijaos en que si en algo coincidimos todos cuando nos enteramos de la desaparición de Álex –advirtió–, es en que su comportamiento había sido raro: él nunca habría actuado así... con nosotros.

–Oye, no os paséis –matizó Mateo–. A mí también me ha dejado de piedra su desaparición, pero no olvidéis que hace años ya se escapó de casa. No lo vayamos a poner como un mártir. Era un poco especial, todo hay que decirlo.

–Sí, Álex es muy suyo, pero esa fuga de casa no fue algo tan... inesperado –argumentó Lucía–. Además, en aquella ocasión el motivo era que sus padres no le dejaban ir al pueblo donde veraneaba su primera novia. Y nos lo dijo el día anterior. Ahora no ha sido igual; ni hay causa para desaparecer, ni nos comentó nada la víspera.

«Causa para desaparecer»: a Gabriel le vino a la mente la palabra «móvil», término que utiliza la policía cuando se investiga la razón de un crimen. Sin saber por qué, sintió un escalofrío.

–Lucía tiene razón –adelantó en tono grave–. Esta vez no es igual; hay algo extraño en todo esto.

Diario, I

Bueno, por fin les he contado a Lucía y Mateo lo que me rondaba en la cabeza acerca de la fuga de Álex, y, por suerte, no me han tratado como a un idiota que ha visto demasiadas pelis, lo que podría haber ocurrido. Yo mismo me lo planteo. Qué nervios.

También hemos acordado, de momento, no decirle nada a la novia de Álex, que bastante mal lo ha pasado ya. Tampoco la conocemos mucho.

Mateo, como siempre a través de las influencias de su padre, se ocupará mañana de que nos reciba sobre la marcha el inspector de policía que se encarga del caso, y a ver qué pasa. Conocemos a ese hombre porque nos hizo bastantes preguntas cuando desapareció nuestro amigo. Espero que nos tomen en serio; en estas cosas no es una ventaja ser tan joven.

Sigue siendo de noche, me voy a acostar ya. Acabo de llegar del chalé de Mateo, y me he entretenido mirando las farolas encendidas desde la ventana de mi habitación. Me ayuda a pensar. También tengo puesta música de fondo, aunque a poco volumen porque es tarde. Vaya sueño voy a tener mañana, pero no queda más remedio: mi padre no puede ir a currar a primera hora, y hay que abrir el bar. Con los desayunos de los que trabajan cerca hacemos bastante caja. En fin, hay que ganarse el pan, como dice él. Algunos no tienen que hacerlo, como Mateo. Qué perro.

Me pregunto si mañana haremos el ridículo. Me refiero a que, a lo mejor, nos hemos pasado con nuestras suposiciones. La imaginación puede jugar malas pasadas, y desde luego tenemos mucha. Me da miedo pensar que, en el fondo, lo que ocurre es que nos negamos a aceptar que Álex nos haya traicionado, y por eso estamos envolviendo su marcha en un halo de enigma que la hace más digerible. Si en vez de enfrentarnos a un abandono a palo seco, cutre de tan simple y vulgar (la policía dijo que mucha gente se va de casa cada año, es increíble), nuestras miradas asisten a un episodio romántico en el que un amigo necesita nuestra ayuda, todo es menos duro. Por eso no sé si estamos siendo objetivos o si nos dejamos llevar por nuestras emociones. Y es que fastidia decirlo, pero queríamos mucho a Álex. Qué complicado es todo.

3
PRIMER DÍA

–¿Qué tenían?

Gabriel se dirigía a aquellos clientes desde el lugar de la caja registradora, al otro lado de la barra.

–Tres pinchos, dos coca-colas y una caña.

Los miró sin verlos, ausente. Llevaba toda la mañana así, con la mente en la comisaría de policía donde debían de encontrarse Mateo y Lucía.

–Son ocho con treinta.

–Tome, no nos devuelva.

–Gracias, que pasen un buen día.

Nervioso, saltó de aquel rincón y comenzó a recoger platos y vasos sucios de las mesas ya vacías, mientras su padre atendía a nuevos clientes. El local no era muy grande, pero aún tenían nueve mesas más la barra, suficiente para sufrir largas jornadas de trabajo. Gabriel aceptaba la labor respondiendo a su obligación en el negocio familiar, a pesar del duro horario de la hostelería, a la vez que se animaba con la perspectiva de abandonar aquella esclavitud en cuanto terminase los estudios. Sus padres ya contaban con ello. Por otra parte, el dinero que le daban por ayudar le permitía comprar libros y viajar, sus grandes pasiones.

Iba a coger la bayeta para limpiar unos restos de líquido desparramado en dos sillas cuando le alcanzó una conocida melodía, el sonido breve y agudo que le informaba de que acababa de recibir un mensaje por el móvil. Su padre, que también lo había oído, puso mala cara. Ya le había advertido de que nada de móviles mientras trabajaba, que era una falta de respeto hacia la clientela y una distracción muy cara. Gabriel, por una vez, hizo caso omiso de sus tareas y se abalanzó hacia la estantería donde dejaba siempre su teléfono. Efectivamente, en la pantalla parpadeaba el símbolo de un sobre.

–Perdone, ¿puede atendernos?

Gabriel maldijo por lo bajo ante la interrupción, barajando la posibilidad de que el mensaje que acababa de llegarle pudiese ser de Mateo o de Lucía. Pero contuvo su curiosidad y se giró sonriente hacia la mujer que esperaba apoyada en la barra. Había que comportarse en plan profesional. Además, su padre vigilaba, por supuesto.

–¿Sí, señora?

–Me pondrá dos raciones de ensaladilla rusa, por favor.

–Cómo no, marchando.

«Ojalá se atragante, señora», deseó conforme le preparaba los platos, arrepintiéndose enseguida. Tras dejar la cesta con el pan y los tenedores, lanzó rápidas ojeadas y, confirmando que no había más clientes a la vista, volvió a recoger su móvil. Pulsó el *okay*, y lo que leyó a continuación, contra lo que suponía, le dejó de una pieza: el mensaje provenía del móvil de Álex. Impactante. Atacado de los nervios, respiró profundo y presionó otra vez el *okay*, preparándose para leer lo que le comunicaba su amigo perdido.

–¿Tendrá servilletas, por favor?

* * *

Lucía y Mateo se encontraron con una comisaría en ebullición, con movimiento por todos lados al ritmo de la caótica sinfonía que dominaba aquella atmósfera saturada: teléfonos, timbres, impresoras escupiendo papel... El inspector Garcés, que recibía la cuarta llamada en tres minutos, a la que no hizo caso, sonrió al verlos aguardando en una improvisada salita entre pasillos, y los invitó a pasar a un pequeño despacho tres puertas más allá. Mientras encendía el interruptor, se disculpó:

–Chicos, perdonad la espera, pero hoy es mal día. Como ayer, anteayer... –soltó una potente carcajada, que hizo temblar la papada que casi ocultaba su cuello–. Y como mañana, pasado y al otro. Seguro. Menuda temporada llevamos. ¿Sabíais que en la policía no cobramos las horas extra?

Ellos negaron con la cabeza, sorprendidos en fuera de juego ante aquella cuestión inesperada. Lucía suspiró, impaciente; había asuntos más importantes de los que hablar. Bastante valor le habían echado para ir hasta allí.

–Un compañero que lleva trabajando en la unidad de drogas veinte años siempre me lo dice –continuó el inspector, ajeno a los pensamientos de sus oyentes–: «Nos jugamos la vida, curramos hasta doce y quince horas diarias por mil doscientos cochinos euros al mes, trienios incluidos, y a mí me viene un tío al que acabo de pillarle veinte kilos de coca y, ¿sabes qué?, me ofrece para que lo suelte más pasta de la que veré en toda mi puñetera vida». Luego dicen que hay corrupción... Ya sé que suena a serie de la tele, pero es que ocurre así, de verdad. La gente piensa que eso solo pasa en Los Ángeles o Nueva York, pero se equivocan. En Zaragoza también, desde luego. No te digo ya en Madrid o Barcelona. ¿Sabéis cuánto gana un tipo que trafica con éxtasis? El otro día pillamos a uno con treinta mil pastillas... Menudo Mercedes conducía el muy...

Mateo asistía atónito a aquel borbotón de palabras, incapaz de cortar al policía para reconducir la conversación. Garcés, milagrosamente, era capaz al mismo tiempo de mirar papeles, hacer gestos a otros compañeros que pasaban frente a la puerta y encender un cigarrillo. Era un verdadero ciclón.

–¿Os molesta? –preguntó, mostrándoles el paquete de tabaco–. Solemos cumplir las normas, pero en días como este...

–No, no –respondieron ellos al unísono.

Lucía decidió aprovechar el breve instante que el inspector perdió aspirando la nicotina para entrar en materia:

–Inspector, hemos venido a verle para hablar del caso de Álex Urbina. ¿Lo recuerda?

El aludido asintió, exhalando el humo con lentitud. ¿Cómo no iba a recordarlo? Garcés nunca se encargaba de expedientes de desapariciones, pero de aquel sí se hizo cargo porque el compañero experto en esos temas, el detective Ramos, estuvo enfermo aquellos días. A la semana siguiente, ya recuperado, Ramos pidió al inspector asumir la investigación del caso, pero Garcés prefirió terminar lo que había empezado. ¡Menuda bronca inesperada tuvieron a raíz de aquella decisión! Por lo visto, al otro detective le sentó fatal que alguien que no fuera él se dedicase a una desaparición. Garcés alucinó ante aquel comportamiento: ¡jamás había presenciado una reacción tan exagerada! Ramos era un buen policía, pero estaba claro que se mostraba demasiado celoso en lo relativo a sus competencias.

—Es un caso muy reciente —observó Garcés, dirigiéndose a los chicos—. Bueno, en realidad no hay mucho que recordar, ¿verdad? Perdonad que os lo diga, pero fue casi un mero trámite —se detuvo, como si cayese en la cuenta de algo—. Oye, ¿no erais tres los amigos del fugado? Estabais la informática pelirroja, el pijo deportista...

—Falta Gabriel —aclaró Mateo, ignorando su propia alusión—, que está trabajando en la cafetería de sus padres. Buena memoria.

—¡Eso! —el policía orientó ahora el humo hacia arriba—. El intelectual, ¿verdad? Me gusta cómo funciona la cabeza de ese chico, me dejó muy buena impresión. Je, je. Un intelectual que trabaja en una cafetería, interesante mezcla. Bueno —Garcés modificó su postura tras dejar el pitillo en un cercano cenicero de cristal, echándose para atrás y juntando sus manos tras la nuca; solo le faltó poner los pies encima de la mesa—, vosotros diréis. ¿Hay novedades? ¿Álex ha dado ya señales de vida?

Lucía le contempló antes de contestar. El inspector, de unos cuarenta años, ofrecía una imagen poco prometedora: en mangas de una camisa abombada por los costados debido a gruesos michelines, los visibles manchurrones de sudor que se distinguían en sus axilas eran todo un espectáculo. Sin embargo, ella no se dejó engañar por las apariencias; sabía de buena tinta que Garcés tenía fama como policía, algo que sus ojos delataban: de un negro intenso, nunca perdían el brillo que caracteriza a un observador sagaz. Lucía recordaba aquella mirada certera, de cuando lo vio trabajar en casa de Álex. Aunque fuese un charlatán, el inspector contaba con una inteligencia fuera de serie. Eso le habían comentado.

—Pues sí —respondió ella, al fin—, Álex ha dado señales de vida. Bueno, no recientemente, claro. Quería decir que acabamos de descubrir que intentó ponerse en contacto con nosotros la misma noche de su desaparición.

Garcés frunció el ceño.

—Así que «desaparición». Ya veo que seguís utilizando ese término para aludir a su marcha, ¿eh?

—Para nosotros, Álex no se fue por su propia voluntad, inspector —intervino Mateo—. Por eso continuamos pensando que se trata de una desaparición, no una fuga.

—¿Y la carta de despedida que dejó? —insistió el detective.

—Alguien le pudo obligar a escribirla —Lucía entraba de nuevo en la conversación—. No tenía por qué estar solo aquella noche.

El policía se encogió de hombros.

—Espero que hayáis traído algo más para convencerme, aparte de vuestras palabras —advirtió—. Que yo recuerde, estaba todo muy claro.

—Aquella noche, Álex llamó al móvil de Gabriel cinco veces en cuatro minutos —afirmó Lucía, con tono serio, mientras depositaba su bolso encima de la mesa—. La hora de las llamadas es desde la una y cinco hasta la una y nueve de la madrugada, imaginamos que justo cuando se iba a ir de casa.

Lucía no dijo nada más, y junto a Mateo estudió expectante la reacción del policía, que se mantuvo tranquilo.

—¿Eso es todo? —indagó este con suavidad—. ¿Habéis procurado devolver las llamadas a vuestro amigo, al menos?

—Gabriel lo hizo cuando descubrió que Álex le había intentado localizar con esa urgencia, pero no obtuvo respuesta —reconoció Mateo—. No sabemos nada más.

—No sabemos nada —corrigió Garcés—, nada de nada. Además, como el móvil de Álex, si no recuerdo mal, no es de los que tienen GPS, tampoco podemos intentar localizarlo. Y a pesar de lo que afirmas, Lucía, si somos honestos, ni siquiera podemos estar seguros de que Álex estuviese en casa cuando hizo esas llamadas, porque tampoco conocemos el momento exacto de su marcha. Podía estar ya bastante lejos de su domicilio. Una fuga no es como un cadáver, cuya hora de defunción puede concretarla un forense con bastante precisión. Si no me equivoco, lo único que quedó demostrado en la investigación es que Álex estaba en su casa a las diez de la noche, y que a las nueve de la mañana del día siguiente no. Es decir, no tenemos ni idea de cuándo abandonó su casa esa noche.

—Pero eso tampoco es tan importante, ¿no? —cuestionó Lucía—. Al fin y al cabo, ¿qué más da desde dónde hiciese la llamada?

El inspector Garcés se echó el flequillo hacia atrás con una mano y se humedeció los labios.

—El teléfono móvil de vuestro amigo desaparecido no se encontró en el registro que efectuamos —aclaró—. La lógica nos hace pensar que se lo llevó con él, pero se trata tan solo de una suposición.

–¿Qué quiere decir? –Mateo se temió lo peor–. ¿Insinúa que Álex no hizo esas llamadas?

El policía asintió.

–Insinúo que pudo no hacerlo. Lo siento, chicos. Pero hay que tener claro con qué cartas jugamos, y con vuestra información hasta este instante no podemos estar seguros de que fuera él quien llamó.

–Pero entonces –Lucía se negaba a aceptar tal posibilidad–, ¿qué explicación tiene tal número de llamadas? ¿Por qué alguien desconocido iba a tener tantas ganas de hablar con Gabriel?

El inspector respondió al momento:

–Por ejemplo, imagina que Álex pierde el móvil al irse de casa, pongamos que sobre las doce y media de la noche, ¿vale? Alguien lo encuentra y, en un arranque de honestidad, como quiere devolverlo, para localizar al dueño se le ocurre llamar al último número que aparece como marcado en la agenda del móvil.

–Pero llamar cinco veces en tan poco rato... –volvió a objetar Lucía–. Demasiado interés en la búsqueda, ¿no?

–Las personas de cierta edad suelen tomarse estas cosas muy en serio. O a lo mejor era alguien que no sabía muy bien cómo funcionaba el móvil de Álex y, al juguetear con las teclas, se puso a hacer llamadas perdidas a saco, sin control.

–¿Y por qué no volvió a llamar al día siguiente, en ese caso? –planteó Mateo–. Si tantas ganas tenía de devolver el teléfono...

Garcés sonrió, moviendo la cabeza hacia los lados.

–No lo sé, Mateo, pero hay muchas posibilidades. A lo mejor decidió dejarlo donde lo encontró, por si el dueño volvía. O es posible que lo pensara mejor y se acabase quedando con el móvil. O incluso que él lo perdiera también más tarde, o que se lo robaran. Yo qué sé. De todos modos –reconoció–, tampoco descarto que fuese Álex el autor de las llamadas. Entendedme, tan solo me limito a demostrar la poca consistencia de vuestros argumentos para defender la hipótesis de... ¿qué? ¿Qué fue, si no aceptamos la posibilidad de una marcha voluntaria? ¿Un secuestro?

Mateo y Lucía se miraron en silencio, conscientes de sus propias dudas y del acento escéptico del inspector.

–Y aunque las llamadas fueran de vuestro amigo –concluyó Garcés con gesto amable–, ¿qué prueba eso? Con toda seguridad, que Álex tuvo un momento de indecisión aquella noche, intentó hablar con Gabriel y no lo logró. Entonces tomó él solo la definitiva determinación de irse, y por eso ya no os volvió a llamar a ninguno de vosotros. ¿No lo veis así, chicos?

–Usted sabe tan bien como nosotros que no se puede confirmar al cien por cien lo que ocurrió, inspector –desafió Lucía–. Todo son conjeturas. ¿No le intranquiliza el hecho de albergar una mínima duda? ¡Hay un chico de dieciocho años en paradero desconocido! ¿Y si la versión oficial estuviese equivocada?

Garcés se levantó de la silla tras un largo suspiro y aplastó con fuerza la colilla de su cigarrillo en el cenicero.

–Pues claro que me intranquiliza –se sinceró, mirándolos a los ojos–. Lucía, ese es un fantasma con el que tenemos que lidiar en muchas ocasiones, como lo hacen los jueces al dictar sentencia o los médicos al realizar un diagnóstico. La posibilidad del error siempre está ahí, acechando. Son las reglas del juego. Bastante duro es ya, pero no podemos permitirnos el lujo de que una mínima incertidumbre nos bloquee. Observad aquello.

Garcés señaló con la cabeza hacia un pequeño escritorio que habían colocado junto a una de las paredes laterales de la habitación. El mueble permanecía casi invisible sepultado bajo cientos de carpetas y documentos, apilados en torres irregulares como pilares de una bóveda inexistente.

–Expedientes de casos pendientes de archivar –explicó el policía–, casos todavía sin resolver. Muchos de ellos tratan sobre desapariciones, chicos. Desapariciones de menores, desapariciones con signos de violencia, con rastros de sangre, desapariciones de enfermos. Supuestos sin carta de despedida. Desapariciones, y disculpad la licencia literaria, con gritos que aún retumban aquí. ¿Cómo vamos a detenernos por una ínfima probabilidad de error? Hay demasiado en juego.

La comisaría entera daba la impresión de ser consciente de la gravedad de lo que allí se estaba hablando, y un clima mudo se impuso. Garcés no sonreía, erguido ahora en el sillón frente a ellos, que contemplaban como hipnotizados aquellos montones dramáticos de papel, imaginando rostros anónimos, sonrisas olvidadas.

–Impacta, ¿verdad? –reanudó el inspector–. Pues eso no es nada –extrajo de un cajón una gruesa carpeta que dejó caer encima de la mesa–. Aquí dentro no hay expedientes, sino fotos de gente desaparecida que se han empleado en campañas de búsqueda. Fotos con nombre y apellidos, de personas como nosotros que un día fueron arrancadas de su vida cotidiana y a las que jamás se ha vuelto a ver. Mucho sufrimiento contenido en imágenes. Lo siento de veras –terminó, solemne–, pero en medio de semejantes circunstancias, que nos ahogan, me estáis pidiendo que dedique tiempo y esfuerzos para un caso de desaparición sin indicios sospechosos. Álex es mayor de edad, dejó una nota de despedida cuya letra hemos verificado, todo en su casa estaba en orden. Y había ya un precedente de fuga, ¿cierto? –los interpelados asintieron, sin fuerzas para replicar–. El caso está archivado. Me encantaría ayudaros, pero para eso me tendréis que convencer de que hay algo más que la escapada de un joven irresponsable. Esto es la vida real, y eso no puedo remediarlo.

Lucía, mientras se levantaba de la silla, valoró la autenticidad de los sentimientos del inspector, a pesar de la dureza de sus declaraciones. Era buena gente. Justo cuando atravesaban los umbrales del despacho, se volvió hacia él:

–Siempre le funciona, ¿no?

Garcés puso cara de desconcierto.

–¿A qué te refieres?

Lucía le observó con atención.

–A su apariencia, inspector. Da una imagen descuidada, no impresiona. Pero eso ya lo sabe, ¿verdad? Lo utiliza para que delante de usted la gente se confíe y cometa errores. Porque debajo de ese aspecto informal, que pasa desapercibido, hay una mente que no descansa. Me lo contó un amigo de la familia cuando le asignaron el caso de Álex. Y lo acabo de comprobar.

Garcés esbozó una sonrisa.

–No me ha ido del todo mal con esa técnica –en sus ojos había cierta admiración. Esperó unos segundos antes de continuar–: Álex tiene que ser un buen tipo para tener amigos como vosotros. Que tengáis suerte.

–Gracias.

Mateo esperaba ya fuera de la habitación, así que Lucía se despidió con un gesto y salió. Garcés la llamó una última vez:

–¡Lucía!

La aludida se asomó a la puerta, sorprendida.

–Dígame, inspector.

–Traedme algo. Algo sólido. Y os ayudaré.

Lucía supo así que Garcés no estaba tan convencido en aquel asunto como había pretendido mostrarse. Al menos, habían logrado inquietarle.

* * *

Por fin. Ningún cliente nuevo a la vista, en las mesas todos estaban servidos. Gabriel percibió un agarrotamiento tembloroso en los brazos, como si su subconsciente intuyese que el contenido del mensaje que acababa de llegarle pudiera ser peor que la incertidumbre que asediaba sus vidas desde la ausencia de Álex. Temeroso, pues habían acabado por mitificar el suceso del ocho de octubre, miró de reojo la pantalla del móvil, donde distinguió el nombre de su amigo desaparecido, y un «hola» como inicio incompleto del texto. Sin pensarlo más, presionó una tecla y el resto del mensaje comenzó a mostrarse:

Hola, Gabriel, soy Alex. Tenemos q vernos, es muy importnt.
Esta noche, km 22,5 autopista Barcelona, a las 2:00. Ven solo
y no lo digas a nadie, ni a estos. Por favor, ayúdame.

Gabriel volvió a leer el mensaje para confirmar lo que había entendido, incapaz, por otro lado, de despegar los ojos de aquel recuadro del que brotaban intrigantes palabras. Siguió en ello, ajeno a lo que le rodeaba y a los minutos que transcurrían, como si solo con mirar fijamente pudiese atisbar algo más allá del reducido cristal y los símbolos de su interior. ¿Qué coño estaba ocurriendo? Nada menos que a las dos de la madrugada en un triste punto de la autopista, a buen seguro una solitaria zona de descanso. ¿A qué venía aquella extraña cita? Si podía comunicarse, Álex tenía que estar libre, no retenido. Pero entonces, ¿por qué no le había llamado por el móvil en vez de enviar, tras tantos días de permanecer desaparecido, un miserable mensaje? ¿Y a qué venía tal secretismo? ¡Ni siquiera podía contárselo a Lucía y a Mateo! Esto último le iba a hacer sentirse culpable; dentro de un grupo de amigos no debía traicionarse la confianza, Álex volvía a actuar en contra de sus principios. ¿Por qué había olvidado la lealtad? Gabriel se vio tentado a no respetar aquella condición de confidencialidad que discriminaba a parte de la pandilla, pero la escasa información con la que contaba le impidió hacerlo; supuso que Álex, cuando se lo pedía, tendría sus razones. «Vaya mierda», concluyó, «la capacidad de complicación de las cosas es infinita». Por último, intentó llamar al móvil de Álex, pero solo obtuvo como respuesta un aviso de «fuera de cobertura».

Minutos después, cuando su padre ya le había llamado la atención dos veces, Gabriel distinguió tras el vidrio de la puerta de entrada la figura flaca y rubicunda de Mateo, que llegaba seguido de Lucía. En medio de su propia desazón, Gabriel se entretuvo admirando como siempre el cuerpo de ella. «Qué buena está», pensó en voz alta, buscando la seguridad que le faltaba en lo que imaginaba una verdad inmutable. «Tremenda, para variar».

Casi imperceptible, Gabriel comenzó a experimentar el sutil veneno de los celos. Y es que Lucía, durante aquellos años, no había disimulado su predilección por Álex, incluso cuando este se echó novia. Era el puñetero «chico diez»: estudioso, simpático, optimista... Desde su ausencia, no obstante, Gabriel se había atrevido a soñar con ella, sin percatarse realmente de ello. Ahora que el desaparecido daba señales de vida, otra vez la veía alejarse, lo que le provocaba una impotencia que no ayudaba mucho en sus circunstancias. Aunque le asqueó desearlo, Gabriel rogó por que Álex estuviese metido en un mal rollo que lo desacreditase ante Lucía: drogas o algo por el estilo. Semejante idea la desechó por infantil en cuanto sus amigos llegaron hasta la barra, preparándose para camuflar su propio estado de ánimo.

–Hola, tíos –saludó, en plan tranquilo–. ¿Qué tal ha ido la «misión»?

Lucía ofrecía una imagen poco motivada, pero contestó enseguida:

–No muy bien. Garcés nos ha hecho ver que lo de las llamadas no es una prueba de nada. Quieren algo más o no intervendrán.

Mateo completó las palabras de la chica contando con todo detalle la visita, mientras Gabriel iba asintiendo.

–Era previsible –reconoció el intelectual, al tiempo que, pensativo, limpiaba la encimera de la barra–, nosotros también podíamos haber llegado a la conclusión de que las llamadas perdidas de Álex no demuestran nada. Ha sido un error precipitarnos al acudir a la policía. Los nervios nos han impedido ser objetivos.

–Bueno, pero al menos Garcés ha reconocido de forma indirecta que quiere creer nuestra versión –matizó Lucía–. Está deseando que le llevemos algo más, es un tío legal.

–No lo dudo, Lucía –aceptó Gabriel–, pero nuestra metedura de pata tiene un precio: hemos perdido credibilidad ante la poli.

Mateo, que aprovechaba en ese momento el reflejo en un cristal para reajustarse el pelo engominado, se volvió para preguntar:

–¿Y eso qué significa, Gabriel? Antes tampoco habría sido fácil que nos tomasen en serio...

El aludido respondió de inmediato:

–Sí, ya sé. Pero a partir de ahora, si volvemos a ir a la policía sin algo sólido, se nos «fichará» de modo definitivo como jóvenes con demasiada imaginación, y entonces sí que no habrá nada que hacer. Incluso la buena disposición de Garcés tiene un límite; si lo sobrepasamos, ya nadie nos creerá. Y eso no nos lo podemos permitir. De todas formas –añadió–, supongo que todavía disponemos de una segunda oportunidad para aprovechar su talante de escucha; lo único que tenemos que hacer es asegurarnos bien antes de emplearla. Hay que llevar a Garcés algo potente.

–En otras palabras –concluyó Lucía–, que nos lo tenemos que currar nosotros.

«Me temo que sí», reflexionó Gabriel, sin quitarse de la cabeza el mensaje de Álex, que había ignorado a propósito durante la conversación. «No sé cómo va a acabar esto».

4
JUEGO SUCIO

Oscurecía y se notaba cada vez más frío. Indeciso, el viejo profesor arqueólogo Antonio Valls escudriñó el panorama que tenía delante. Se encontraba junto a una nave industrial cuyo penoso estado de abandono no podía maquillarse: suciedad, ventanas con cristales destrozados, techos medio hundidos y una oxidada puerta frontal que, al permanecer entreabierta, permitía una avanzadilla de resplandor que delataba una alfombra de jeringuillas usadas. Teniendo en cuenta que los siguientes edificios susceptibles de albergar algo parecido a un almacén quedaban a unos doscientos metros, se convenció de que quizá había dejado demasiado pronto su coche.

Pero no lo entendía. De acuerdo con la llamada telefónica que había recibido en su despacho de la universidad, se encontraba justo donde le habían indicado que se ubicaban las instalaciones de la empresa que andaba buscando. Hizo memoria: «Doctor Valls, le llamo porque es usted uno de los mayores expertos en ruinas romanas... Tenemos algo que enseñarle... ¿Podría acercarse ahora? Se trata de un hallazgo muy importante...».

Conforme a lo que le habían adelantado, el asunto consistía en que una constructora había descubierto por casualidad, excavando en solares del centro, restos romanos muy bien conservados. También le habían dicho que guardaban los objetos encontrados en un almacén a las afueras, y allí estaba él. Aunque jamás había visitado esa parte de la ciudad, no se esperaba aquel paisaje desolado y hostil en el que no se distinguía ni un alma.

Ya se volvía hacia su coche cuando una voz neutra que pronunciaba su nombre se dejó oír entre unas casas desvencijadas ocultas tras la nave abandonada. Le llamaban, y lo que más le sorprendió fue comprobar que tal llamada procedía del interior del peor edificio de cuantos se ofrecían ante su vista: una especie de antiguo matadero del que solo quedaba como recuerdo una inmensa edificación que sucumbía a la basura. La voz llegó hasta él de nuevo, fría, ausente de toda inflexión: «Doctor Valls, por aquí, le estamos esperando...».

Había terminado por hacerse de noche, y entre las siluetas moribundas de los edificios cobró fuerza el resplandor de unas luces que otorgaron al matadero un aura fantasmal. El arqueólogo se dijo, procurando tranquilizarse, que a lo mejor la empresa constructora le había citado en aquel recóndito lugar para evitar que trascendiese el enclave exacto de los hallazgos romanos. Era habitual en casos así que las empresas actuasen en secreto, por temor a que las autoridades de Patrimonio paralizaran las obras con objeto de llevar a cabo una inspección. Y es que, en el sector de la construcción, un retraso de varios meses podía suponer pérdidas por valor de millones de euros.

El profesor Valls comenzó a caminar hacia las luces, decidido a no dar más vueltas al asunto. Solo había que emplear el sentido común: él no era nadie importante, ¿quién querría hacer daño a un simple profesor titular de casi setenta años?

A los dos minutos, cuando aún se hallaba a cierta distancia de la zona iluminada, su planteamiento lógico fue barrido de golpe: varios metros detrás de él, un chasquido seco le acababa de advertir de que alguien le seguía. Aunque había reaccionado con rapidez a pesar de su edad, lo único que había podido distinguir de reojo al girarse era una fugitiva sombra que desapareció al instante. ¿Pretendían atracarle? Poco sacarían, desde luego. Apenas llevaba treinta euros en la cartera.

El profesor, en cualquier caso, no quiso quedarse allí para averiguar en qué acababa todo, por lo que aceleró su paso hacia la zona iluminada. De buena gana habría vuelto a su coche, pero eso implicaba atravesar el área de donde había provenido el sonido sospechoso. Demasiado arriesgado.

Comenzó a avanzar entre construcciones medio demolidas, siguiendo un camino estrecho flanqueado por tabiques que ofrecían ventanas de interiores negros. Los ruidos a su espalda volvieron a presentarse, pero él ya no se detenía. De hecho, avanzaba todo lo rápido que le permitía su pobre forma física; casi corría. Entonces, cuando ya llegaba hasta el matadero, la luz que le guiaba se apagó, dejando la zona en penumbra. Valls maldijo en silencio, incrédulo. «No hay duda. Me han tendido una trampa».

¿Quién podía imaginar que se encontraría con semejante sorpresa? Teniendo en cuenta su rutinario trabajo de investigación académica, ¿por qué alguien le había engañado llevándole hasta allí? No tenía ningún sentido. Ni siquiera era rico.

Se detuvo. Permanecía callado, quieto, moviendo la cabeza en todas las direcciones sin detectar nada amenazador. Estaba muy mayor para aquellas aventuras. Unos cuchicheos ininteligibles flotaban próximos. Se pegó a la pared más cercana, como intentando camuflarse. El coche quedaba tan lejos... ¿Hacia dónde ir, pues? El peligro daba la impresión de rodearle.

No tuvo ocasión de pensar mucho; tanto mirar hacia los lados sin separarse del muro le había hecho olvidar una desconchada ventana de madera sin cristales, que quedaba junto a su cabeza. De ella surgió, sin dar tiempo al profesor ni siquiera a gritar, una mano enguantada empuñando un garfio, que alargó con fiereza describiendo una violenta curva que terminó en su cuello. Valls, al borde del desmayo, sintió el tirón del arma que le enganchaba la garganta, abriéndosela de forma brutal, y la calidez de la sangre resbalando en torrentes por su pecho. Aulló de dolor.

El brazo asesino, ya con la presa atrapada, comenzó a arrastrar su cuerpo moribundo contra la pared hacia la ventana de la que sobresalía, como llevándolo a su madriguera. El arqueólogo, sin fuerzas para resistirse, se preguntó de nuevo por qué le hacían aquello. Intentó pedir auxilio, pero fue en vano; de su boca inundada solo salió un borboteo viscoso.

En cuanto llegó a la oquedad a la que le dirigían degollado, su cabeza perdió el apoyo y Valls quedó asomado a la oscuridad del interior, hecho una marioneta agonizante. Al momento, nuevas manos enguantadas le agarraban con avidez, atrayéndole hacia la negrura, donde terminaron de asesinarle. A continuación dejaron varios paquetes de pastillas de éxtasis entre las ropas del cadáver.

–Y va uno –declaró una voz gélida.

* * *

Mateo suspiró y se sentó agotado en la cama de Álex.

–Lucía, son las doce de la noche y no hemos encontrado nada especial. ¡Ni siquiera sabemos lo que buscamos!

Ella no contestó, enfrascada en una nueva e intensa ojeada por toda la habitación de su amigo desaparecido: estanterías, cama, mesa, armario... Los padres de Álex, ajenos a la verdadera razón de aquella tardía visita, les habían dicho antes de irse a una cena de trabajo que podían quedarse todo el tiempo que necesitasen –sus familias eran amigas desde hacía muchos años–, y desde luego lo estaban haciendo. Aunque sin resultados.

–¿Has mirado ya debajo de la cama? –comprobó Lucía–. Recuerda que hay un par de cajones.

Mateo refunfuñó. A él le iba la acción, no rebuscar en armarios. Además, a las ocho y media de la mañana tenía partido de un campeonato de tenis al que se había apuntado.

–Sí –afirmó–, ya lo he hecho. Y no hay nada que me llame la atención. ¿Quieres que levantemos el suelo? –sugirió, sarcástico–. Es lo único que falta.

Lucía hizo caso omiso de la ironía; conocía de sobra a Mateo.

–No, gracias. Pero, si no te importa, podrías volver a mirar todo lo de tu lado como estoy haciendo yo con el mío, ¿vale? Ten en cuenta la importancia de lo que estamos haciendo. Álex todavía es nuestro amigo. Hasta que se demuestre lo contrario.

–¡Oh, por favor! –exclamó Mateo con gesto trágico–. ¡La presunción de inocencia, se me olvidaba! Oye, que soy yo quien acaba de empezar Derecho.

Lucía movió la cabeza hacia los lados, poniendo cara de mártir.

–Si no supiese que en el fondo eres encantador, te soltaba una leche por plasta. Ponte a buscar, venga. Algo se nos está escapando.

Gabriel no podía estar con ellos por temas de trabajo en la cafetería, según les había dicho, y se echaba en falta su agudeza. Lucía se preguntó dónde habría buscado él, incluso se planteó llamarle al móvil a pesar de saber que, en teoría, él no podía utilizarlo mientras estaba ayudando a su padre. Y entonces cayó en la cuenta de un detalle fundamental.

–Mateo.

–Dime, ¿has visto algo?

–¿Qué se supone que estaba haciendo Álex la noche que desapareció?

Mateo se encogió de hombros.

–Supongo que jugar al *Camelot*... Ya sabes que era un aficionado reciente, y estaba emocionado perdido con el jueguecito, como nosotros. Pasaba muchas horas batallando en el ordenador. Pero no es seguro que aquel día, en concreto...

—Es suficiente, tío. Hay que registrar el ordenador.

Lucía se sentó frente al monitor, presionó el botón de encendido de la CPU y dejó descansar sus manos sobre el teclado, mientras esperaba a que Windows terminara de abrirse. Ella se mantenía en silencio moviendo los dedos, como un pianista que se dispusiera a iniciar un concierto. Mateo se le acercó para verla trabajar, le encantaba observar a los expertos adentrarse en las profundidades cibernéticas.

—Vamos a ver...

—¿Qué vas a revisar primero? —interrogó Mateo.

—Aunque la policía ya estuvo accediendo a ellos, voy a cotillear los archivos de imágenes y de documentos de Word que tiene Álex almacenados. Quién sabe si llegó a escribir algún texto que nos sirva de pista, o se bajó de internet cualquier cosa que nos ayude en las averiguaciones.

Ante los ojos de los dos jóvenes pasaron trabajos de la universidad, del colegio, antiguos correos electrónicos que Álex había conservado... Nada que aportase algo de luz a las pesquisas.

—¿Y ahora? —volvió a insistir el pijo.

—Veamos el Explorador de Windows, a ver qué más cosas tiene por ahí.

Durante los siguientes minutos, solo se oyó el suave deslizar del ratón y el cliqueo de sus botones. Mateo, con fastidio, se dio cuenta de que era casi la una de la mañana.

—Bueno —concluyó Lucía, un rato después, sin dejarse vencer por el desánimo—. Hasta aquí, ningún éxito. Nos queda internet. Vamos al Explorer.

—¿Te vas a meter en el historial?

—Sí, así podremos ver qué páginas estuvo visitando Álex antes de desaparecer, y en cuáles entraba habitualmente. Como no sabemos cuándo surge el detonante que provocó su desaparición, hay que reconstruir sus itinerarios en la red durante las últimas semanas que estuvo aquí. Confiemos en que esa información nos sea útil.

—Amén.

—Vaya —susurró Lucía.

—¿Qué pasa?

–Era previsible: el historial está borrado.

–¿Cómo?

–¡Que está en blanco! –soltó Lucía, en un arranque de mal genio–. Como si Álex no hubiese navegado jamás por la red.

Mateo pasó a adoptar un tono diplomático al preguntar de nuevo:

–¿Y entonces?

–No está todo perdido, hay otras maneras de intentar localizar los archivos que buscamos. Solo con borrar el historial no eliminas los rastros que dejan las páginas visitadas en tu ordenador. Confiemos en que la limpieza que se hizo aquí no fuese demasiado minuciosa. Aunque si también han borrado los temporales...

–Ojalá haya suerte –deseó Mateo, alisándose el polo Lacoste que llevaba–. Por cierto, ¿qué es eso de los temporales? A mí háblame en cristiano.

–Son una especie de huella que dejas en el disco duro cada vez que entras a un sitio en la red. El navegador, en cuanto accedes a una web, crea uno de esos archivos donde aparece la dirección y otros datos, para que la próxima vez que quieras ir allí lo hagas más rápido. Es como si el ordenata memorizase los lugares a los que vas para que tardes menos en futuras ocasiones.

–Vaya –comentó Mateo, satisfecho–, ahora lo entiendo: de esa forma, esos archivos acaban formando una especie de listado de todas las páginas que has visitado. ¿Y eso es automático?

Lucía asintió en silencio.

–Pero hay un problema –añadió–. No son eternos.

–¿Qué quieres decir?

–Que, conforme pasa el tiempo, el ordenador los va borrando para ganar espacio. Empezando, eso sí, por los más antiguos –detuvo la conversación, para teclear–. Mira la pantalla, Mateo; ahora me voy a meter en el disco duro, para acceder a los archivos temporales.

El pijo no se enteró, centrado como estaba en asimilar bien aquello.

–Entonces –insistió–, ¿puede que el propio ordenador los haya eliminado?

–Lo veremos enseguida –explicó Lucía–, pero lo dudo; hace tan solo diecisiete días desde la presunta última vez que Álex navegó por la red y, además, durante este tiempo el ordenador ha estado apagado, lo que habrá impedido la acción de borrado. No; algunos archivos habrán desaparecido, pero la mayoría se mantendrán, sobre todo los que más nos interesan, los últimos.

–Estarán si nadie más ha intervenido –advirtió Mateo–, y si él no se los cargó antes de irse, claro.

Lucía le miró pensativa, mientras presionaba por última vez la tecla de *intro*.

–Claro –sentenció–. Lo has entendido muy bien.

Segundos después, la carpeta de archivos temporales quedaba a la vista.

* * *

Gabriel observó su reloj mientras conducía el viejo coche de su padre por la autopista en dirección a Barcelona, desierta a aquellas horas, camino del lugar de la cita con Álex. Suerte que tenía carné de conducir.

Faltaban pocos minutos para las dos, y ya había dejado atrás el kilómetro 20; el encuentro era, pues, inminente. Se sentía tan crispado que ni siquiera había encendido el radiocasete del vehículo. Además, no olvidaba que en aquellos momentos Lucía y Mateo seguro que todavía permanecían en casa de Álex registrando y buscando pistas, un esfuerzo que él podría haberles evitado si hubiera sido honesto y les hubiese advertido del mensaje del desaparecido (lo que acabarían sabiendo antes o después), en vez de mentirles para no tener que ir con ellos. Era incapaz de comprender cómo todo había derivado tanto, cómo habían llegado a aquella situación. Para colmo, una sensación extraña, que no identificaba, le estaba agobiando desde hacía rato.

Un cartel le avisó de que llegaba a un área de descanso situada en el kilómetro 22,5. Redujo la velocidad, puso el intermitente y, poco después, abandonó la autopista para introducirse en un carril lateral que le llevó hasta una zona también pavimentada, que terminaba al pie de unas mesas frente a una arboleda. El silencio y la oscuridad eran totales. No apagó el motor.

Aprovechando el resplandor de los faros del coche, pues no disponía de linterna, Gabriel se dedicó desde su asiento a rastrear con la mirada algún indicio de la presencia de Álex, sin obtener resultados. Tampoco descubrió ningún otro coche aparcado por allí. Intranquilo, decidió salir a indagar, aunque el frío era intenso. Con el sonido de fondo del motor del vehículo, anduvo por un sendero que serpenteaba entre la vegetación reseca, hasta que la distancia y los árboles le impidieron aprovecharse de la luz de su propio automóvil. En aquel punto se detuvo, impactado por una repentina idea; acababa de caer en la cuenta de por qué llevaba horas abrumado con aquella sensación desconocida, similar a la inseguridad: ¡el mensaje de Álex tenía comas! El estómago pareció encogerle; Álex jamás utilizaba las comas para los mensajes de móvil. ¿Cómo podía haber sido tan estúpido? Y es que la conclusión estaba clara: aquellas palabras que aún tenía guardadas en el teléfono, y que le habían llevado hasta allí, habían sido escritas por otra persona. Gabriel tragó saliva. Había quedado de madrugada con un desconocido, en una zona aislada. Y lo peor de todo: nadie, aparte de él, lo sabía.

Consciente por primera vez de que cada minuto que transcurría le podía estar hundiendo en un peligro que no acertaba a adivinar, se apresuró a volver hacia el aparcamiento sin hacer ruido. A la tercera zancada se percató de que no oía el murmullo del motor del coche, lo habían apagado. Los nervios, ya a flor de piel, le taladraron el pecho impidiéndole respirar: alguien había llegado hasta su vehículo mientras él permanecía en la arboleda. Unos pasos más, y la absoluta oscuridad reinante le hizo comprobar que quien había hecho enmudecer el motor también se había encargado de los faros. Estaba aterrado, sobre todo por no saber a qué se enfrentaba. Y tampoco podía hacer uso de su móvil, debido a que la iluminación de la pantalla y el sonido del teclado podían delatarle. La cosa estaba jodida. Agachándose, comenzó a retroceder con cuidadosa lentitud para alejarse lo más posible del coche sin ser descubierto. Evitó pensar: lo prioritario era escapar de aquella inexplicable trampa que le habían tendido.

Quienesquiera que fuesen, estaban muy cerca; aunque no distinguía nada con claridad, pequeños susurros y pisadas empezaron a llegar hasta él, mientras vislumbraba manchas negras que se desplazaban a su alrededor. ¿Encapuchados? No veía bien, y el sudor que empezaba a resbalar por su frente tampoco ayudaba, manchando las lentes de sus gafas. Temblaba.

Su espalda provocó un ruido seco al golpear contra un tronco, y Gabriel aguantó la respiración con los dientes apretados, sin mover un músculo, rezando por que hubiese pasado desapercibido. Metros más allá, también las sombras se habían detenido, girando hacia todos los lados como si husmeasen. De repente, una llamarada de luz quebró la noche cegando por completo a Gabriel; alguien le apuntaba directamente con una potente linterna. Se oyeron nuevos susurros, y aquellas siluetas oscuras se aproximaron a él con voracidad. Ecos metálicos resonaban entre ellos.

Gabriel perdió el control y, sin saber bien lo que hacía, ganó impulso apoyándose en el árbol y se precipitó hacia ellos, todavía ciego por el haz de luz que continuaba dirigido a su cabeza. Quizá su reacción pilló desprevenidos a sus captores, que esperaban que saliese huyendo, porque el foco no pudo seguirle y, ya a oscuras otra vez, chocó contra las propias siluetas que se le aproximaban, provocando un pequeño caos. Sintió muchos brazos que le agarraban, y él se revolvió de forma brutal, con la rabia que solo da el pánico. Pataleó, empujó, mordió y dio puñetazos como si le fuese la vida en ello, lo que en realidad pensaba, y logró derribar al que llevaba la linterna, con lo que la iluminación, en un baile absurdo, desapareció tras unos matorrales. Gabriel, hecho entonces una sombra más, se deshizo al fin de los últimos brazos que le impedían separarse del grupo, no sin antes sentir un violento desgarrón en un costado de su abrigo. Medio a rastras, se lanzó a correr como un desesperado hacia donde calculaba que se encontraba su coche, seguido de cerca por los perfiles negros, siempre cuchicheantes, que reaccionaban otra vez.

Gabriel no se equivocaba, y al final de la loca carrera chocó contra su vehículo. Lo esquivó sin perder un segundo, abalanzándose hacia el interior después de abrir la portezuela del conductor. Si las llaves no estaban en el contacto... ¡Estaban! Bajó los pestillos de las puertas, cuando a través de los cristales ya veía llegar a los perseguidores, y giró la llave. El motor respondió a la primera, aún caliente, y metió la primera al tiempo que pisaba el acelerador hasta el fondo. Las sombras rodeaban el coche golpeando la carrocería y los cristales, que comenzaron a astillarse. Gabriel soltó el embrague y el coche, bramando, salió disparado hacia adelante lanzando al aire a varios de los atacantes y atropellando a uno de ellos, que no pudo apartarse a tiempo. Chirriando lastimeramente, los neumáticos obedecieron después a su giro radical de volante, y el automóvil voló dando tumbos hacia la autopista, ahora con los faros encendidos. Más tarde, ya en dirección a Zaragoza, y sin perder de vista la retaguardia por si le seguían, Gabriel descubrió no solo que había perdido el móvil durante el forcejeo, sino también rastros de su propia sangre en la tapicería. Estaba herido.

* * *

Lucía frunció el ceño.

—Por lo visto, alguien se ha tomado muy en serio la limpieza de este ordenador.

Mateo carraspeó.

—¿No están esos archivos temporales que decías?

Ella meneó la cabeza hacia los lados, todavía con la mirada centrada en el monitor.

—Justo. Esto está vacío. Tampoco sacaremos información de aquí.

—Bueno, a lo mejor así nos convencemos de que Álex sí se marchó por su propia voluntad. A la vista de lo bien cerrado que dejó todo...

Lucía rechazó aquella teoría:

—Al contrario, Mateo. Álex solo entendía del *Camelot*, ¡apenas sabía navegar por la red! ¿Es que no te acuerdas de que odiaba la informática? De hecho, si tiene ADSL es porque su padre insistió. Puedo aceptar que, enredando con el ratón, descubriese lo del historial y lograra borrarlo. Pero no me creo que llegase más lejos. Apuesto a que ni siquiera había oído hablar de los temporales.

Mateo resopló, admirado.

—Pues es verdad, ahora que caigo. No me imagino a Álex moviéndose con tanta soltura en cosas de ordenadores.

—¿Cómo crees que pillan, por ejemplo, a los pederastas que compran material prohibido en internet? —continuó Lucía—. Son gente que sabe navegar, pero que no tiene ni idea de eliminar sus huellas. En realidad, es algo muy sencillo, no se requiere dominar la programación ni nada por el estilo. Pero hay que saber hacerlo. En el caso de Álex, o alguien se cargó las pistas que pudiese contener este ordenador después de su desaparición, o nuestro amigo no estuvo solo aquella última noche.

—¿Quieres decir que él pudo contar con ayuda para no dejar huellas en el ordenata?

–Podría ser, pero no me trago esa posibilidad. Estoy, más que nunca, con Gabriel: Álex no se fue de forma voluntaria, y para mí ya está claro que este ordenador contenía información valiosa para localizarle. Cuando digo que no estaba solo, me refiero a que ese alguien que borró los archivos fue el mismo que le forzó a escribir la carta de despedida. Todo encaja. Además, si Álex se hubiera largado por decisión propia, como ya es mayor de edad, no se habría molestado tanto en ocultar rastros. En circunstancias como las suyas, apenas hay investigación policial. No tiene sentido.

–Estoy de acuerdo –coincidió Mateo–. La pena es que no podamos recuperar esa información que comentas.

–Yo no he dicho eso –se apresuró a matizar Lucía–. Lo único que ocurre es que han inutilizado los cauces más rápidos. Pero todavía tenemos otra alternativa.

Mateo pareció despertar, e incluso se olvidó por un instante de lo tarde que era.

–¿En serio me estás diciendo que puedes conseguir los archivos eliminados?

–Bueno, solo digo que hay otra vía para intentarlo. Se trata de unos programas cuya función es, precisamente, reconocer la información borrada de los ordenadores. Hay varios, pero yo conozco sobre todo el *Filerecovery*.

–Eres una máquina, tía. ¿Y lo tienes aquí?

–No, la verdad es que no se me había ocurrido que pudiera hacernos falta. Pero es lo mismo; ahora me meto en internet y, como aquí tienen banda ancha, nos bajamos ese programa en unos minutos. Vamos a ver... Sí, aquí está. Lo selecciono, pulso aquí y ahora solo tenemos que esperar a que termine de bajarse para instalarlo.

Ambos se quedaron en silencio, aprovechando aquel rato para comprobar una vez más si en el resto de la habitación de Álex podían descubrir algún indicio en torno a su paradero o a razones que justificasen su desaparición.

En cuanto el ordenador finalizó la instalación, Lucía, impaciente y con los primeros síntomas de agotamiento, se puso manos a la obra haciendo volar sus dedos sobre el teclado. Mateo bostezó a su lado, dando por perdido el partido de tenis que tenía a las pocas horas.

—Bueno —advirtió ella, presionando el *enter*—, ha llegado el momento de aplicar el programita; espero que se porte. Nueva espera, cruza los dedos.

El aludido obedeció sin despegar los labios, atento a los gemidos que la CPU emitía como para comunicar sus esfuerzos. Aquellos minutos se hicieron muy largos.

—¡Por fin! —exclamó Lucía, ansiosa, un cuarto de hora después—. ¡Ya empiezan a aparecer en la pantalla archivos borrados!

Mateo se inclinó, apoyándose en el escritorio, para ver mejor. En efecto, poco a poco iban surgiendo letras y números que en muchos casos acababan completando líneas enteras.

—¿Saldrá todo? —cuestionó el pijo.

—Todo no, pero la mayor parte sí. El inconveniente está en que el ordenador recuerda lo que puede, y en algunos casos serán solo fragmentos. Confiemos en que el archivo que nos interesa se recupere. A fin de cuentas, tiene que ser de los más recientes.

—Ojalá haya suerte. De todos modos —prosiguió—, si esto no funcionase... ¿te quedan más recursos de *hacker*, guapa?

Lucía negó en silencio, observando un archivo que reconocieron: *The Dark Age of Camelot*. Su juego favorito.

—Me temo que no, Mateo. Este es nuestro último cartucho.

Pronto terminaron de llegar datos, y ellos, ignorando su creciente fatiga, se dispusieron a analizarlos desde el principio, uno por uno. Aquella era solo una lista preliminar, dentro de la cual tendrían que seleccionar los archivos que realmente quisieran recuperar. No obstante, en cuanto Lucía leyó la primera línea, intuyó que el registro había terminado casi antes de empezar.

—Creo que hemos encontrado lo que buscábamos —sentenció, solemne—. Esto no se parece a nada que conozca.

Mateo leyó lo que su amiga señalaba:

Cookie: Alex@cnWLC4<D8A<UO°°DDLDLPQ'2348.com
fecha de modificación
09.10.2003 01:20

—¿Ves? —aclaró la chica—. Primero tenemos la palabra *cookie*, indicando el tipo de archivo que es, y a continuación el nombre del titular del ordenador. A partir de la arroba es la dirección donde se metió. Y mira la fecha y hora que figuran —insistió ella—: son los datos de la operación de borrado del archivo. Si te fijas, ¡todo se eliminó a la una y veinte de la madrugada, minutos después de que Álex hiciese las llamadas a Gabriel! No hay duda: en esta dirección está la clave, tío.

Mateo se mostró escéptico:

—¡Pero si Álex desapareció el ocho de octubre, no el nueve! No entiendo.

—¡Despierta, tío! Álex desapareció a lo largo de la noche del ocho, ¿recuerdas? Y a partir de las doce de la noche del ocho, ¿qué día es?

—¡Es verdad, es ya día nueve! La leche, me estoy poniendo muy nervioso.

—Si seleccionamos esa línea —continuó Lucía, enfrascada en lo suyo— y ordenamos al programa que recupere el archivo, leeremos, además de muchos comandos muy raros, el momento y el día en que Álex visitó esa página por última vez. Te apuesto lo que quieras a que coincide con las horas anteriores a las llamadas que hizo a Gabriel con el móvil. Vamos a ver... —el ordenador volvió a rechinar durante varios minutos, mientras procesaba la nueva orden—. ¡Justo, mira, soy la mejor!

—A ver, Lucía —pidió Mateo, aproximando su rostro al monitor de nuevo.

—Todo tuyo.

El pijo pudo comprobar que, en efecto, la última visita a aquella dirección que habían seleccionado se ubicaba a las veintitrés horas y cuarenta y cinco minutos del día ocho de octubre. Y las llamadas de Álex se habían llevado a cabo entre la una y cinco y la una y nueve de la madrugada de aquella noche. Tuvo que reconocer que todo encajaba.

—O sea —prosiguió Lucía, presa de la excitación—: en apariencia, Álex se metió en esta dirección que tenemos aquí el ocho por la noche, y no sé qué pudo pasar, pero de repente algo hace que necesite a toda costa hablar con Gabriel, cosa que no consigue. ¿Solo quería hablar con él, o no disponía de tiempo para buscar nuestros teléfonos en la agenda de su móvil? ¿Por qué no llamó a su novia? Ni idea. En cualquier caso, poco después, él u otra persona borra todas las pistas del ordenador.

—Y a lo largo de esa noche, Álex desaparece —añadió Mateo—, no lo olvides. Vaya un lío. Nos sigue faltando información para entender lo que ocurrió aquella madrugada.

—Venga —le animó Lucía, echando una rápida ojeada al resto de archivos de la lista preliminar—, puede que la consigamos ahora. Apunta esa dirección, que nos metemos en internet.

—De acuerdo —Mateo escribía a toda velocidad—, ya la tengo. Cuando quieras.

—Pues vamos allá. Ojalá...

El móvil de Mateo cortó a Lucía con un breve pitido, al tiempo que su pantalla se iluminaba mostrando un número que ambos reconocieron.

—Es Gabriel llamando desde el fijo de su casa —confirmó el pijo—. Supongo que querrá saber cómo nos va.

Mateo apresó su teléfono, que descansaba sobre la cama, y respondió ante la calculadora mirada de Lucía. Esta se dio cuenta a los pocos segundos de que algo no iba bien, a juzgar por los gestos que iba adoptando su amigo.

—¿Qué pasa? —le espetó en cuanto hubo colgado—. ¿Ha descubierto algo Gabriel?

Mateo negó con la cabeza, y de su boca solo salieron unas palabras que no aclararon nada a Lucía:

—Tenemos que ir a verle ahora mismo. Joder, esto se nos está escapando de las manos.

Diario, II

Qué desastre cómo ha ido todo lo del mensaje de Álex. A pesar de lo mal que me encuentro, necesito escribirlo, es como una terapia que me ayuda a conciliarme conmigo mismo.

Mi regreso a casa, herido y humillado (he fallado a mis amigos), ha sido penoso. He llegado como lo hacían los buques saqueados por piratas, escorados por el pesado lastre del fracaso en cubierta. Y es que he vuelto hecho polvo, con una rayada tremenda. He estado a punto de morir por un comportamiento estúpido y desleal.

Escribo desde la cama, atontado, observándome como un imbécil el vendaje que tengo en el costado. Y el coche de mi padre también con destrozos. Supongo que todavía no me acabo de creer del todo lo que ha ocurrido, aunque una cicatriz se encargará de confirmármelo a partir de ahora. «Herida superficial de arma blanca», ha dictaminado el médico. Por lo visto, he tenido suerte; el grosor del abrigo que llevaba en el momento del ataque ha impedido que la puñalada sea más profunda y afecte al riñón.

Y encima me he tenido que enfrentar cara a cara con la decepción de Mateo y Lucía, a quienes he confesado que les oculté información sobre lo de Álex. Fallar a tus mejores amigos sienta casi tan mal como una cuchillada. Al principio ellos se han quedado algo descolocados, pero enseguida han reaccionado genial, me han dicho que entienden cómo he actuado y que ya está olvidado, que lo importante es que me recupere. Como ha dicho Lucía, «un amigo tiene el deber de ponerse en tu lugar». Menuda chica es Lucía.

Les he prometido que no volverá a pasar; a partir de ahora, confianza al cien por cien. Es la única manera de mantener un grupo de amigos y de hacerlo fuerte. Porque ahora, por otro lado, es evidente que necesitamos ser fuertes. Ojalá supiésemos a qué nos enfrentamos.

Mis padres no saben si creerme, pero en el fondo les da igual; están asustados, y lo único que exigen es que me olvide del tema, así de sencillo. Por eso, la autenticidad de lo que les he contado no les importa. El nombre de Álex ha pasado a ser tabú en mi casa. Lo que me faltaba.

Respecto a la policía, lo cierto es que se han portado muy eficazmente. En cuanto oyeron mi versión de los hechos, dos coches patrulla fueron al kilómetro 22,5 de la autopista de Barcelona para ver si lograban encontrar algo. Ya veremos. Incluso Garcés, que no está de servicio esta noche, ha venido a casa a verme para que le pusiese al corriente de lo sucedido. Nos ha citado a todo el grupo pasado mañana en la comisaría, para hablar. Teniendo en cuenta que no tengo ninguna prueba del ataque que he sufrido esta noche, ya que mi móvil, con el mensaje-trampa de Álex, se ha quedado allí, la herida que tengo en el costado ha resultado muy oportuna para que me tomen en serio. Y es que uno, si está en su sano juicio, puede tener mucha imaginación, pero no hasta el extremo de autolesionarse. Eso dicen.

No, si al final tendré que dar gracias a quien me hirió. Increíble.

Es curioso, estoy tan confuso que no tengo ni miedo. Un sexto sentido, no obstante, me advierte de que debería tenerlo.

5
SEGUNDO DÍA

Al atardecer del día siguiente, ya con un ambiente más tranquilo, Lucía y Mateo llamaron por teléfono a Gabriel para comprobar su estado y contarle con todo lujo de detalles cómo había ido la búsqueda en casa de Álex la noche anterior. En cuanto el herido se enteró de lo de la web misteriosa que habían localizado en el ordenador del desaparecido, saltó de la cama como impulsado por un resorte, lo que le hizo gemir de dolor. No obstante, ignoró sus molestias y les preguntó directamente desde dónde llamaban y si habían accedido ya al programa. «Estamos en el chalé de Mateo, y no, no hemos entrado todavía en la dirección, tu llamada de ayer por la noche nos interrumpió», le respondió la voz sensual de Lucía. «Pensábamos entrar ahora».

La contestación de Gabriel fue inmediata:

–Dadme media hora y estoy allí. Eso tiene pinta de ser demasiado importante como para demorarlo por más tiempo.

–¿No deberías seguir descansando? –esta vez era Mateo quien hablaba–. Te podemos volver a llamar cuando terminemos.

–No –Gabriel negaba con una seguridad rotunda–. Mi herida no es grave. Además, las actuaciones por separado se han terminado. Estamos los tres en esto, y los tres llegaremos juntos hasta el final. Esperadme.

Mientras comenzaba a cambiarse adoptando posturas que mitigasen el dolor, el joven herido se fijó en que ya oscurecía, lo que le disgustó. A raíz del susto del día anterior, la noche había pasado a infundirle una sensación de inseguridad muy desagradable, que quizá le perseguiría siempre. Nada bueno se oculta en la oscuridad.

Ya se disponía a salir de la habitación cuando su madre se asomó desde el pasillo.

–Gabriel, Raquel ha venido a verte –le comunicó, poniendo cara contrariada al descubrir que su hijo herido ya pretendía salir de la casa–. Qué detalle en su situación, ¿verdad? ¿Le digo que pase?

El intelectual refunfuñó. Estaba tan impaciente por encontrarse con Lucía y Mateo que no le apetecía nada una visita, aunque fuese la novia de Álex.

–¿Ya está aquí? –preguntó, para ver si había alguna posibilidad de escabullirse.

–Está subiendo por el ascensor. Por cierto, ¿no es un poco pronto para que salgas de casa? El médico dijo que...

–¡Mamá, haz el favor! Por una vez, recuerda la edad que tengo, ¿vale? En fin, dile que pase, que la espero aquí. Gracias.

Mientras su madre, poco convencida, se alejaba rumbo a la entrada del piso, Gabriel consultó su reloj: concedería a Raquel diez minutos. Ni uno más. Tampoco eran amigos.

–Hola, chaval –saludaba Raquel poco después, al verle desde la puerta del cuarto–. ¿Qué tal te encuentras?

Gabriel se encogió de hombros.

–Ya ves. Podía estar mejor, pero, dadas las circunstancias, no me quejo. Pasa, pasa y siéntate.

Raquel, obedeciendo, reparó asombrada en la ropa que llevaba el chico. Y no dejó de asombrarse.

–¿Es que vas a salir? –preguntó–. Sí que debes de estar mejor. Me alegro.

–Es que tengo un tema importante entre manos, y prefiero resolverlo ahora. Me has pillado de milagro, ya ves. Pero te agradezco mucho que hayas venido a verme, que conste. ¿Quieres tomar algo?

Ella negó con la cabeza, sonriendo a pesar de que sus ojos no podían disimular un aire triste. Gabriel lo entendió; la presunta fuga de Álex estaba todavía muy reciente, y aunque no llevaban mucho tiempo saliendo juntos, el impacto para la chica había sido fuerte.

–Y tú, ¿cómo estás? –se interesó el intelectual–. No pierdas la esperanza, seguro que Álex recapacita y acaba volviendo. Es cuestión de tiempo.

Raquel negó con la cabeza.

–Lo dudo, Gabriel. Cada día que pasa se aleja más esa posibilidad, ¿no te parece? De todos modos, si sabes algo que yo no sepa...

El aludido se quedó en blanco por la sorpresa, pues semejante alusión no dejaba lugar a dudas: Raquel, de algún modo, estaba enterada de los movimientos del grupo. ¿Cómo sabía ella en lo que andaban metidos? Los tres se habían comprometido a no contarlo a nadie, incluyendo a la novia de Álex. ¿Alguien se había ido de la lengua? Lo dudaba.

–¿A qué te refieres? –Gabriel ganaba tiempo, sufriendo el repentino acoso de la mirada escrutadora de la chica–. Las cosas están como están...

Raquel parpadeó, ofreciendo una apariencia decepcionada que a Gabriel le pareció algo postiza.

–Vaya –se quejó ella–. Es que me han llegado rumores de que estáis investigando, y claro... me había hecho ilusiones.

El intelectual abrió mucho los ojos.

–¿Rumores? –la interrogó–. ¿Quién te ha comentado eso?

–Eso no se dice, Gabriel. Lo que cuenta es si es o no cierto. Y ya veo que no, ¿verdad?

Él asintió sin demasiada convicción; el cambio de rumbo de aquella visita había minado su seguridad. Aunque en ningún momento se planteó romper la confidencialidad de lo que el grupo estaba haciendo. Consideraba que era pronto para poner a Raquel en antecedentes; sin embargo, tampoco quería quedar mal con ella, así que se lanzó a una media verdad:

–Cómo exagera la gente –comenzó–. Lo único que hemos hecho ha sido hablar un poco sobre el tema, aventurar teorías. Eso ha sido todo.

«Qué tía. La verdadera razón de que haya venido a verme no es el interés por mi estado, sino cotillear», dedujo Gabriel.

–Lucía, Mateo y tú sois los que habéis estado hablando, ¿no?

–Pues sí, ¿por...?

Aquella respuesta pareció molestar un poco a Raquel.

–Gabriel, tienes que entender que esté ansiosa por recibir noticias de Álex. ¿Es que no es lógico? ¡Era mi novio!

El intelectual se revolvió en su asiento, incómodo.

–Es cierto –aceptó–. Perdona, yo tampoco estoy en mi mejor momento. Tienes derecho a preguntar –«y yo a no contestar», añadió para sí mismo.

La observó, era una chica guapa. En realidad no se conocían mucho, pues Álex llevaba poco tiempo saliendo con ella cuando desapareció y, además, Raquel era bastante hermética, no solía exteriorizar sus sentimientos. Por lo que les habían contado, su relación con Álex había comenzado en un chat para aficionados a los juegos de ordenador. Para variar.

Gabriel terminó pensando que lo más probable era que Raquel se hubiera enterado de las actuaciones del grupo a través de alguien de la policía, a lo mejor incluso por Garcés. Sí, seguro que había llegado a sus oídos la entrevista en la comisaría. ¿Quién podía saber si tenía amigos o parientes allí? Y si encima estaba muy pendiente de cualquier asunto vinculado con su novio...

–Además –añadió Raquel–, no sé si Álex se merece vuestros esfuerzos. Cada vez estoy más convencida de que, aunque no nos dijo nada a nadie, lo tenía todo preparado para largarse. Al final va a resultar que es un cerdo. Empiezo a pensar que no se merece que nadie le busque. Sé que suena duro, pero...

Y tanto, sobre todo teniendo en cuenta que quien lo decía era la novia del desaparecido. El intelectual se planteó, como tantas otras veces, si hacían bien removiendo todo aquello. Pero mantuvo su silencio.

* * *

–Bueno –la voz de Lucía sonó tensa mientras se volvía para observar a sus dos amigos, igual de expectantes–, ya he terminado de escribir esta dirección tan rara. ¿Le doy al *enter*?

Mateo titubeó, nervioso.

–¿Os parece una buena idea? –preguntó–. ¿No deberíamos dejar que la policía se encargue de esto?

Gabriel, más tranquilo desde que les había contado lo del episodio con Raquel y tras confirmar que ninguno de sus dos amigos había hablado con ella, entendió al instante la actual postura del pijo. En el fondo, era un pensamiento que también le había rondado la cabeza a él; si la vida les iba bien, ¿por qué complicarse? Desde la emboscada que había sufrido en la carretera, todos habían despertado a una realidad que descubrían peligrosa. Y es que hasta entonces las pesquisas para dar con Álex habían sido un simple juego, nada más. Ahora que sabían que había riesgos muy serios, la motivación para continuar se había debilitado mucho. El miedo se había alojado dentro de ellos. Supuso que para su amigo era todavía más duro seguir adelante, ya que la posición de su familia le otorgaba un futuro fácil. ¿Para qué jugárselo todo por alguien que, en principio, les había traicionado?

—Mateo —empezó Gabriel—, si quieres dejarlo, lo entenderemos. No sé qué podemos encontrar ahí, pero sí sé que, en cuanto abramos esa página, habremos cruzado un punto sin retorno y ya no será posible retroceder —se volvió hacia su amiga—. Ya lo has oído, Lucía. Es la última oportunidad para abandonar la investigación. Decidid. Yo sigo adelante; mientras no se demuestre lo contrario, Álex sigue siendo miembro de nuestro grupo y, por eso, no lo dejaré solo. Recordad que, de acuerdo con la hipótesis que defendemos, él no se fue por su propia voluntad.

Transcurrieron varios minutos. El pijo fue el siguiente en optar, todavía vacilante:

—Yo... pues... —se puso en pie de improviso, como si algo hubiese zanjado radicalmente la cuestión en su interior— también continúo, ¡por supuesto! No sé qué tonterías estaba pensando, disculpad, ya están olvidadas. Estoy dispuesto incluso —sonrió— a interrumpir mis clases de golf. Impresionante, ¿eh? Es que no me sentiría bien si abandonase a Álex sin saber de verdad qué le está ocurriendo. ¿Y si su vida depende de nuestra reacción? Siempre hemos afirmado que la amistad es lo primero, ¿no?

Lucía asintió.

—Sí, eso es cierto —convino, mirando al suelo—, pero... No sé, es que me veo demasiado vulgar para todo esto. Me supera. ¡Solo soy una cría de dieciocho años que jamás ha hecho nada especial en su vida, aparte de permanecer como una tonta miles de horas delante de un monitor!

—Has hecho muchas cosas —señaló Gabriel con cariño—. No te subestimes. Uno ignora su propia fuerza interior hasta que la pone a prueba. Créeme. Yo te confiaría mi vida sin dudarlo, lo que no haría con el torpe de Mateo.

El aludido lanzó un puñetazo suave a su amigo, que le guiñaba un ojo, mientras Lucía sonreía con timidez:

—Pues entonces es que estás loco, Gabriel —comentó agradecida—. Pero mucho.

Mateo intervino con tono definitivo:

—Lucía, ¿te apuntas, pues, a este grupo de aventureros locos? Además, si tú te ves vulgar para esta aventura, imagina —señaló a Gabriel, dispuesto a devolverle el golpe– a este camarero gordo, pedante y con gafas actuando como un héroe. Venga –añadió jocoso–, aprovecha esta promoción: si continúas a nuestro lado, te dejaré subir a bordo del yate de mis padres el próximo verano. Si prometes bajarte enseguida, claro...

–Tus conocimientos informáticos, por otra parte, nos son indispensables –intentó persuadirla Gabriel, a su modo.

–Estoy de acuerdo –apoyó Mateo–. Aunque seas mujer, serás útil para esta misión.

El pijo acababa de conseguir, por fin, que su amiga se echase a reír. Después, ella suspiró.

–De acuerdo –claudicó Lucía, alzando ya la cara con determinación–, decidido. Supongo que lo cómodo sería escaquearse ahora, y seguir hacia adelante sin mirar atrás. Pero no puedo. Álex sigue siendo nuestro amigo; ni siquiera cuando creí que se había largado sin decirnos nada fui capaz de reprochárselo en serio. Supongo que formáis parte de mi vida, y ya no puedo renunciar a vosotros. Pues vale. Yo también sigo, tíos. Pase lo que pase.

El alivio que experimentaron ante aquel acuerdo se mezcló con una sensación intensa de unidad, y se abrazaron. Mateo imaginó la típica música trascendente que ponen de fondo en las películas cuando llega el momento culminante; la ambientación es importante. Rogó por que los protagonistas llegasen a buen puerto en aquella historia que habían decidido continuar.

–Todos para uno, y uno para todos –recordaba Gabriel–. Álex, aguanta, que vamos a buscarte –se volvió hacia Lucía, ya los tres separados, adoptando de nuevo un gesto grave–. No perdamos más tiempo, pues. Dale al *enter* y... que sea lo que Dios quiera.

Ella se sentó, se frotó las manos al tiempo que soplaba sobre ellas, en una suerte de ritual, e hizo de un golpe lo que se le indicaba. Mientras, los otros dos amigos aguardaban casi sin respirar. El ordenador, tomándose su tiempo, los condujo a través de las profundidades cibernéticas hasta el recóndito lugar que acababan de solicitar. El punto sin retorno era, de aquel modo, traspasado. Ya no podrían echarse atrás.

La primera imagen que cubrió toda la pantalla no desveló ningún misterio. Se trataba de una fotografía que ofrecía una vista frontal, bastante lúgubre, del acceso a un antiguo panteón. Era una puerta de madera maciza, incrustada en una fachada de piedra a medio engullir por la hiedra, que constaba de dos hojas con su correspondiente pomo, sobre el que se leía, en ambos casos, la palabra *enter*. Lucía guio al ratón hasta situarse sobre uno de ellos y, con el asentimiento mudo de sus amigos, presionó el botón izquierdo. La oscuridad volvió entonces al monitor, aunque su negrura se quebró enseguida dando pie a unas luces de un rojo sangriento que fueron dando forma a varias palabras: se les pedía el nombre de usuario y la contraseña.

–Tenéis esos datos, ¿verdad? –preguntó Gabriel, impaciente.

–Pues me temo que no –Lucía contestaba al tiempo que se ponía manos a la obra para intentar su captura–. A ver si puedo conseguirlos.

Ella sabía que, conociendo la dirección de la página, podían acceder a la base de datos de su servidor, la potente computadora de la que dependía la web y en cuyo interior se almacenaba toda la información. Por ello se metió en el sistema operativo y tecleó *ping www.* seguido de la dirección que tenía apuntada:

```
cnWLC4<D8A<UO°°DDLDLPQ'2348.com
```

Aquel comando le permitiría obtener la dirección IP del servidor, su clave personal.

–¿Qué estás haciendo para lograr esos códigos? –se interesó Mateo.

–Voy a extraer la IP del servidor que controla la página que pretendemos abrir, una especie de DNI que todos los ordenadores tienen con datos confidenciales. Gracias a ella –agarró su mochila, de la que sacó un CD-ROM– y este programa, puedo escanear los puertos que tenga abiertos en este momento el servidor, hasta localizar uno que me permita acceder a la base de datos. Es decir, para que lo entendáis: voy a recorrer todas las puertas virtuales que tiene el servidor, hasta encontrar las que estén abiertas. Después me introduciré en ellas para encontrar alguna que conduzca a la base de datos, donde están recogidos todos los nombres de usuario y contraseñas de los clientes de la web, con lo que ya solo nos quedará escoger las claves de alguien que no esté jugando ahora.

–Impresionante –aplaudió Gabriel, sin disimular su arrebato–. Adelante, todo tuyo el ordenador.

–Hasta yo lo he entendido –confesó Mateo, felicitándola.

Lucía, que ya estaba trabajando en lo que les había adelantado, sonrió.

–No cantéis victoria tan pronto. Podría ocurrir que no haya ningún puerto abierto que conduzca a la base de datos. En fin, cruzad los dedos –pidió–. Por cierto, espero que no nos pillen con las manos en la masa.

Gabriel y Mateo obedecieron, mientras esperaban en silencio para no molestar a su amiga. Sin embargo, no tuvieron que aguardar mucho para comprobar los primeros resultados:

–Bueno –avisó Lucía–, ya tenemos la IP del servidor. Esto era lo fácil. Entremos en la segunda fase.

Gabriel, carcomido por el deseo de averiguar qué se ocultaba tras aquella dirección tan difícil, todavía apretó más sus dedos entrelazados, hasta hacerse daño.

–Estamos escaneando puertos –volvió a notificar ella, concentrada al máximo–. Esto tiene buena pinta. Veamos qué hay aquí...

Las primeras entradas no sirvieron de nada, pero al cuarto de hora Lucía mostró una expresión de triunfo inconfundible:

–¡Tengo ante mí la ansiada base de datos, chicos! –exclamó, a punto de reventar de la satisfacción–. Aunque es un archivo encriptado, lo descifraremos con el programa *Johntheripper*. No perdamos tiempo. Si se dan cuenta de que estamos aquí...

Mateo y Gabriel se habían arremolinado a su alrededor, presas de la excitación. Ella introdujo un CD suyo en aquel ordenador, y poco después repasaba la información traducida del archivo localizado. Cuando Lucía terminó, se apresuró a borrar su presencia en el servidor.

–Ya está, creo que con esta información podremos acceder a la página en la que se movió Álex antes de desaparecer –terminó, volviéndose hacia sus amigos–. Cuando queráis.

Mateo le dictó la dirección de la web, y enseguida aparecieron en la pantalla del monitor los ya conocidos portones del panteón, con sus pomos donde se leía la palabra *enter*. Lucía pulsó encima de uno de ellos, y segundos más tarde copiaba el nombre de usuario y la contraseña que había sustraído de la base de datos.

El procesador gimió mientras la última barrera de la página web se abría por fin, aceptando las claves. Los atentos ojos de los tres jóvenes distinguieron después, ya en el interior de aquella edificación fúnebre virtual, una única lápida en el suelo, a la que el programa les fue aproximando hasta que se abrió dando paso a unas escalerillas descendentes. Estas acababan muriendo al pie de un estrecho túnel con paredes de piedra, iluminado de forma tenue por algunas antorchas encajadas en grietas. Los altavoces del ordenador solo recogían, por su parte, un monótono sonido ambiente.

Cuando la imagen estuvo completa, pudieron reparar en los detalles, aunque Gabriel y Mateo se mostraron decepcionados.

–Pero esto es un típico juego de ordenador, ¿no? –señaló Gabriel, el único al que no le iban esas cosas.

–A mí ya me lo parecía, desde luego –comentaba Mateo–. Aunque muy bueno, eso sí.

Lucía asintió con la cabeza, más impactada con aquel hallazgo.

–No es un simple juego –advirtió ella–. Esto es mucho mejor. ¡La calidad de imagen es increíble! ¡Esto es prácticamente real! Hasta el ruido de fondo es perfecto. Fijaos.

Ella empezó a presionar la tecla C, y diferentes perspectivas quedaron ante la vista de ellos: lateral, zoom, contrapicado, frontal, cenital.

–Es la leche –confirmó Lucía–. Los mandos siguen el mismo esquema que en el *Camelot*. En cuanto a esta pasada de calidad, la única explicación posible es que se trate de imágenes captadas con cámaras digitales de alta definición.

–¿Quieres decir que no se trata de gráficos creados, sino de un escenario real? –interrogó Gabriel.

–Eso es –contestó Lucía–. Este juego tiene que ser bastante caro, pero de momento no se ve nada inquietante, la verdad. Lo único que me extraña es que por ningún lado aparece ni el nombre del juego ni ningún otro dato. Tanto secretismo me huele mal. Y, desde luego, no se comercializa en tiendas habituales, porque sería famoso, viendo su excelente nivel. Apuesto a que ni siquiera está dada de alta esta página en ningún buscador.

–¿Pero no se supone que es un juego que está a la venta? –se preguntó Gabriel, perplejo–. Si no fuera así, no exigiría ni nombres de usuario ni contraseñas. En algún sitio tendrá la gente que poder conseguir las claves, digo yo.

–Y, como ha comentado Lucía, costarán pasta –afirmó Mateo–. Siendo así, ¿cómo es posible que yo no lo tenga todavía? Tendré que informarme.

–Lo del precio tampoco concuerda con lo que estamos viendo –aceptó Gabriel, volviendo al tema principal–. Si alguien hace negocio con esto, es absurdo que no lo dé a conocer introduciéndolo en buscadores, haciendo publicidad... ¿No te parece, Lucía?

–Si no está en ningún buscador –sentenció ella–, pongas los parámetros que pongas, jamás encontrarás esta web. Ni siquiera en *Google*. Muy sospechoso.

–Algo incompatible con todo negocio... legal –concluyó Gabriel.

Ella asintió, sin dejar de jugar con las teclas, hasta que logró que surgiera un menú de opciones en la parte inferior derecha de la pantalla, que abarcaba cuatro posibilidades: *Partida actual*, *Partida anterior*, *Archivo* y *Exit*.

–Ve a «partida actual» –recomendó Gabriel, sin desviar la mirada–. Supongo que nos interesa lo más reciente.

Lucía siguió aquella instrucción, seleccionando la opción adecuada. Tras escasos segundos, los tres habían empezado a contemplar cómo un individuo ataviado con un vestido similar a un quimono blanco, y rostro borroso, se arrastraba con un brazo ensangrentado, cojeando, por otro túnel más amplio. Los altavoces les hacían llegar sus tropiezos y su respiración entrecortada, en un efecto envolvente que les puso la piel de gallina. Primeros planos de aquel tipo o de partes de su cuerpo se intercalaban de vez en cuando, así como panoramas de otros rincones del pasadizo por donde avanzaba.

–¿Nosotros no jugamos? –cuestionó Gabriel, ignorante en aquellos temas–. Ese personaje se mueve solo, y los cambios de perspectiva tampoco los hemos dirigido desde aquí.

En aquel instante, el ordenador transmitió un espectacular grito que el personaje de blanco emitía al encontrarse con miles de ratas que salían como hormigas nerviosas de brechas en el suelo, hambrientas ante el olor a sangre, y cuyos chillidos agudos obligaron a Mateo a bajar el volumen de los altavoces.

Lucía, que se mantenía observando absorta, respondió como pudo a su amigo:

–En el *Camelot*, por ejemplo, tú puedes intervenir como espectador, sin luchar –aclaró–. De ese modo te dedicas a presenciar cómo combaten los otros participantes, y hablas con ellos. No sabemos si Álex pagó para hacer lo mismo en este programa, o si compró el derecho a jugar en directo; solo podemos asegurar que las claves que acabamos de robar permiten únicamente la observación de la partida. Ahora mismo somos simples testigos de lo que ocurre, no podemos influir en lo que está sucediendo. Aunque sí debe de ser posible comunicarse con otros jugadores. Lo que no sé todavía es cómo.

—Lo normal es que se pueda —corroboró Mateo, rascándose una rodilla.

—Oye —intervino Gabriel—, y lo que estamos viendo, ¿está memorizado o es que ahora hay gente jugando?

—Lo memorizado se guarda en el archivo, donde imagino que estarán las mejores partidas, o las últimas —Lucía abrió la casilla de *Archivo*, donde, en efecto, sesiones anteriores estaban registradas por fechas—. ¿Veis? Así que ahora mismo estamos asistiendo a una partida en tiempo real.

—Claro, acordaos de que nos hemos metido en «partida actual» —apoyó Mateo—. Estamos viendo cómo alguien juega en estos momentos.

«Tiempo real». Lucía había sentido un repentino escalofrío al pronunciar sus últimas palabras, y dedicó una fugaz mirada a Gabriel, quien captó todo su alcance. ¿Aquello era demasiado real como para ser ficción?

—Lucía... —empezó de forma débil el intelectual, sin dejar de atender al espectáculo del monitor—. Eso que has comentado de real... ¿hasta qué punto lo es?

Mateo se irguió como si le hubiesen pinchado en el trasero, pues acababa de comprender lo que insinuaba Gabriel, y se volvió hacia su amiga. Lucía había dado la espalda a la pantalla; ganaba tiempo frotándose los ojos, temerosa de sus propias conclusiones.

—Por favor —rogó sudando—, no me hagáis esa pregunta, no estoy segura...

Los dos chicos apreciaron una vez más la excelente definición de las imágenes, del decorado y del maltratado personaje de blanco, características que adquirían ahora un tinte siniestro. ¿Era un montaje, o se trataba de algo auténtico? Porque si era real... ¿El protagonista del juego era un actor, todo constituía una representación, o por el contrario... se trataba de una persona que estaba sufriendo un ataque verdadero? Aquella última posibilidad era atroz. ¿Estaban siendo testigos de una *snuff movie*, al estilo de *Tesis*, pero en plan juego de ordenador?

—Lucía —llamó Gabriel con suavidad—. Necesitamos una respuesta. Esto puede ser todavía más fuerte de lo que imaginábamos.

Ella continuaba con aspecto de inmenso agobio.

—Lo que me preguntáis no tiene nada que ver con la informática —se defendió—. ¿Cómo pretendes que compruebe si eso es real o fingido? Lo mejor sería que cerrásemos este juego. Creo que hemos sido demasiado románticos en esta absurda búsqueda. Llamemos a la policía.

—Ni de coña —reaccionó Gabriel—, ¡aún no tenemos ninguna prueba de nada! Recuerda el ridículo que hicisteis ayer en la comisaría. No podemos volver a precipitarnos al acudir a ellos o enterrarán definitivamente el caso de Álex. No. Hay que llegar hasta el final de esto, es tarde para acobardarse. De alguna manera, Álex está implicado, y no podemos abandonarle.

—¡Por Dios! —exclamó Lucía, olvidando lo duro que su amigo acababa de ser con ella—. ¿Es que puedes concebir a Álex como cliente de algo tan horrible? ¿Disfrutando con agresiones a gente inocente?

—¡Joder, Lucía! —explotó Gabriel—. ¡No tengo ni idea, eso es lo que intentamos averiguar!

Ambos se estaban enfadando, fruto del nerviosismo. Mateo, que casi estaba sufriendo tanto viendo las ratas como el propio personaje de blanco, intentó distender el ambiente:

—Venga, tranquilos, tíos; solo con serenidad podremos sacar algo en limpio. ¿Alguien me explica cómo se puede fingir un ataque de bichos asquerosos como esos?

—Pijo, en las películas se recrean situaciones mucho más difíciles gracias a los efectos especiales y a los ordenadores —argumentó Gabriel, recuperando el control—. Y será mejor que no mires tanto; con lo impresionable que eres, vas a tener pesadillas. Por cierto, Lucía, perdona, no sé qué me ha pasado. Olvida lo que te he dicho, tú jamás te has acobardado ante nada.

La aludida, consciente de repente de lo solos que estaban frente a aquello, quitó importancia al asunto:

—No te preocupes, es normal con lo que tenemos entre manos.

Después se atrevió a atender de nuevo a la pantalla, reflexiva.

—El rostro del personaje de blanco puede ser un indicio de la información que buscamos —aventuró al cabo de unos minutos, enigmática.

Los otros aguardaron en silencio a que reanudase sus deducciones.

—La cara borrosa que tiene no es un fallo —se explicó ella—. Está hecho a propósito para que no se le pueda identificar. Como en las fotos o en los telediarios cuando sale hablando alguien que quiere mantener el anonimato. ¿Os acordáis de que hasta les modifican la voz?

Gabriel se puso muy serio:

—Si este programa de los túneles fuera un simple juego, no tendrían sentido ni esa cautela ni la ausencia de publicidad, ¿no?

La respuesta de Lucía no se hizo esperar:

—Exacto. Por eso no creo que sea un juego —se frotó la cara, con manos temblorosas—. Ya tenéis la respuesta que buscabais: el tío de blanco no ha ido voluntario a esos túneles. Seguro.

Gabriel tragó saliva:

—Dios. Entonces... ¿cuál es el objetivo de este macabro juego?

Lucía se lanzó a pulsar con furia, hundiendo las teclas F1, F2, F3... para comprobar así los diferentes comandos de que disponía como jugador-espectador y los que se mostraban como no operativos.

—¿De verdad lo queréis saber? —preguntó con voz irreconocible de puro miedo, cuando hubo terminado sus comprobaciones—. Casi todas las órdenes que podría mandar ejecutar en el juego desde aquí, si no fuésemos simples espectadores, hacen referencia a impedir, básicamente, que ese tipo de blanco salga con vida de la red de pasadizos: puedo enviar perros asesinos, gases, torturadores... Y más posibilidades cuyo contenido desconozco —se detuvo, al borde de un ataque de ansiedad—. ¿Satisfechos?

Gabriel se aproximó a una ventana y la abrió; se asfixiaba allí dentro.

—Estamos con la mierda hasta el cuello —sentenció—. ¿Cuándo dejará de haber sorpresas?

Lucía iba a añadir algo, pero reparó en que la velocidad de las perversas imágenes que ofrecía el monitor se había ralentizado bastante, lo que le hizo dar un brinco del susto y olvidarse de todo por un momento.

—¿Qué está pasando? —pensó en voz alta, mientras se apresuraba a volver ante el ordenador apartando a Mateo, que parecía hipnotizado por la pantalla—. Por favor, que no sea nada...

De repente perdieron la conexión con el juego, lo que provocó un grito de Lucía.

–¡Seguro que nos han baneado, hemos sido expulsados del juego! –volvió a gritar.

Gabriel la observaba, extrañado.

–Tampoco es para tanto –comentó–. A lo mejor es un fallo de la banda ancha. Ya se arreglará. Además, creo que ya hemos visto suficiente.

Lucía los miró con detenimiento, atemorizada.

–No lo entendéis –avisó–, ¡no me preocupa nuestra expulsión del programa, sino la repentina lentitud del equipo! ¿Sabéis cuál es la causa más probable de la pérdida de ritmo del procesador, en estos casos?

Los interpelados negaron con la cabeza.

–Yo os lo diré –continuó ella, ya centrada sobre el teclado–. Que un tercero se haya metido en tu ordenador.

Gabriel abrió los ojos de forma desmesurada, empezando a compartir el espanto de su amiga.

–¿Qué quieres decir?

–Que es probable que hayan detectado nuestra presencia ilegal en el juego –sospechó Lucía–, y se hayan metido dentro de nuestra máquina para saber quiénes somos. Si es así, la hemos jodido pero bien. Alguien que fabrica o que compra este juego tiene que ser muy peligroso.

A Gabriel volvía a faltarle el aire. Mateo, callado, no tenía aspecto de encontrarse mejor.

–¿De verdad pueden acceder a nuestro ordenador? –casi aulló el primero–. ¿Cómo puedes comprobar si está sucediendo eso?

–Ya lo creo que pueden –Lucía había superado su momento inicial de angustia, y ahora, moviéndose en su particular mundo de la informática, estaba haciendo gala de una frialdad muy profesional–. Me he metido en el sistema operativo, el MS-DOS, y acabo de teclear *netstat*, un comando que me permitirá ver las conexiones IP entrantes y salientes de este ordenador. Ya os he dicho antes que la IP es como el DNI de cada computadora, todos los ordenadores tienen la suya. Si alguien se ha introducido en nuestro ordenador, aparecerá su IP en la pantalla de MS-DOS, eso delatará su presencia.

–Madre mía... –Gabriel dejó de hablar, palpándose la ropa empapada de sudor.

Lucía, enganchada por completo a sus maniobras cibernéticas, ni se enteró. Presionó el *enter* y esperó. Al instante surgieron ante ella los datos que buscaba.

–Confirmado –comunicó con voz ahogada–. Nos han pillado. Un tercero nos está inspeccionando desde el principio, ¡hace más de media hora! Su puerto es el 21, ¡y su dirección IP coincide con la del servidor de la web del juego! ¡El mismísimo máster del juego se ha metido en nuestro ordenador! ¡Hay que cerrarlo todo! Nos habrán detectado cuando me he metido en su base de datos, ¡mierda!

Lucía supo que, aun así, era demasiado tarde; en la IP del ordenador de Mateo, que ya habría consultado el desconocido visitante, se podía leer el nombre completo de su amigo pijo, la dirección del chalé... Todo. Los habían identificado a la perfección, como a criminales que se dejasen la cartera en el lugar del delito. Al principio no tuvo valor para decírselo a los otros, pero se dio cuenta de que corrían peligro:

–Hay que largarse –advirtió, contundente–. Ya. Pueden estar dirigiéndose hacia aquí hace rato. Si lo que pensamos es cierto, vendrán a por nosotros.

Gabriel hizo caso al momento, manteniendo la compostura a duras penas; temblaba cuando recogía sus cosas. Mateo no parecía ser consciente del riesgo que estaban corriendo, y llevaba varios minutos como alucinado.

–¡Reacciona, tío! –le instó Gabriel, cogiéndole con violencia de los hombros–. ¿Pero qué te pasa?

Mateo despertó ante aquella agresividad. Sus ojos reflejaban el mismo miedo de los demás.

–El personaje de blanco –musitó.

–¿Qué dices? –preguntó Lucía, terminando de teclear, ya con su mochila al hombro.

–El personaje de blanco –repitió Mateo, con gesto de *shock*–. Sé quién es.

No hubo tiempo para más palabras. Justo entonces, el ordenador enmudeció, cubriendo con un velo negro la pantalla que todavía miraba Lucía. Al mismo tiempo, todas las luces de la casa se apagaron, mientras el sonido de la rotura de un cristal llegaba hasta ellos, procedente de la planta baja.

* * *

Garcés levantó la vista de los papeles cuando el detective José María Ramos golpeó con los nudillos la puerta de su despacho, entrando a continuación sin esperar respuesta.

—Qué pasa, inspector —saludó el compañero mientras se enfundaba una cazadora de cuero—. ¿Es que hoy no te vas a casa? ¡Ya es de noche! Deja de currar y tomemos una cerveza. Invito yo.

Garcés negó con la cabeza, aprovechando para estirarse en un largo bostezo.

—Gracias, Chema, pero hoy no puedo. Tengo trabajo extra, y si no aprovecho estos ratos, no sé cuándo voy a quitármelo de encima. Pero te tomo la palabra; es demasiado raro que tú invites a algo.

—Ya te vale. Venga, anímate. ¿Es que no puedes hacer eso mañana?

—Pues no: precisamente mañana vendrán a verme unos chicos para hablar de este caso.

Ramos pareció interesado:

—¿Y eso? ¿Qué expediente es?

Garcés se dio cuenta, demasiado tarde, de que había metido la pata. Después de la discusión que tuvo con su compañero por encargarse de la fuga de Álex Urbina, lo último que deseaba era volver a sacar el tema con Ramos.

—Seguro que te acuerdas —adelantó el inspector, confiando en que el detective no reaccionase mal—. Me encargué de este asunto hará un mes, más o menos. Se trata de ese chaval joven llamado Álex Urbina que se largó de casa.

—¿Todavía estás con eso? —se sorprendió el otro—. Si no tenía nada de especial...

Garcés asintió.

—Lo sé. Nada nuevo hay bajo el sol, como suele decirse.

—¿Y pierdes tiempo con un asunto así? —volvió a insistir Ramos—. ¿No está archivado ya?

El inspector le tuvo que dar la razón de nuevo:

—En efecto, Chema. Pero no sé, a lo mejor hay algún cabo suelto. En realidad —acabó reconociendo—, no te sabría decir por qué hago esto. Igual es que me aburro en casa, je, je.

—Vaya, vaya. Cuando uno empieza a hacer cosas raras, es momento de tomarse unas vacaciones.

Garcés sonrió.

–Supongo que debería hacerlo. Bueno –añadió, dando por concluida la conversación–, será mejor que vuelva a mis papeles; si no, no voy a acabar nunca. ¡Me debes una caña!

Ramos se dio por vencido.

–De acuerdo. Me voy. No gastes mucho tiempo en eso, hazme caso. Hasta mañana.

–Hasta mañana.

El policía se volvió y alcanzó en dos zancadas la puerta del despacho, cerrándola a su espalda. Garcés, reflexivo, se atrevió a concluir que la pacífica reacción de Ramos ante el apellido de Urbina había quedado algo postiza. Seguía molesto por aquel incidente.

Los últimos comentarios de Chema, sin embargo, asediaron la mente de Garcés. El inspector dejó caer su boli sobre la mesa y se quedó absorto mirando la pared. ¿Estaba perdiendo el tiempo?

* * *

En medio de la repentina oscuridad, aquel ruido tintineante de cristales hechos añicos los alcanzó como un latigazo de pánico, mordiéndolos en la espalda. Gabriel, al borde del colapso, descubría una vez más el rostro de la muerte entre las tinieblas. Resultaba excesivo para una persona discreta, de talante apacible como él.

–¡Por la ventana, deprisa! –susurraba Mateo, a quien el susto había reanimado del todo–. Habrá que saltar, pero no os preocupéis; estamos en un primer piso.

Lucía, calibrando la situación, se fijó un instante en el paralizado aspecto que ofrecía Gabriel, y se le aproximó. Uno de los peldaños de la escalera que conducía a aquella planta crujió muy cerca de ellos.

–Espero que comprendas que lo hago por ti –le cuchicheó al oído con suavidad, antes de soltarle una inesperada bofetada–. ¡No hay tiempo, Gabriel, reacciona! ¿Me oyes? ¡Están ahí mismo! ¡Por tu vida!

El aludido, recuperando algo de color, logró reunir las fuerzas suficientes como para seguir a sus dos amigos que, ya con la ventana abierta, le arrastraban para subir a la cornisa. Lucía fue la primera en alzarse sobre ella y saltar, no sin antes dedicar palabras de ánimo a sus compañeros. Enseguida cayó rodando sobre el césped, unos metros más abajo.

–¡Venga, joder! –Mateo tendía una mano a Gabriel desde la cornisa, instándole sin elevar la voz a que se subiese–. Rápido, están aquí.

Como si fuera tan fácil. Gabriel maldijo sus kilos de más, que le convertían en un fugitivo torpe y lento. Mateo, con su delgadez, se encaramaba a cualquier sitio igual que un mono, pero él...

Cuando se esforzaba en levantar una pierna para terminar de acceder al saliente de la ventana, Gabriel oyó tras él el estruendo que provocaba la puerta de la habitación al abrirse de un furioso golpe, como reventada por la fuerza de un huracán. Estaba claro que a quienes llegaban ya no les preocupaba no hacer ruido. Con un atisbo de ironía, se preguntó cómo era posible que todavía sacase conclusiones en unas circunstancias así.

Amortiguadas, llegaban las acuciantes llamadas de Lucía. Ella esperaba muerta de miedo en el jardín, ignorante de lo que estaba ocurriendo allí arriba. Poco después empezaría a gritar «socorro» como una demente. Gabriel tragó saliva, insistiendo por última vez en su patética maniobra de fuga, del mismo modo que un animal moribundo atrapado en arenas movedizas. Se negó a volverse, intuyendo formas oscuras que se aproximaban veloces sin emitir una sola palabra. Aquellos perfiles fúnebres le resultaron espantosamente familiares; ya se habían encontrado antes.

–Por favor... –Mateo, que alternaba miradas hacia la libertad y hacia el interior de su cuarto ya conquistado por aquellas siluetas siniestras, aún mantenía, con valentía suicida, sus manos tendidas hacia Gabriel, incapaz de abandonar a su amigo–. Ánimo, puedes conseguirlo...

Gabriel se dio cuenta de lo que iba a provocar y, cejando en su empeño de subir a la cornisa, empujó a Mateo hacia el exterior hasta que lo obligó a soltarse. En aquella situación no merecía la pena tanto sacrificio.

–¡Escapad, no me esperéis! –gritó con voz rota, mientras perdía de vista a su amigo–. ¡Contad lo que sabemos!

Manos cubiertas de guantes negros aterrizaron entonces con brutalidad sobre sus hombros y le taparon la boca, al tiempo que un afilado garfio se colocaba rozándole la garganta. Lucía y Mateo, sollozando mientras vociferaban pidiendo auxilio, distinguieron cómo la parte del cuerpo de Gabriel que alcanzaban a vislumbrar era tragada por la oscuridad del interior de la casa. Después, nada.

Solo el silencio que ellos quebraban con sus aullidos asustados. Luces de casas vecinas comenzaron a surgir en la noche. Los dos echaron a correr en busca de ayuda.

Gabriel, perdiendo el consuelo de la visión de sus amigos, se vio arrastrado hasta la cama de aquel dormitorio en penumbra. Inmovilizado por varios individuos ataviados con indumentarias negras igual que los pasamontañas que cubrían sus rostros, y cuyas pequeñas rendijas le permitieron adivinar unos ojos saturados de maldad, conoció lo que era el verdadero terror. Se dio por muerto.

Uno de aquellos sicarios aproximó su rostro –qué mirada tan inhumana– hasta casi rozarle la mejilla.

–Olvidad a vuestro amigo... –le habló en un susurro gélido, taladrándole con aquellas pupilas que destilaban odio– o moriréis. Es el último aviso... Moriréis de forma muuuuy lenta... Ya es tarde para él... y pronto lo será para vosotros... Olvidad a vuestro amigo... No tendréis otra oportunidad... Olvidadlo todo... todo... o nadie será capaz de identificar vuestros cadáveres...

Gabriel notó la frialdad de un filo de cuchillo recorriendo su cuello con enloquecedora lentitud, jugueteando junto a su yugular. Minutos más tarde, se descubrió solo en aquella habitación que continuaba sin luz. En el posterior interrogatorio de la policía le sería imposible concretar cuándo desaparecieron las siluetas amenazantes, ni cuántas eran, ni cómo. Tampoco le importó; todavía luchaba por asumir que seguía con vida. Había vuelto a nacer. Por tercera vez.

6
TERCER DÍA

Gabriel meneaba la cabeza hacia los lados, como negándose a aceptar los hechos.

–Es increíble –se quejó–. ¿Cómo es posible que no hayan encontrado nada? ¡Estuvieron por toda la casa, rompieron un cristal, me amenazaron de muerte!

Lucía repitió lo que los tres ya sabían:

–Un cristal roto por una piedra no implica nada, solo una gamberrada inofensiva. Esos tipos son profesionales, dominan lo que hacen. No dejan rastros.

–Lo que los hace todavía más peligrosos –se apresuró a terminar Mateo, con la boca seca–. Madre mía.

Aquella primera mañana tras el ataque sufrido en el chalé del pijo, horas después del infructuoso espectáculo policial que habían provocado en la urbanización, el clima general era de temor y de profunda decepción. Los agentes no habían encontrado ninguna prueba de lo ocurrido. La misma ausencia de indicios que el ataque sufrido por Gabriel en la autopista días antes. Y es que nadie del vecindario había visto nada. Aquellos individuos oscuros que los acosaban se desvanecían en las sombras de las que parecían surgir. No es que la policía no tuviera pistas sobre los autores, la situación era muchísimo peor: ni siquiera podían demostrar ellos mismos que lo que contaban a los detectives era cierto. Los abrumaba una impotencia desesperante.

–Por eso no me han hecho daño esta noche –dedujo Gabriel, acariciándose el cuello, mientras recordaba la trampa de la autopista en la que le hirieron–. Me quisieron muerto, pero fallaron en su oportunidad y ahora me prefieren intacto; así les resulto más útil. Para la policía ellos todavía no existen, y lo saben. Ni siquiera la herida que me hicieron en su primer ataque los delata, pues es superficial y muy similar a las producidas en todo tipo de vulgares atracos. Quieren seguir así de invisibles, lo que me ha vuelto intocable ante ellos. Y es que, salvo para nosotros, son fantasmas. Alucinante –el intelectual tomó aliento–. No obstante, aunque ahora eviten ponerse en evidencia, por otro lado tampoco pueden permitir que sigamos investigando, lo que los obliga a arriesgarse, como hicieron ayer. Al menos, con su advertencia nos han informado de que estamos cerca de Álex, ¿no?

–Desde luego –convino Lucía–. Si no, jamás habrían llegado tan lejos.

–Ese es el problema –observó Mateo, tenso–. Lo lejos que están dispuestos a llegar. ¡No me atrevo a volver a mi propia casa!

Los otros le tranquilizaron. De momento, y mientras sus padres estuviesen de viaje, Mateo se alojaría en aquel domicilio. Era un pequeño piso donde vivía Lucía de alquiler desde que empezó la universidad, ya que su familia era de un pueblo de Huesca.

–Lo que me alucina es lo rápido que esos tipos oscuros reaccionan –pensaba la informática en voz alta–. No me refiero solo a lo pronto que llegaron ayer hasta nosotros, sino sobre todo a la velocidad con que han trasladado su página web a otra dirección secreta. Para cuando Garcés quiso meterse anoche, con las claves que habíamos utilizado nosotros, ya era tarde y no descubrió nada... Impresionante.

–Pues sí –apoyó Gabriel–. Gracias a ese tipo de estrategias, no hemos sido capaces de demostrar nada de todo lo que estamos viviendo en los últimos días; esto es casi surrealista. En la poli deben de pensar o que estamos mal de la cabeza o que nos aburrimos mucho, no sé. Igual que mis padres, a los que ya no puedo comentar nada de esto.

–¿Nos creerá aún Garcés? –planteó Mateo, poniéndose en pie y comenzando a pasear por la habitación–. A estas alturas, no le podría echar en cara que no lo hiciera. Seguimos «dando la brasa» como el primer día, pero no hemos podido llevarle nada sólido. Bueno, no hemos podido llevarle nada.

–Nos cree –afirmó convencido Gabriel–. En el fondo, aunque busca como un desesperado algo a lo que agarrarse en esta truculenta historia, sabe que es imposible que estemos inventando algo semejante. Él nos conoce lo suficiente. Además, está mi herida.

–Tu sangre tampoco ha servido de mucho hasta ahora –opinaba Mateo poco después.

–A lo mejor lo que ocurre es que temen que estemos en lo cierto –aventuró Lucía–. Les aterroriza la posibilidad de que lo que estamos descubriendo exista en realidad. Y de que exista en Zaragoza. Es demasiado malo.

–Puede ser. De todos modos, convendría que empezásemos a preparar la reunión que tenemos dentro de dos horas con el inspector Garcés –advirtió Gabriel–. Si metemos la pata, podemos acabar con nuestra última oportunidad. Y cada minuto que pasa puede ser decisivo en el rescate de Álex.

–Primero hay que decidir si vamos a seguir con esto –aclaró Lucía–. Es duro lo que voy a decir, pero... ¿y si Álex está muerto? A ti, Gabriel, te dijeron que era ya demasiado tarde, ¿no? A lo mejor vamos a jugarnos la vida por nada. Acordaos de la amenaza de esos tipos oscuros: si continuamos con nuestras indagaciones... nos matarán. A estas alturas, no hay duda de que van en serio.

Mateo carraspeó.

–Tengo algo que deciros antes de que continuemos con eso –empezó con timidez–. No lo conté delante de la policía, pero es que no estoy seguro de ello ni tampoco podía demostrarlo, y claro...

Gabriel y Lucía se le quedaron mirando, sorprendidos.

–¡Arranca, tío! –le espetó el intelectual–. ¿Qué pasa?

–¿Os acordáis de que creí reconocer al personaje de blanco al que atacaban las ratas? –les preguntó–. Luego vino todo lo del asalto de los tipos oscuros, y ya no hemos vuelto a hablar del tema. Pero la idea no me abandona –se puso a observar por la ventana, visiblemente nervioso–. Es muy fuerte, tíos. No me vais a creer.

–Adelante, Mateo –invitó Lucía con suavidad, incapaz de prever adónde quería ir a parar su amigo–. Inténtalo. Te escuchamos.

A Gabriel, inquieto, solo le vino un pensamiento desagradable: más sorpresas.

* * *

Garcés cerró la puerta de su despacho, y el clásico ruido matutino de la comisaría se transformó en un murmullo sordo. Ya había avisado de que no le molestasen aunque comenzase a arder El Corte Inglés. Después, dándose golpecitos en la papada con los dedos, en lo que constituía su máximo síntoma de reflexión, recogió del escritorio el expediente y, abriéndolo, lo puso ante su vista. Se mantuvo leyéndolo así, de pie junto a la mesa, durante más de una hora, casi sin pestañear.

–Álex Urbina... –susurraba dirigiéndose a la foto de la carpeta–, ¿ocultas algo? Dímelo...

Siguieron transcurriendo los minutos, y al final el esfuerzo tuvo su recompensa. A punto de darse por vencido, el inspector vino a descubrir algo donde menos se imaginaba: en un apartado marginal de los últimos folios, fuera ya de la información relativa al desaparecido y de las declaraciones de vecinos y familiares. En aquel espacio secundario, condenado a ser pasado por alto, constaban diversos comentarios sobre datos adicionales que habían surgido durante las indagaciones. Entre otros, se mencionaba un fallo local de luz.

–Así que durante la noche de la aparente marcha de Álex Urbina, aquella zona sufrió un apagón... –recalcó en voz alta, percatándose de la sospechosa coincidencia que se había producido el día anterior en casa del chico pijo–. Interesante. Y muy casual, desde luego. Toca llamadita de teléfono.

Garcés rodeó la mesa y se sentó en su sillón giratorio. Agarró la manilla del primer cajón, empujó hacia atrás y enseguida quedaba ante su vista la agenda telefónica que guardaba allí dentro. La alcanzó, localizó la página de la letra i y, repasándola, memorizó el número que necesitaba. Lo pulsó en el teléfono segundos más tarde, mientras sostenía el auricular contra la cara ayudándose de un hombro y se preparaba, boli en mano, a tomar notas.

–¿Sí?

El inspector reconoció la voz al momento.

–Julio, soy Paco Garcés.

–Hombre –el tono se volvió más simpático al otro lado de la línea–, ¿cómo estás? Cuánto tiempo sin tener noticias tuyas, ¿no?

–Ya ves. Y da gracias, así vives más tranquilo.

–Sí –el tipo estuvo de acuerdo–. Porque tú solo llamas para pedir algo, como imagino que pasa ahora, ¿verdad?

Garcés tuvo que reconocer que así era, algo cortado.

–Tienes toda la razón, Julio. Ya sabes que casi vivo aquí, en la oficina. Mi mujer está demasiado harta incluso para dejarme, je, je. Así son las cosas.

–Tus frasecitas. Dime qué quieres.

El inspector reanudó el tanteo de su papada, ultimando las ideas. Según la opinión de aquellos chicos, el enemigo –dicho así, en abstracto– se suponía que dominaba la informática.

–Oye, autoridad mundial de las computadoras, estoy investigando unos apagones que tuvieron lugar en urbanizaciones separadas de la ciudad, en diferentes fechas.

–Las tormentas a veces provocan esos problemas.

–Nada de tormentas, Julio. Ambas fueron noches tranquilas. Tampoco hubo accidentes de ningún tipo, ni problemas en las instalaciones. Y en el expediente del caso se señala que la compañía de electricidad fue la primera sorprendida por aquellos fallos en la corriente.

–Ve al grano, Paco –dijo el informático–. ¿Qué necesitas saber?

Garcés no se lo hizo repetir:

–¿Alguien podría provocar esos apagones a través de un ordenador?

Julio guardó silencio unos instantes.

–¿Cómo se solucionó el asunto las dos veces? –quiso saber, retardando su respuesta.

–No hizo falta que nadie hiciese nada; al poco rato, la luz se restablecía sola. En los dos episodios.

–Te diré que sí es posible –contestó por fin Julio–. Desde luego. Hay que ser un auténtico experto, pero se puede hacer, sí. Alguien pudo lograr meterse en el ordenador principal de la empresa y, una vez allí, empezar a jugar, como quien dice. Ya me entiendes.

–¿Y cómo es que la empresa no detectó su «travesura»?

Garcés presintió cómo el otro se encogía de hombros.

–Volvemos a lo mismo: todo depende del nivel de conocimientos del intruso. Los hackers genuinos no dejan huellas o, si acaso, las falsean conduciéndote a ordenadores ajenos. Son muy perros...

–Ya veo.

–Yo que tú –recomendó Julio–, si estás convencido de que esos apagones fueron provocados, pediría a la empresa que llevase a cabo una inspección exhaustiva en los ordenadores, para intentar localizar anomalías en las fechas en las que se produjeron las interrupciones de corriente. No pierdes nada, y si sale bien puedes encontrar nuevas pistas.

—Sí, me parece razonable. Ahora me pondré en contacto con ellos. Pues nada, Julio, muchas gracias. Como siempre, tus conocimientos me han sido muy útiles. Te debo una.

—Me debes una más, Garcés. Que no es lo mismo. Suerte y al toro.

* * *

Juan Balmes se encontraba viendo la televisión, sentado en el sofá del salón, cuando llamaron a su puerta. Aquello le extrañó, pues eran casi las nueve de la noche. Se levantó con pesadez, llegando hasta la puerta de entrada al reducido piso.

—¿Sí? —preguntó antes de abrir, acercando sus ojos a la mirilla.

Borrosamente, distinguió un rostro que no le sonaba. Sin embargo, la indumentaria que alcanzaba a ver a través de la lente le permitió comprobar que se trataba de un compañero. A su edad era imposible que conociese a todos; había tantos nuevos...

—El ayuntamiento te necesita, Juan —dijo una voz cordial—. Hay problemas en una alcantarilla y necesitan de tu experiencia, ya sabes. La ciudad te lo agradecerá.

El aludido asintió, comprensivo. No era la primera vez que recurrían a sus servicios a horas tardías, y eso que ya estaba jubilado. Él lo comprendía; a fin de cuentas, nadie sabía más de aquellas fétidas galerías subterráneas de Zaragoza. Solo esperaba que el problema que había surgido no fuese en los «túneles de los gritos». Un escalofrío le recorrió el cuerpo al recordar. Habían sido varias veces en los últimos años, y siempre en los mismos tramos, en la red antigua de alcantarillas. Gritos lejanos, aunque desgarradores, de dolor. Como si estuviesen desollando vivo a alguien. Aquello fue lo que le había decidido a pedir la jubilación antes de cumplir los sesenta y cinco.

Los demás trabajadores se reían a su espalda, pensando que era demencia senil, pero él sabía muy bien que no eran fantasías suyas. ¿Fantasmas? Se lo había llegado a plantear, pues a petición suya, tras mucho insistir, se habían llevado a cabo varias inspecciones que no habían descubierto nada. Fuera lo que fuese, allí había algo. Él estaba convencido. Y no estaba dispuesto a volver a bajar a aquellos lugares, sobre todo al tramo de colector que recorría el subsuelo del callejón de las Once Esquinas, cerca de la plaza de España, el peor de todos. Ni aunque se lo pidiese el alcalde en persona.

Ya terminaba de abrir la puerta cuando una mano oscura, enguantada, la atenazó con fuerza, fijándola en aquella posición mientras entraban veloces varios individuos vestidos de negro. Nadie emitía el más leve sonido, ni apareció el presunto compañero que Juan Balmes viese a través de la mirilla. El veterano pocero había pasado del repentino asombro a un miedo paralizante. ¿Qué estaba ocurriendo? Cayó en la cuenta, demasiado tarde, de que tampoco le habían avisado desde el portal por el telefonillo. Le habían engañado. Es tan fácil sorprender a quien no se lo espera ni tiene nada que ocultar...

Al tiempo que uno de los tipos cerraba la puerta con delicadeza, otros dos, que ya le habían tapado la boca con una mordaza suave, se lo llevaron por la casa hasta localizar el dormitorio, donde lo introdujeron tumbándole sobre la cama. Aprovecharon las almohadas para sujetarlo –era evidente que no querían dejarle marcas– y aguardaron a que llegara el que parecía el cabecilla, lo que ocurrió a los pocos segundos. Aquel ataque estaba calculado al milímetro.

Juan Balmes hubiera dado sus piernas por poder hablar, para explicarles que se equivocaban, que no poseía nada de valor. Pero ni agitando la cabeza con fuerza fue capaz de zafarse de la tela que le cortaba la respiración, así que acabó por detener sus movimientos nerviosos, extenuado. Fue entonces cuando se le acercó el jefe.

–Tranquilo... –susurró acercando sus ojos fríos a los de Juan Balmes, muy abiertos–. No tiene por qué pasarle nada. Si nos obedece, claro. Pero si empieza a molestar...

Aquel hombre hizo un gesto inequívoco, pasándose un dedo por el cuello como si se lo estuviese cortando. Sonreía.

–Bueno –continuó en su tono de serenidad falsa–, ¿qué decide?

Juan Balmes asintió como pudo, mostrándose dócil. Solo esperaba que se llevaran lo poco que tenía y abandonasen el piso pronto.

–Muy bien –felicitó el tipo de negro–. Buena elección. Ahora, sin hacer ruido, se va a tomar estas pastillas –uno de los cómplices le alargó un frasco de cristal repleto de comprimidos y un vaso con agua–, y se dormirá. Cuando despierte, ya no estaremos aquí, todo habrá sido una simple pesadilla. Es muy fácil. ¿De acuerdo?

Juan Balmes volvió a asentir de forma exagerada. Lo único que quería era terminar con aquella penosa situación cuanto antes, aunque le desvalijasen por completo el apartamento. Mientras tragaba la cantidad ingente de píldoras que le metían en la boca, no pudo evitar plantearse si en realidad le estaban administrando una dosis letal, aunque sus dudas se ahogaron pronto en el agua que ahora procuraban que tragase. Cuando, antes de perder la consciencia, vio que ninguno de los seis tipos allí presentes se apresuraba a coger objetos o a registrar la casa, supo a ciencia cierta que le estaban asesinando. Pero ya era tarde.

–Y van dos –oyó que alguien comunicaba.

* * *

Varios minutos habían transcurrido desde que Gabriel terminase de relatar a Garcés todos los hechos sucedidos hasta entonces en torno a la desaparición de Álex. Aun así, el silencio no se interrumpía en aquel sobrio despacho que Lucía y Mateo, también presentes, repasaban con la vista, inquietos. Y es que estaban asustados por las sangrientas consecuencias que podía acarrearles la decisión que habían adoptado de continuar buscando a Álex. Nadie en el mundo excepto ellos parecía darse cuenta de que se estaban jugando la vida, al tomar la determinación de ignorar la advertencia de un oscuro adversario que daba la impresión de ser muy poderoso y, lo que era peor bajo el punto de vista de Mateo, un auténtico sádico.

Pero no podían demostrar nada, un hecho que los condenaba a la soledad frente a un riesgo desconocido. Qué situación tan dramática. El pijo no hacía otra cosa que tragar saliva y sudar, añorando su despreocupado pasado reciente. No era justo que un tío forrado de pasta como él lo estuviese pasando tan mal.

Dadas las circunstancias, los chicos habían llamado al inspector por teléfono para pedirle que aquella visita fuese secreta, por lo que habían terminado quedando a la hora de la cena en el interior de un edificio menos visible que el de la comisaría, donde seguían reunidos.

Se trataba de una moderna casa de apartamentos próxima al lugar de trabajo de Garcés, cuya primera planta estaba ocupada por oficinas de la unidad de Tráfico dedicadas a tramitar atestados, anodina labor que convertía el edificio en un lugar idóneo para organizar encuentros clandestinos como el que estaban llevando a cabo. De hecho, el propio bloque de pisos, de tan vulgar, se mimetizaba con el resto del vecindario haciéndose invisible a ojos suspicaces. «Como son los ojos de los espías», meditó Gabriel, con la espalda rígida. «¿Quién nos observa desde la penumbra?».

El policía todavía no había alterado la postura inerte mantenida mientras escuchaba la historia, y ahora, al otro lado de la mesa, se dedicaba a mirarlos uno a uno, dubitativo. Se acarició la papada. Los chicos lo veían tan concentrado que no se atrevían casi ni a respirar.

–Y ahora qué –Garcés hacía el primer movimiento, muy serio–. Entendéis mi postura, ¿verdad? Venís aquí en plan de incógnito como si pendiese sobre vuestras cabezas el peligro más tremendo; repetís la alucinante historia que contasteis ayer por la noche cuando el jaleo en tu casa –se volvió hacia Mateo, con gesto de reproche–, sobre poco menos que un juego asesino de ordenador, sin aportar ni una sola prueba; y me miráis como si vuestra vida dependiera de mí. Sois un poco mayores para estos jueguecitos, ¿no?

–A lo mejor la vida de Álex sí depende de cada segundo que pasa, inspector –sentenció Lucía, haciendo caso omiso del talante opaco del detective.

Gabriel la observó admirado. Vaya con su amiga, siempre le sorprendía su carácter.

–Hemos dejado al margen de todo esto a nuestras familias –comentó el intelectual, en un tono más diplomático–. Ni lo entenderían ni pueden ayudarnos. Tampoco queremos que corran peligro por nuestra culpa. Pero su caso es diferente, señor Garcés. Usted puede echarnos un cable, estamos solos en esto. Aunque no tanto como nuestro amigo, claro. Mientras hablamos puede estar siendo torturado, incluso cerca de aquí. ¿Pretende que nos crucemos de brazos y esperemos a que un día el perro de un paseante descubra su cuerpo mutilado en algún descampado? Imposible, inspector. Es nuestro amigo.

–Suena muy romántico –reconoció el policía–, una vez más. Pero esto, como ya os dije el otro día, es la vida real. ¿Y si todo es una broma pesada?

–¡Pero si intentaron matarme en aquella autopista! –exclamó Gabriel–. ¿Tendría que haber muerto para que nos crean?

—A lo mejor solo querían asustarte y se pasaron —planteó Garcés—. Aquí nos llegan montones de bromas pesadas que acaban mal. A fin de cuentas, si tanto os odian, ¿por qué no te hicieron ningún daño en el presunto ataque de ayer?

—Gabriel ya se lo ha dicho antes —intervino Mateo, con una voz menos sólida que la de los otros—. Para no delatarse. No estaríamos discutiendo ahora para que nos ayudasen si le hubieran hecho algo grave. No es lo mismo un ataque con navaja en una autopista, como un vulgar atraco, que una agresión dentro de un domicilio, ¿verdad?

—Mateo —avisó el intelectual, cambiando el rumbo de la conversación de forma brusca—, ha llegado el momento de que le digas al inspector lo que nos has contado hace un rato.

Las cabezas de los otros se volvieron hacia el aludido, empujado sin transición al centro de la escena.

—Bueno... yo... —titubeó, ante el gesto inquisitivo de Garcés—. En realidad no estoy seguro, pero...

—¡Sí que lo estás! —le increpó Lucía, de repente temerosa ante la posibilidad de que su amigo se acobardase—. No te eches atrás ahora y díselo, venga. Por favor.

Mateo respiró hondo y se lanzó:

—Ayer, cuando entramos en ese juego extraño de ordenador del que le hemos hablado, me fijé bien en el personaje de blanco que avanzaba por los túneles... Cojeaba de un modo muy particular, no era la típica cojera de un herido.

El inspector, que se sabía de memoria el expediente de Álex, incluidas sus características físicas, se irguió sobre su asiento.

—¿Insinúas que...? —comenzó el detective, negándose a continuar.

—Sí —confesó Mateo—. Se trataba de Álex, casi podría jurarlo. Soy el que mejor lo conoce, somos amigos desde críos. Su forma de caminar la reconocería a un kilómetro, es inconfundible. Era él. Ya sé que suena increíble, pero...

El chico no continuó. Garcés, abrumado, se puso en pie en medio de grandes aspavientos.

—¡Lo que me faltaba por oír, chicos! —exclamó, dando zancadas por la habitación—. Y perdonadme, pero es que esto sobrepasa mi capacidad de triste poli de provincias. ¿Álex metido dentro de un juego de ordenador programado para asesinarle? ¿Es eso?

Ellos, mudos, seguían con la vista sus movimientos nerviosos, conscientes de lo excepcional que era que aquel detective perdiese la compostura.

–Con la de años que llevo yo en esto... –insistía Garcés–. Jamás había escuchado un disparate semejante.

–Piénselo por un momento –pidió Gabriel, procurando transmitir serenidad–. Este último dato tampoco supone un gran cambio con respecto a la hipótesis inicial que barajábamos, y que usted más o menos acepta. De hecho, encaja bastante bien, a pesar de lo espectacular que es.

Garcés resopló y volvió a sentarse. Sus ojos afilados estudiaban sin descanso a Mateo, como calibrando si aquel delgado joven podía estar siendo víctima de su propia imaginación. Debió de llegar a la conclusión de que no, porque se mantuvo prudentemente callado.

–¿Algún «detalle» más que os apetezca compartir con este viejo agente de la ley? –terminó por plantear, para ganar tiempo.

A nadie se le escapó el sarcasmo. Lucía, harta ya de la hostilidad del policía, que empezaba a atisbar como artificial, decidió arriesgarse:

–Bueno, inspector, ya es momento de que abandone su pose difícil. Es evidente –advirtió, ante los ojos atónitos de sus amigos y el ceño fruncido del aludido– que si no nos creyese, hace rato que esta entrevista habría acabado, ¿verdad? El juego se lo trae usted entre manos, no nosotros –ahora se dispuso a lanzar el órdago–. ¿Podemos hablar en serio?

Garcés se mantuvo firme unos instantes, muy digno, pero acabó claudicando.

–Siempre me descubres, Lucía –reconoció–. Quería comprobar vuestra verdadera convicción en todo esto, nada más. Comprendedlo, no tengo otra cosa más que vuestros testimonios casi sobrenaturales. Aunque –prosiguió, ya en un tono más afable–, por desgracia, parte de las dificultades que os he estado poniendo son auténticas. Sin pruebas, no puedo solicitar que la comisaría ponga medios a nuestra disposición, así que solo me tenéis a mí. El caso está archivado. Si al menos se pudiera confirmar lo de las amenazas...

–Pero no podemos –se resignó Gabriel–. Luchamos contra espectros.

–Bueno, no nos desanimemos, chicos –Garcés se proponía ahora atenuar la decepción de aquellos valientes–. Yo ya os esperaba predispuesto a creeros, pues esta misma mañana he estado haciendo comprobaciones y, al igual que ayer en tu casa, Mateo, la noche en que Álex desapareció su zona también sufrió un apagón. La compañía, por lo visto, acabó detectando una maniobra informática dañina de alguien ajeno a la empresa (lo mismo que en este último ataque, por cierto), pero el rastro solo conducía a un *ciber*. Son *hackers* muy profesionales. Empiezo a estar convencido de que ocurre algo raro alrededor de Álex. Lo estáis consiguiendo.

–Se lo dijimos desde el principio –recordó Lucía.

El detective le dirigió una mirada comprensiva.

–Todos los días me dicen tantas cosas... –se disculpó–. La mayoría son falsas alarmas, y además son historias mucho menos vistosas que la vuestra. Tiene que haber unos mínimos indicios para que se ponga en marcha la maquinaria de la policía. Y, de hecho, en este caso ya empieza a haberlos.

–Pero, entonces, ¿qué va a hacer? –quiso saber Mateo, que no estaba dispuesto a volver a su casa hasta que todo aquello acabase–. ¿No puede pedir ayuda a sus compañeros?

–Me temo que aún no; estamos muy mal de personal y se exige una justificación clara. Lo que sí os aseguro es que voy a aparcar los demás casos que tengo pendientes para dedicarme casi en exclusiva a la desaparición de Álex. Esto tendrá un buen final, ya veréis. Ahora bien, me tenéis que prometer que, a cambio, vais a dejar de indagar por vuestra cuenta. Si es cierto que los tipos que tienen a Álex son tan violentos, aceptando que en efecto vuestro amigo esté retenido contra su voluntad, debéis obedecer sus instrucciones y manteneros al margen. Sin el apoyo de fuerzas policiales no puedo garantizar vuestra seguridad, entendedlo. Yo ya os iré poniendo al corriente de lo que vaya averiguando. Y, por supuesto, esta entrevista no ha tenido lugar.

Aunque a regañadientes, los chicos estuvieron de acuerdo. Era una petición lógica.

–Al menos –pidió Gabriel, haciendo un gesto a Lucía–, ¿podemos hacer una última gestión desde su ordenador?

El detective resopló:

–Sois terribles. A ver, dime qué estáis tramando.

–Supongo que tienen informatizados todos los archivos, ¿verdad? –preguntó Lucía.

–Verdad.

–¿Podríamos comprobar si recientemente ha habido más desapariciones con las mismas características que la de Álex?

Garcés se toqueteó la papada unos instantes, intentando dilucidar las intenciones de aquellos jóvenes. Su petición no encajaba muy bien con la situación actual.

–¿Me habéis ocultado información? –los interpeló, quisquilloso.

Lucía mostró entonces la más encantadora de sus sonrisas, y eso que, según Gabriel, todas sus sonrisas eran encantadoras.

–No, inspector –respondió ella–. Lo que ocurre es que, como ya no vamos a investigar, no queremos quedarnos con esa curiosidad, eso es todo.

Garcés volvió a refunfuñar, pero terminó accediendo:

–De acuerdo –comenzó a teclear para introducir su clave personal, y enseguida giraba hacia ellos la pantalla del monitor mostrando la página inicial del archivo general–. Tenéis suerte; aunque no estamos en la comisaría, con mi clave puedo acceder a esa información desde cualquier equipo de la policía. ¿Qué parámetros queréis utilizar para la búsqueda?

Los tres dudaron a la hora de concretarlos.

–Varón, de dieciocho a veintidós años de edad –se lanzó Gabriel–, zaragozano...

–Mejor pon aragonés –sugirió Lucía–. E incluye el sexo femenino: nos interesan también las chicas desaparecidas en las mismas circunstancias.

–... Aragonés y añadir chicas, de acuerdo –obedeció Garcés, ante el teclado–. También pondré desaparecido en Aragón, pues el dato anterior es diferente. ¿Algo más? A este ritmo, os van a salir demasiados casos. Ya os dije la cantidad de gente que se larga de casa cada año, ¿verdad? En los últimos diez años, solo desapariciones, ha habido más de veinte mil en España. Afortunadamente, la mayoría han tenido un final feliz, eso sí.

Gabriel pensaba con intensidad, intentando recrear el perfil que había hecho a Álex caer en las garras de aquella especie de organización criminal. ¿Por qué él y no otro? ¿Por qué le habían elegido a él?

–Aficionado a juegos de ordenador –añadió, mordiéndose el labio inferior–, y desaparecido, por ejemplo, desde el año dos mil hasta hoy. Pruebe ahora.

El inspector pulsó la tecla de *enter*, y en unos segundos el ordenador dio su respuesta. Los tres chicos aguardaron en silencio.

–¡Vaya! –se sorprendió Garcés–. Solo aparece un chico, paralítico, visto por última vez en las afueras de Huesca hace tres años.

Lucía y Mateo volvieron sus rostros hacia Gabriel, extrañados. Este, ajeno a todo, arrugó la nariz, poco convencido. ¿Paralítico? Eso no encajaba con lo que sospechaban: un joven en silla de ruedas no servía para aquel sórdido juego de los túneles con ratas. Entonces tuvo una corazonada:

–¡No, no! –advirtió con energía–. Nos hemos equivocado, hemos buscado mal.

Garcés levantó sus manos del teclado en ademán de inocencia:

–Chicos, yo solo me he limitado a seguir vuestras instrucciones –se excusó–. Ni siquiera sé lo que pretendéis...

–Álex, conforme a la versión oficial, no ha desaparecido –se explicó Gabriel, vehemente–, se ha ido de casa. Y dejando una nota, además. Si hay más casos como el suyo, el montaje habrá sido el mismo para todos, y así constará en ese archivo.

El inspector movió la cabeza hacia los lados, escéptico.

–¿No os estáis pasando un poco? –cuestionó–. Una cosa es que yo esté dispuesto a creer que Álex ha sido utilizado para algo delictivo, pero insinuar que puede haber más víctimas a las que haya sucedido lo mismo...

–Por favor... –Lucía, con su voz sensual, se esforzaba ahora en ofrecer un aspecto desvalido que terminó por desarmar a Garcés–. No le molestaremos más, pero cambiemos una última vez los parámetros de búsqueda. Por favor.

El detective asintió en medio de un suspiro muy significativo, y dirigió sus ojos hacia Gabriel, quedándose a la espera.

–La edad la mantenemos –comenzó de nuevo el intelectual–, igual que los dos sexos, la afición por los juegos de ordenador y la última residencia conocida en Aragón, pero lo de que sean aragoneses quítelo. Añada, por favor, que se hayan ido por propia voluntad de casa dejando carta de despedida, y que no hayan dado señales de vida desde entonces. A partir del año dos mil, que es cuando internet empieza a generalizarse. Cuando quiera.

Garcés procuraba traducir los aspectos señalados por Gabriel en parámetros que el ordenador aceptase. Menos mal que tenía amplia experiencia en aquello y que el programa era de una gran sofisticación. Por fin volvió a pulsar el *enter*. En la pantalla surgió una lista con doce nombres.

–¿Cuándo se fueron de casa, inspector? –quiso saber Gabriel, que seguía muy concentrado.

–Lo tienes en la última columna –contestó el policía, incorporándose para ver los resultados–. ¡Joder!

Garcés acababa de darse cuenta de que las fechas de aquellas escapadas sin retorno cubrían con exactitud todos los años transcurridos, desde el dos mil hasta el dos mil cinco. Y en ningún caso los implicados habían vuelto.

–Justo dos por año –concluyó Gabriel, coincidiendo con las silenciosas deducciones de Garcés–. Qué curioso, ¿verdad?

–¿Se trata de una coincidencia, inspector? –la voz de Lucía requería una respuesta inmediata. Sin evasivas.

Gabriel, mientras tanto, procuraba retener las direcciones de varios de aquellos desaparecidos. Con toda aquella emoción, se le olvidó preguntar al policía si era él quien había contado a Raquel que estaban investigando la desaparición de su novio.

7
CUARTO DÍA

–No contestan –confirmó Lucía, inclinada hacia el cuadro de botones que aparecía incrustado junto al lado derecho del portal–. No debe de haber nadie en casa. ¿Vuelvo a llamar?

Gabriel asintió. A lo mejor no habían oído el primer pitido.

–Lucía, si siguen sin contestar, nos vamos a la siguiente, que es la última ya.

Solo estaban ellos dos, pues los padres de Mateo habían regresado de su viaje y el pijo había tenido movida en casa por el reciente ataque al chalé. Y eso que no había contado todo lo que sabían. Aun así, su familia se había quedado muy preocupada por todo aquello y Mateo, abandonando definitivamente el domicilio de Lucía, había considerado que no era muy oportuno marcharse de la recuperada casa paterna. En cuanto el panorama mejorase, les enviaría un SMS.

–Nada –comentó de nuevo Lucía–, nadie responde. Tendremos que dejar este piso para más tarde.

Eran las doce de la mañana, y aquella era la tercera casa de chicos desaparecidos que visitaban. Gabriel había memorizado las direcciones en la comisaría la noche anterior. La primera los había llevado a una vieja casa cerca de la iglesia de la Magdalena, y allí todo había sido muy fácil: en cuanto habían dicho la media verdad de que estaban colaborando con la policía para desentrañar casos de desapariciones, los familiares dieron todo tipo de facilidades: desde mostrar fotos del chico desaparecido hasta la entrada a su propia habitación, ordenador incluido. Y en el segundo domicilio registrado, junto al Mercado Central, había ocurrido lo mismo. La gente, muy triste, cooperaba si vislumbraba el mínimo indicio de esperanza.

De todos modos, nada les había llamado la atención por el momento. Ellos mismos estaban deprimidos por las terribles historias que estaban removiendo y por los escasos resultados obtenidos. La única conclusión a la que habían llegado era que todas las personas desaparecidas vivían antes de sus enigmáticas fugas en el casco antiguo de Zaragoza y que, en efecto, eran aficionados a juegos de ordenador, lo que sí tenía interés pero no arrojaba demasiada luz. Habían acabado por perder la perspectiva de las cosas: ¿qué era casual y qué no?

—Lo más raro —meditaba Gabriel en voz alta— es que en los ordenadores de estos tíos no se ha borrado nada, ¿verdad?

Lucía estuvo de acuerdo.

—Ya lo has visto en esta última casa —reafirmó—: el historial del Explorer estaba completo hasta la fecha de la desaparición, los datos de los archivos no mienten. Y como estos ordenadores han estado apagados tanto tiempo, sus discos duros apenas han llevado a cabo labores de limpieza interna, así que se conserva casi todo.

—¿Quiere eso decir que esta gente no estaba metida en ese juego que descubrimos en casa de Álex? Si es así, perderemos lo poco que tenemos, Lucía.

La aludida se encogió de hombros antes de responder.

—No sé qué decirte —reconoció.

—Bueno, será mejor que arranquemos. Dejemos las conclusiones para el final —Gabriel se resistía a la rendición, pensativo mientras permanecía sentado en el estrecho bordillo que ofrecía el portal—. Todavía nos queda una dirección que, para variar, está cerca de aquí: calle Mayor.

Lucía se le aproximó, pero él no se levantó de inmediato, sino que aún se entretuvo reflexionando con la vista baja, enfocando sus ojos hacia lo que quedaba casi a su altura: unos adoquines desgastados de la acera, una vieja tapa de alcantarilla, las piernas de algún transeúnte que se interponían de vez en cuando a su visión. ¿Y si no encontraban nada en su última visita? Prefirió no adelantar acontecimientos.

Gabriel, poniéndose en pie, reparó una última vez, como despedida, en aquellos adoquines, en una farola cercana, en la tapa de la alcantarilla de antes, pero que despertó en esta ocasión su curiosidad: era distinta a las normales, se la veía diferente de diseño y mucho más vieja, tanto que tenía el dibujo desgastado. La de años que debía de llevar siendo pisada, se dijo Gabriel, volviéndose hacia su amiga.

–Cuando quieras, Lucía –susurró al fin–. Rumbo calle Mayor.

–A ver si tenemos suerte.

Ella, de improviso, aproximó su rostro al de él y le dio un pequeño beso en la mejilla, murmurándole al oído un suave «ánimo». Gabriel, desconcertado, no acertó a decir nada aparte de un breve «gracias» que, segundos después, le parecía patético. Siempre se había bloqueado con las chicas que le gustaban, lo que, para desgracia suya, no solía ocurrirle al pijo. Aunque en esta ocasión Mateo no podía contraatacar porque no estaba allí, se recreó el intelectual.

A continuación empezó a sonar el móvil de Gabriel. Era Raquel, la exnovia de Álex. El intelectual respondió a la llamada:

–Hola, Raquel. ¿Cómo va todo?

–Bien, más o menos. Oye, os acabo de ver a Lucía y a ti desde el autobús. ¿Qué hacéis?

Gabriel volvía a sufrir el conflicto de informar o no de sus ideas a la chica. Pero es que seguía siendo demasiado pronto para alentar sus esperanzas. Y eso que de la última conversación que habían mantenido cabía deducir que Raquel cada vez tenía menos interés en su antigua pareja. A pesar de todo, prefirió seguir con su discreción:

–Estamos dando una vuelta, ¿y tú?

–Voy a casa de unos familiares. ¿Te llamo y quedamos un día de estos?

Gabriel se encogió de hombros, aunque ella no pudo verlo. Salvo cuando la chica llegaba acompañando a Álex, nunca habían quedado.

–De acuerdo –aceptó–, avísame cuando puedas.

–Vale, chao.

Cuando colgó, Lucía ya sabía con quién había estado hablando.

–Creo que haces bien en mantenerla al margen –opinó ella.

* * *

Garcés presionó con la yema del dedo gordo la octava chincheta, hasta que la cabeza plana de esta se juntó con la pared, asfixiando así el trozo de papel entre ellas a modo de un sándwich. Después, con el ceño fruncido, se fue apartando para tener una visión más completa del resultado final. Allí estaba: el plano de la ciudad de Zaragoza colocado en una de las paredes laterales de su despacho, sobre el que se distinguían los ocho circulitos que acababa de clavar, los enclaves de las ocho desapariciones que detectase con aquellos chicos la noche anterior. Suspiró, masajeándose con energía la papada. ¿Y ahora qué?

Volvió la cabeza hacia su escritorio, abrumado, sin saber por dónde empezar. ¿Le venía grande todo aquello? Ya no era joven, no buscaba desafíos ni asuntos novedosos en su carrera. Sin embargo, aquello a lo que se enfrentaba tenía toda la pinta de ser ambas cosas, y en su fuero interno sabía que no podía hacer la vista gorda, que su propia ética profesional, a pesar de que las probabilidades de acabar mal se le antojaban aplastantes, le impedía abstenerse de continuar. No cabía la alternativa de escaquearse, de abandonar. Ni siquiera de pasar el testigo a otro compañero, como en una carrera de relevos.

Sobre su mesa reposaban los expedientes de los casos cuya localización delataban las chinchetas que acribillaban el mapa, informes que había repasado hasta la saciedad. Lo había hecho primero para recordar, pues de algunos casos había transcurrido mucho tiempo, y luego para procurar distinguir conexiones que se hicieran visibles a partir de la información con la que contaba. Llegaba la hora de sacar conclusiones. Resoplando una vez más, comenzó:

Primero, todos los chavales «escaparon» de domicilios que pertenecen a distritos de la zona centro y, más en concreto, del casco histórico; segundo, todos dejaron algún tipo de mensaje de despedida; tercero, todos son jóvenes, con edades comprendidas entre los dieciocho y los veintidós años; cuarto, aficionados a juegos de ordenador, y con equipo informático en su propia habitación; quinto, qué curioso, no hay ni una sola chica entre los desaparecidos, son todos chicos; sexto, las presuntas víctimas son de muy diversa extracción social; séptimo, de acuerdo con los documentos, se trata de jóvenes solitarios –varios de ellos vivían solos, en pisos de alquiler...–, tímidos, de escasa actividad social; mmmmm..., interesante; octavo, la mayoría han tenido episodios de conflicto con los padres; alguno, incluso fugas anteriores.

El inspector se percató de que algunas de aquellas notas en común, dirigidas a sus superiores, servirían para desautorizar de forma automática cualquier intento de reabrir un expediente, ya que aquellos chicos constituían perfectos prototipos de jóvenes huidos por propia voluntad.

Garcés se detuvo, crispado. «Piensa», se forzó, «tiene que haber algo más». Si la historia que cuentan Gabriel, Lucía y Mateo es cierta, ¿cuáles de estas coincidencias resultan interesantes? El inspector sabía a la perfección lo que tenía que hacer: ponerse en el lugar del secuestrador, ni más ni menos, asumir su lógica criminal. Si él tuviera que raptar a varias personas para un espantoso juego real de torturas en unos túneles, ¿qué perfil de víctima buscaría?

Sin lugar a dudas, para sacar el máximo rendimiento al delito, debía buscar a gente joven; más fáciles de atraer y engañar, son además fuertes –lo que encajaba con el hecho de que no hubiese chicas entre aquellos desgraciados nombres–, por lo que aguantarán mucho en el juego hasta... –Garcés tragó saliva–, hasta acabar... muertos, claro. Aunque devastadora, era una presunción coherente.

Entonces cayó en otra penosa coincidencia: ninguno de aquellos ocho supuestos fugados, al igual que el resto, había regresado jamás a su casa ni había vuelto a ser visto, siquiera en otro lugar. Cualquier policía intuye lo que eso significa, aunque nunca lo reconocerá ante las familias afectadas. Y es que para todo hay un plazo, una suerte de caducidad. Sí; de tratarse de verdaderos secuestros, el único destino de los elegidos tenía que haber sido la muerte. Prefirió no entrar, por el momento, en la forma. A pesar de que a lo largo de sus años como policía había visto cosas horribles, un sexto sentido le advertía de que aquello en lo que se estaba metiendo podía ser mucho peor.

Jóvenes. La mente del detective, que trabajaba ahora desde la perspectiva del delincuente, enlazó aquel dato con la edad mínima que presentaban los presuntos raptados: dieciocho años. Obvio: si pretendemos que la policía no indague demasiado, tenemos que trabajar con adultos, nunca con menores. Garcés lo comprendió al instante, eso sí cuadraba. Siguiendo la misma línea de argumentación, y pudiendo elegir víctimas, tenía sentido el hecho de que los desaparecidos fuesen personas con trayectorias conflictivas en el ámbito familiar, ya que de ese modo no resultaría tan... «espectacular», tan sorprendente, que un día se largasen de casa sin previo aviso. Y si, enlazando con otra de las coincidencias, se trata de jóvenes introvertidos, mejor que mejor. «No tanto porque tengan pocos amigos o salgan poco», razonó Garcés, «sino –cuestión importante– porque ese tipo de gente no suele contar las cosas, no comparte sus secretos. Resultan, en definitiva, inconscientemente discretos, lo cual es perfecto para ir tendiéndoles una trampa, si es que eso es lo que ocurrió en realidad. Y, desde luego, si además de todo lo anterior viven solos, como sucedía con algunos, la coyuntura es perfecta. Por supuesto».

El inspector rodeó su escritorio, extrajo de las carpetas de los expedientes las fichas de los desaparecidos y extendió sus fotos por la mesa. «¿Teníais algún secreto?», les increpó. «¿A qué os dedicabais en vuestras vidas aisladas? ¿Qué hicisteis en vuestros últimos días antes de desaparecer? ¿Conocisteis a alguien?»

Garcés aprovechó para tomarse un respiro; salió de su despacho y, poco después, volvía a él con un vaso de café en las manos que paladeó a breves sorbos, sin perder su gesto concentrado. Algunos agentes se asomaban al despacho para saludarle mientras avanzaban camino de otras secciones. Enseguida Garcés se apresuró a entornar la puerta.

La cosa no iba del todo mal. El inspector se veía incapaz, sin embargo, de encontrar sentido a la coincidencia de domicilios de aquellos chicos. Ese aspecto se le escapaba. Acercó su rostro hasta que la nariz casi rozaba el plano, arrugando unos ojos que despedían una mirada absorbente. ¿Qué utilidad podía tener aquella proximidad, aquel cerco de chinchetas sobre el papel? ¿Acaso los círculos permanecían señalando algo que él era incapaz de atisbar? «Información», se dijo, «me falta información para interpretar esto. ¿Por qué todas las víctimas vivían en el casco viejo? ¿Por qué?».

De pronto cayó en la cuenta de que Álex incumplía algunos de aquellos requisitos: ni vivía en el centro, pues su casa estaba en un barrio residencial de las afueras, ni, por lo que sabía, se podía catalogar al chaval de tímido o retraído. «Lo que faltaba». A ver si al final iba a descubrir una cadena de secuestros ajena por completo al caso de Urbina. Para volverse loco. Bueno, tenía que serenarse; si dejaba que las neuronas de su cabeza empezasen a engancharse y a liarse, todo estaría perdido. *Calma*. Mientras no tuviese nada mejor, continuaría en esa dirección, hasta hallar pruebas en uno u otro sentido. *Tranquilidad*.

«A ver», reanudó haciendo un esfuerzo, «más casualidades»: esta vez, al igual que Álex, todos dejaron algún tipo de mensaje de despedida. Garcés podía apostar a que aquello se habría comprobado con rigor por sus compañeros del cuerpo, incluso mediante algún perito en grafología para analizar la letra de las cartas que dejaron los ausentes. Por tanto, si en el expediente figuraba que esos últimos mensajes habían sido escritos por los desaparecidos, es que así era. ¿Y entonces? ¿Cómo explicar aquello para hacerlo compatible con la versión de que sus marchas eran en realidad secuestros? Garcés se golpeó los dientes con el dedo índice repetidas veces, en un gesto maquinal. Ahí sí que no tenía ni idea, excepto la difícil hipótesis de que quienes llevaron a cabo los raptos forzaran a los elegidos a escribir su propia despedida, como quien firma su sentencia de muerte. Entonces sí cuadraba todo.

Con lo de las diferentes clases sociales de las víctimas no había duda: era evidente que a los raptores no les importaba esa circunstancia de los elegidos; por eso en ese tema no había coincidencia.

Las reflexiones del inspector fueron cortadas de cuajo por unos golpes contundentes en la puerta de su despacho, la típica manera de llamar del detective Ramos. Garcés demoró su «adelante» unos segundos, aprovechando que por una vez el otro policía se mostraba respetuoso al esperar, mientras recogía con precipitación todos los papeles. No quería que en la comisaría corriese el rumor de que se estaba dedicando a casos cerrados, todavía no tenía permiso para hacerlo y había demasiado trabajo como para que le aceptasen semejante iniciativa. ¡Si tuviese pruebas en las que apoyarse! Ojalá Gabriel, Lucía y Mateo no se diesen verdadera cuenta de lo desprotegidos que se encontraban en realidad. Menos mal que los había obligado a dejar de husmear en torno a ese caso.

Se oyeron nuevos golpes. Ramos tenía que tener unos nudillos de piedra. Garcés le instó por fin a que entrase, al tiempo que un interrogante más se alojaba en su mente: si aquella presunta organización criminal había hecho una selección de víctimas tan minuciosa como la que parecía que se había efectuado, ¿de dónde extraían tanta información? ¿Quiénes eran? Y si también estaban implicados en la desaparición de Álex, ¿por qué le habían escogido si no cumplía todas las condiciones exigidas?

* * *

—Solo quedo yo de los que vivíamos aquí en aquel momento —comentó la chica mientras los guiaba por un estrecho pasillo hasta el cuarto de un tal Carlos Román–. Fue tremenda la que se montó, una pasada.

Lucía y Gabriel, que aún no tenían noticias de Mateo, se encontraban en el interior del piso de alquiler donde había vivido el último de los desaparecidos cuya dirección conocían, un joven de veintiún años llamado Carlos Román. Aquella chica que los precedía en el corredor, Mar, de unos veinticuatro años de edad, era la que les había abierto tras responder al telefonillo del portal, y la verdad es que los estaba atendiendo muy bien.

En unos segundos entraban ya en el dormitorio donde residió aquella antigua víctima hasta junio del año dos mil tres, y comenzaron a estudiarlo como ya habían hecho con las casas anteriores.

—Habéis tenido suerte —advirtió Mar—. Desde que sucedió aquello no hemos tenido ganas de alquilar esta habitación, así que está casi como la dejó Carlos cuando se marchó. Bueno, su familia se llevó bastantes cosas, la verdad.

—¿Cómo era él? —preguntó Lucía, rebuscando entre los libros de una estantería—. ¿Cuánto tiempo llevaba viviendo aquí?

—No es que tuviésemos mucha relación con Carlos los demás del piso —respondió la anfitriona desde el umbral de la puerta, atenta a las indagaciones de los dos amigos—. Era un poco especial, ya me entendéis. No muy sociable, vamos. Siempre estaba con su ordenador, apenas salía. Por eso tampoco nos impactó demasiado cuando nos enteramos de que se había ido para no volver. En cuanto a lo del tiempo que vivió aquí... unos ocho meses.

—Oye, Mar —se dirigió Gabriel, recordando la búsqueda informática en la comisaría—, sabemos que Carlos dejó algún mensaje de despedida. ¿Te acuerdas de su contenido exacto?

El intelectual habría dado su mano derecha por poder leer los expedientes de todas las desapariciones, lo que les hubiera ahorrado mucho tiempo a la hora de sacar conclusiones. Pero el inspector Garcés no habría accedido a aquella petición, sobre todo porque estaba convencido de que los chicos habían dejado de verdad sus investigaciones. «Pobre iluso», pensó Gabriel, «como si con un simple sermón se pudiese anular la fidelidad de los amigos». ¿Cómo renunciar así a buscar a Álex, cuando ni las terribles amenazas de los seres oscuros los habían disuadido de hacerlo? No, inspector, allí seguían todos, hasta el final, tal como habían acordado Mateo, Lucía y él tras el último encuentro con el policía.

—Bueno —contestó la chica—, la carta iba dirigida a su familia y nunca tuvimos ocasión de leerla; pero creo que venía a decir algo como que necesitaba cambiar de aires y comenzar una nueva vida. Nada muy concreto.

Lucía, paseándose por la habitación, reparó entonces en la ausencia del ordenador.

–Imagino que los padres de Carlos se llevaron el equipo informático –aventuró–, ¿verdad?

–Pues sí –ratificó Mar, asintiendo con la cabeza–, eso se lo llevaron. ¡La cantidad de tiempo que pasaba Carlos ante el ordenador, no os hacéis idea! Bueno, en cuanto llegó a este piso se ofreció para pagar la tarifa plana, así que nosotros no nos quejamos. Pero aun así...

Gabriel y Lucía se miraron, entendiéndose al instante: daba igual que allí faltase material; no iban a descubrir nada especial con respecto a las casas anteriores que habían visitado. Estaba claro. Si hubieran podido confirmarlo, seguro que en el disco duro del equipo de Carlos Román, en el que nada habría sido borrado, tampoco aparecía el rastro de páginas extrañas como la del macabro juego en el que, en apariencia, estaba involucrado Álex. Tal hecho los ponía muy nerviosos, pues debilitaba el vínculo de aquellas presuntas fugas con la de Álex. Si no hallaban pronto alguna conexión, Garcés cerraría para siempre el caso, enterrándolo bajo uno de esos montones de expedientes que nadie vuelve nunca a mirar. Y eso no podía ocurrir, *dependían del policía*.

Minutos más tarde, Gabriel y Lucía bajaban las escaleras de la casa en completo silencio, sin que ninguno se atreviera a reconocer que había llegado la temida fase de sacar conclusiones pillándolos sin nada sólido. Una vez en la calle, el intelectual tomó aire de forma ruidosa, se apoyó en un lateral del portal del edificio con las manos juntas a la espalda, y enfocó sus ojos hacia algún punto que le permitiera abstraerse. Lo necesitaba. Mientras, Lucía aguardaba pensando, aunque sin dejar de dedicarle furtivas ojeadas intranquilas: que diera él el siguiente paso, pero que fuera pronto; no hacía más que repetirse que cada minuto que moría los distanciaba de Álex.

De repente, la cabeza de Gabriel se irguió con rotundidad, al modo de un sabueso que capta el olor de la presa, y se quedó clavada en aquella postura en la que hasta sus pupilas permanecían inmóviles. Lucía las siguió con ánimo de detectar qué era lo que había provocado tal reacción en su amigo, pero no logró captar nada llamativo. La impaciencia comenzó a devorarla. ¿Acaso quedaba alguna esperanza?

—Lucía —adelantó el intelectual con tono prudente—, a lo mejor sí hemos encontrado en estos domicilios algo que hace referencia al juego de los túneles.

La aludida cortó su respiración.

—Dime —ella cruzaba los dedos, rogando para que su amigo no estuviese equivocado.

Gabriel inició un lento movimiento con su brazo derecho para terminar señalando algo. Dubitativo, con el dedo índice estirado, guio los ojos de su amiga hasta lo que había despertado sus suspicacias. Era su última puja en aquella subasta siniestra.

* * *

Ramón Alonso se encontraba caminando aquel atardecer de finales de octubre por uno de los senderos de la urbanización donde residía. Entonces le atenazó la misma sensación de inquietud que ya le venía rondando en días anteriores, una molesta impresión de que era observado, espiado. Se volvió en distintas ocasiones, pero, para su tranquilidad, no descubrió nada que se le hiciese raro o que, al menos, ayudase a corroborar su malestar. ¿Qué le ocurría? Jamás había sido un paranoico, al contrario. A lo mejor estaba atravesando una temporada de nervios.

Pronto quedó ante su vista la fachada de su magnífica casa de tres plantas, medio oculta todavía por el seto alto y cuidado que rodeaba la propiedad, lo que le ayudó a relajarse. Estaba muy orgulloso de aquel edificio que él, como buen arquitecto, planificase hasta en el último detalle años atrás, poco antes de retirarse. Si volviese a diseñarlo, seguro que lo haría más pequeño; como hacía tiempo que sus hijos no vivían con ellos, aquella casa resultó desde el principio demasiado grande para su mujer y para él.

Frente a la puerta de entrada, se giró una vez más sin percibir nada extraño. Corroboró que su esposa aún no había llegado de la tarde de compras, pues tras las rejas no había más luces que las del jardín. Tras meter la llave en la cerradura, empujó el portalón y entró, sin avanzar hacia la casa hasta que la valla quedó totalmente cerrada. Solo entonces reanudó sus pasos. Se estaba levantando algo de viento, y muchas hojas de los árboles revoloteaban cerca.

A la media hora, se encontraba leyendo su libro favorito sobre un confortable sillón de piel marrón frente a uno de los grandes ventanales del último piso, cuando la luz de la lámpara que tenía encendida a su lado se apagó de un golpe.

Tanteando, depositó el tomo con delicadeza sobre una mesa cercana y, al intentar comprobar si la bombilla se había fundido, se quemó los dedos. Después de maldecir por el dolor, se dio cuenta de que la densa oscuridad que cubría la casa implicaba un problema de mayor dimensión. Asomándose al ventanal, confirmó lo que intuía: incluso las luces de la entrada habían sucumbido a la negrura.

Se propuso llegar a su dormitorio para coger una linterna, pero un ruido desconocido cercenó sus intenciones. Había alguien en la casa, y no era su mujer, porque habría escuchado la llegada de su coche y su saludo.

Ramón Alonso tragó saliva, entendiendo de aquel modo radical la sensación que le había invadido durante los días anteriores. Pero seguía sin asumir lo que estaba sucediendo: si le habían espiado para robar —no se le ocurría ningún otro pretexto para violentar a un arquitecto jubilado en su propia casa—, ¿por qué escogían para entrar en el edificio un momento en el que sabían que él se encontraba dentro? ¡Habían tenido toda la tarde para hacerlo sin molestias! No tenía sentido.

Alonso, experimentando un temor creciente, recordó que en aquella planta no disponían de teléfono y el pulso se le desbocó. ¿Y si aquellos misteriosos ladrones se ponían nerviosos al verle? ¿Le harían daño? Buscó el móvil recorriendo con las manos, como un ciego, la mesa y los brazos del sillón, pero nada. ¿Dónde lo había dejado?

Más sonidos ajenos profanaban la quietud de la casa. Esta vez provenían de la cocina, todavía en la planta baja. Mientras procuraba esconderse tras el sofá que adivinaba en la penumbra junto a su sillón, colocándose a gatas, un nuevo interrogante le agarrotó la mente: ¿y si llegaba en aquel instante su mujer? Lo decidió entre sudores: si llegaba a oír su coche, se aproximaría al ventanal con cuidado y lo abriría para avisarla a gritos de que huyese y llamase a la policía. Si los apresaban a los dos, la cosa podía acabar muy mal, sobre todo si se trataba de una de aquellas mafias del este de Europa, tan peligrosas y crueles.

No hizo falta escuchar ni ver nada; lo supo, así de sencillo: alguien o algo había llegado hasta aquella estancia abuhardillada donde él se mantenía oculto, lo percibía, del mismo modo en que notaba cómo las gotas de sudor resbalaban por su frente y terminaban precipitándose al parqué. Quienquiera que fuese no llevaba linterna, pues Alonso no distinguió hambrientos haces de luz recorriendo la habitación. Si hubiera podido, habría suspirado de alivio; y es que, a oscuras, albergaba más esperanzas de no ser descubierto.

Los segundos transcurrían lentos, rezumando un silencio espeso, asfixiante. El arquitecto, que no estaba dispuesto a delatarse ni con el más leve movimiento y se mantenía aguantando la respiración, empezó a temerse lo peor en medio del terror que le abrumaba. No aguantaría así mucho más tiempo.

Sintió pisadas a su alrededor. Alonso aprovechó para soltar aire de forma pausada y volver a respirar, exhausto por el miedo y la crispación de sus músculos ya entumecidos. De las rodillas, apoyadas desde hacía rato sobre el suelo, le llegaban latigazos de dolor al más leve movimiento, que apenas conseguía reprimir.

Ahora creía distinguir una respiración; no, varias. Un número indeterminado de siluetas se movían por allí, merodeando como reptiles en la noche. Instantes después, cuando ya sus propias lágrimas se confundían con el sudor, una leve ráfaga de aire cálido le alcanzó el cuello, y casi perdió la razón cuando comprendió con horror que era un aliento. Alguna de aquellas siluetas debía de estar en el sofá, asomada por detrás sobre él, acercando su cabeza... esperando... El arquitecto, que notaba más presencias a su alrededor, se resistía a abrir los ojos, que mantenía cerrados con una fuerza insospechada.

—¿Dóóóóónde estáááááá...? —le susurró una voz muy próxima, cuyo sonido estrangulado parecía proceder de un cuello deforme—. ¿Dóóóóónde...?

Alonso, al oír el tono espantoso de aquella pregunta que ni siquiera comprendía, creyó que iba a orinarse encima. Sintió muchas manos que se le disputaban hambrientas, mientras la repugnante voz insistía: «¿Dóóóóóónde estáááááá?».

—No me hagan daño, por favor... —suplicaba el arquitecto, intentando protegerse la cara con las manos—. No entiendo lo que me preguntan...

De nada serviría en aquellas circunstancias gritar pidiendo socorro. Varios de aquellos fúnebres individuos le cogieron con fuerza y le arrastraron hasta colocarlo sobre el sofá, donde alguien que no vio le aclaró la pregunta que le venían formulando de forma tan insistente como amenazadora. Alonso, sorprendido por el inesperado contenido de aquella incógnita resuelta, contestó con rapidez, aguantando sus temblores. A lo mejor acababa bien todo aquello. Tres de las siluetas negras que habían permanecido al margen junto a la escalera se apresuraron entonces a comprobar la información que les acababa de facilitar la víctima. Una vez lo hubieron hecho, Alonso, de nuevo sorprendido, se vio obligado a ingerir generosas cantidades de un frasco cuyo contenido resultó ser whisky. Las manos enguantadas de quienes le introducían en la boca el cuello de aquella botella no empañaban su cristal. Ni, por tanto, dejaban huellas.

Aquella escena surrealista duró poco; enseguida le obligaron a levantarse, bastante mareado ya, y antes de que pudiera percatarse de lo que ocurría, le empujaron por el ventanal frente al que había estado leyendo un rato antes. Apenas tuvo tiempo de chillar: su cuerpo recorrió rápido la distancia de tres pisos que le separaba del suelo asfaltado que circundaba el edificio, estrellándose de forma contundente. Alonso quedó allí, aplastado, tendido en una pose aparatosa, con la cabeza abierta sobre un charco de sangre oscura que se extendía lenta como una marea.

–Y con este, los tres –sentenció la desagradable voz que había interrogado al arquitecto, al tiempo que el resto de las sombras siseantes iban desapareciendo de allí.

* * *

El inspector Garcés, durante aquella jornada, solo pudo volver al caso de Álex Urbina al final de la tarde, debido al trabajo que se acumulaba en la comisaría. Sin embargo, cuando lo hizo ya había sacado una conclusión más:

–No, esa organización criminal no dispone de fuentes de información especiales para elegir a sus víctimas –habló en voz alta, solo en su despacho–. ¿Cómo no he caído antes? ¡De hecho, tienen el sistema más fiable del mundo! Nada más y nada menos que *las propias víctimas.*

En efecto, ahora el detective estaba convencido; tenía que ser en los chats especializados donde aquellos tipos entraban en contacto con potenciales víctimas, lo que les permitía, por un lado, garantizarse jóvenes aficionados a los juegos de ordenador –así lo harían mejor en el rol real que les preparaban– y, por otro, no descubrirse en ningún momento.

Al policía le dio un escalofrío. Todas aquellas conjeturas eran, en el fondo, terribles.

Garcés supuso que aquellos asesinos tan metódicos dedicarían un tiempo a sacar información a los elegidos –estado civil, domicilio, tipo de vida...– para seleccionar al candidato perfecto. Esta información la confirmarían de algún modo antes de dar el siguiente y definitivo paso: el rapto.

De aquella manera cuadraba el hecho de que todos los desaparecidos viviesen en la misma zona, fuesen fanáticos de la informática, de talante introvertido... El inspector supuso que aquella organización criminal, conforme iba conociendo a sus contactos, desecharía a los poco interesantes: los de intensa vida social, los que viviesen en otras zonas o ciudades... Quizá se tomaban meses antes de proceder al secuestro. A fin de cuentas, raptaban a uno por año. Se trataba de un *casting* aterrador, pero tenía su lógica que fuesen tan cuidadosos: cualquier fallo podía ser fatal para aquel sórdido negocio.

El inspector se mostró satisfecho con el avance que aquellas ideas constituían, aunque seguía sin obtener respuestas para muchas cuestiones. ¿Por qué tenían que vivir los chicos en el casco viejo de Zaragoza, salvo Álex si lo incluía en la misma lista de víctimas? ¿Adónde los llevaban? ¿Dónde tenía lugar el juego letal, de ser cierta toda aquella pesadilla?

El estridente sonido del teléfono, que empezó a sonar entonces, le pegó un buen susto. Recuperándose mientras soltaba una larga serie de tacos, descolgó el auricular y se lo llevó a la oreja. Se sorprendió al escuchar la voz de Gabriel.

–Buenas tardes, inspector –acababa de saludar el intelectual.

–Hola, Gabriel –contestó Garcés–. Me extraña oíros, la verdad. Espero que no hayáis estado haciendo tonterías... Habíamos acordado que dejaríais el asunto de Álex en mis manos, ¿no?

–Bueno, sí, inspector –titubeó el aludido, preparándose para continuar.

Los chicos, a los que se había unido ya Mateo, llamaban desde casa de Lucía, donde habían estado discutiendo la necesidad de contar a Garcés sus suposiciones a raíz del último hallazgo de Gabriel. Dada la urgencia y la importancia vital de cualquier paso que pudiera implicar un avance en el rescate de Álex, habían decidido comunicárselo al inspector aun a costa de soportar una bronca de su parte. Si no trabajaban unidos, no lograrían vencer al misterioso enemigo al que se enfrentaban, y lo sabían.

–Solo nos hemos pasado por algunos de los domicilios donde vivieron los desaparecidos, nada más –se defendió Gabriel–. Hemos sido muy discretos.

Garcés no suavizó su tono al responder:

–¿Cómo vais a serlo si ni siquiera sabemos quién está implicado en todo esto? –procuró tranquilizarse–. Por favor, chicos, en serio; si es cierto lo que imagináis, no debéis poner vuestra vida en peligro. Si algo os ocurriese, lo único que haríais es dificultar todavía más la búsqueda de Álex. ¿Es que no lo entendéis?

–Si algo nos ocurriese –afirmó Gabriel, consciente de cómo anular los argumentos del detective–, al menos la policía pondría más efectivos a trabajar en este caso, con lo que, al final, igual hasta compensaba.

Los dos callaron durante un momento, pues sabían que era una discusión condenada al fracaso.

–Inspector –retomó Gabriel, conciliador–, creemos haber descubierto algo que debe investigar. No estamos seguros, pero...

–Dime –se rindió el aludido, esquivando también el conflicto–. Tenemos tan poca información que cualquier cosa puede ayudar. Pero que sea la última vez que esto ocurre, ¿eh? Y que conste que agradezco mucho vuestra ayuda.

–De acuerdo. Es... es sobre la red de alcantarillado... –el intelectual empezaba con timidez, pues a él mismo aquello le sonaba absurdo. Aunque no podía verlo, adivinó el rostro perplejo del policía–. En algunas calles de la ciudad, pocas, esas tapas redondas que se ven en las aceras son diferentes, especiales. Y no sé por qué.

–¿Y...? –en el tono de Garcés se notaba un disimulado acento escéptico que ya conocían.

–Hoy hemos visitado cuatro de las direcciones de desaparecidos que ayer vimos en su ordenador, inspector, y en todas hay cerca una de esas tapas extrañas. ¿No le parece demasiada coincidencia? Nos hemos tirado toda la tarde buscando más, y, créame, hay pocas en Zaragoza, muy pocas.

—¡Pero, Dios mío! —exclamó el inspector, dando rienda suelta al cansancio acumulado durante el día—. ¿Qué tiene eso que ver con lo de Álex? ¡Tapas de alcantarillas! ¡Lo que me faltaba! Chicos, no me habléis de más coincidencias, por favor. ¡Llevo todo el día intentando resolver adivinanzas en este expediente! Además, estas desapariciones no encajan al completo con la de Álex, que lo sepáis. ¿O es que Álex vivía en el centro?

Ahora Lucía, ajena a lo que estaba diciendo el policía, le arrebató el auricular a su amigo.

—Inspector —insistió—, recuerde que en el juego al que llegamos a acceder en casa de Mateo había muchos túneles. ¡Podría estar relacionado con las alcantarillas, tiene sentido!

—Lucía —se defendió Garcés—, lo que queda claro es que nunca habéis estado allá abajo, en las cloacas de Zaragoza. Os aseguro que es imposible montar en semejante sitio lo que decís: por la falta de espacio, por el peligro para la salud, por la suciedad y, sobre todo, por la falta de intimidad, que es lo que más busca una organización como la que se supone que perseguimos. ¡Todas las alcantarillas se limpian e inspeccionan por equipos especializados con mucha frecuencia! Lo que planteáis es imposible. Ignoro cuál debe ser la dirección de las investigaciones, lo reconozco, pero seguro que por ahí no.

—¿Y entonces? —volvía a ser la voz de Gabriel. Garcés se encogió de hombros.

—Mirad —comenzó—: sabéis que siempre, desde el principio, os he escuchado, y ahora lo haré también, aunque solo sea para calmaros. Ya es tarde —añadió—, pero mañana a primera hora averiguaré por qué hay dos tipos de tapas de alcantarilla en esta santa ciudad, para que os quedéis tranquilos y podamos comprobar que la causa nada tiene que ver con lo de Álex. Llamadme a la hora del almuerzo y os pondré al corriente, ¿de acuerdo?

La respuesta de su interlocutor se dejó oír algo desanimada. Después se despidieron; el inspector tenía que irse ya a casa, eran casi las nueve de la noche. De todos modos, el detective volvió a insistir en la necesidad de que los chicos se mantuvieran sin intervenir mientras él se encargaba del caso, por su propia seguridad y por el bien de las investigaciones. Le respondió un silencio que prefirió interpretar como afirmativo.

Tras colgar el auricular del teléfono, Garcés, meditabundo, se aproximó al plano de Zaragoza clavado en la pared. No tendría por qué haberse apresurado a rechazar el aparente nuevo indicio que le ofrecían los chicos, ya que, para ser honesto, no disponía todavía de ninguna línea de trabajo, estaba perdido. Pero así eran las cosas.

Perdido. Aquel adjetivo le recordó otra vez el mapa de Zaragoza. Esas malditas chinchetas... daban la impresión de reírse de él. No lo soportaba porque incrementaba su impotencia.

Garcés, refunfuñando, dio un par de pasos hacia la mesa y alcanzó una vieja escuadra de plástico. Lápiz en mano, volvió hasta el plano de la pared y, fijada la regla, fue uniendo con una recta las cabezas redondas de las chinchetas. Acto seguido, tomó nota de los tramos de las calles sobrevolados por la línea que acababa de trazar, cuyas tapas de alcantarillas iría a inspeccionar al salir de la comisaría. Ya tenía algo que hacer antes de llegar a casa.

Poco después cerraba la puerta de su despacho y encaminaba su fofa figura hacia la calle, saludando a los compañeros que estaban de guardia. Su último pensamiento antes de abandonar el edificio fue para Álex Urbina, cuya foto no podía quitarse de la cabeza. «Pobre chaval», pensó. «Si es cierto lo que piensan sus amigos...».

Diario, III

Supongo que nadie hay más indefenso que quien no espera un ataque. Por eso resulta tan fácil llegar a determinadas personas, hacer desaparecer a gente inocente. Carlos Román o nuestro amigo Álex son ejemplos de ello: chicos normales que, precisamente por serlo, jamás se habrían visto ellos mismos como objetivos de secuestradores. Los pillaron desprevenidos, imagino que caerían víctimas de su inocencia en alguna trampa que yo ahora no logro concebir. Qué injusta es la vida en ocasiones. Me pregunto qué los convirtió en los elegidos, qué los condenó, por qué ellos y no cualquiera de nosotros. Será que no siempre manejamos las riendas de nuestro destino; a veces alguien las coge en nuestro lugar para llevarnos a sitios tenebrosos que nunca tendríamos que haber conocido... ¿Cuánta gente no vuelve a recupe-

rar el rumbo inicial? ¿Cuántos no vuelven, así de simple? El peor luto para quienes se quedan es la incertidumbre.

Sueño una y otra vez con la imagen de Álex hundiéndose en arenas movedizas, ya solo libres su cabeza y un único brazo que agita abriendo la mano para que yo la alcance con la mía, pidiendo ayuda... Pero yo no llego a tiempo... No sé cómo acercarme hasta él sin quedar expuesto también al peligro. Álex acaba desapareciendo tragado por el barro infecto, podrido, que burbujea de un modo asqueroso. Y después, el silencio, la serenidad, como si mi amigo nunca hubiera pasado por allí. No me lo creo, no puede restablecerse la rutina después de la desaparición de alguien querido, de un amigo. Sería mezquino, como festejar mi cumpleaños sobre su tumba. No. Tranquilo, Álex, nuestras vidas no se reanudarán hasta que te encontremos. Tú habrías hecho lo mismo por cualquiera de nosotros, ¿verdad?

Ataques inesperados, qué estrategia tan eficiente. Desde luego, yo sufrí lo mismo en la emboscada de la autopista. Pero eso se acabó. Ahora ya estoy convencido de que el asalto que sufrimos en casa de Mateo será la última vez que nos pillan por sorpresa. A partir de ahora, ya lo hemos hablado, estaremos siempre en plan vigilante y evitando las situaciones de alto riesgo: lugares aislados, las horas nocturnas...

Excepto hoy. Esta noche he quedado con Mateo y Lucía (por cierto, ella me ha dado un beso, no sé qué significa, pero espero que se repita). Vamos a bajar a una de esas alcantarillas especiales. Hemos localizado una de las que tienen tapa diferente en una zona del casco viejo muy poco transitada, cerca del callejón de las Once Esquinas. Eso nos permitirá actuar sin que nadie nos vea. La zona está poco iluminada.

Solo nos asomaremos un poco a ver si descubrimos algo; dicen que los lugares como las cloacas pueden ser peligrosos por el tema de los gases y eso, así que mejor será no cometer ninguna estupidez. Llevaremos linternas y una especie de herramienta delgada que tiene Lucía y que nos servirá para sacar de su sitio la tapadera del acceso a la alcantarilla.

Si Garcés se enterase de lo que planeamos... Yo sé que hace todo lo que puede, sí, pero tendrá que entender —lo sabe ya— que cada minuto que pasa puede ser el que marque la diferencia entre encontrar a nuestro amigo o no. Y me da igual que Álex sea el único desaparecido que no vivía en el casco viejo. ¡No tenemos nada más que esta pista!

Nos negamos a esperar a que el inspector comience su jornada laboral, este asunto no entiende de horarios. Quizá el tiempo que estoy empleando en escribir estas líneas sea ya, incluso, un gasto excesivo.

Que Álex nos perdone si no somos capaces de ahorrarle algo de sufrimiento, de sacarlo de la oscuridad que se lo llevó. Nadie podrá acusarnos de haber escatimado fuerzas o sacrificio. Ahora ya no.

8
EL REINO DE LAS TINIEBLAS

Eran las cinco de la madrugada cuando Gabriel, Lucía y Mateo, cada uno con su mochila y ataviados de oscuro, se reunían donde habían quedado, junto a la sucursal del BBVA de la plaza de España. Nadie se rezagó, quizá por los propios nervios o por un sentido de la responsabilidad que se tornaba acuciante conforme el tiempo transcurría —con aquel ya iban diecinueve días desde la desaparición de Álex— y las posibilidades de encontrar al amigo desaparecido se iban diluyendo.

No tenían ganas de hablar. Gabriel y Mateo habían dicho en sus casas, durante la cena, que se iban a pasar más tarde por una fiesta que se celebraba en el piso de Lucía. No habían concretado la hora, pues no les hubieran permitido semejante plan, pero sí que se quedarían a dormir allí. Así se habían justificado por si les veían salir de madrugada con mochila, aunque contaban con que las respectivas familias estuvieran ya acostadas. Por fortuna, como era viernes y el curso en la universidad acababa de empezar, los padres de ambos no habían rechistado. Mediante aquella excusa, podrían moverse con libertad no solo por la noche, sino también durante todo el día siguiente, sin necesidad de dar explicaciones. Y las mochilas, además, vendrían de maravilla, ya que, aunque se suponía que aquella incursión clandestina iba a ser muy breve, llevaban bastante material. Incluso cantimploras llenas a rebosar. Nunca se sabe lo que se puede necesitar.

Con rostro serio, Gabriel tomó la iniciativa y los demás le siguieron caminando por el Coso y bajando por el lado izquierdo de la calle de Alfonso I, hasta llegar al escondido rincón donde nacía, casi invisible, el callejón de las Once Esquinas. Comprobaron, aliviados, que la luz de las escasas farolas cercanas dejaba aquella zona en penumbra, y que no se distinguía ninguna ventana del vecindario iluminada. Las circunstancias parecían ser favorables.

−Si habré pasado veces, y nunca me había dado cuenta de que esto estaba aquí... −susurró Mateo, intentando distraer su inseguridad.

Enseguida localizaron, sobre la acera, la tapadera de alcantarilla que vieron por la tarde. Gabriel hizo un gesto a Lucía, que se apresuró a extraer de su mochila una fina barra de metal, a saber de dónde la habría sacado. Los otros se colocaron frente al acceso de aquella estrecha vía con la calle de Alfonso I, para esconder a Lucía de eventuales peatones, y con una señal advirtieron a la informática del instante en que no se veía a nadie cerca.

Lucía reaccionó como una profesional. Sin alterar el completo silencio que dominaba la madrugada, introdujo la barra por uno de los agujeros de la redonda tapa de hierro fundido que tenía a sus pies, en la que se distinguía el anagrama del Ayuntamiento de Zaragoza. Haciendo palanca, la desencajó de su guía superponiéndola parcialmente en la acera. ¡Sí que pesaba la condenada! Algo de ruido hizo, era imposible maniobrar con limpieza ante semejante pieza. Después, se volvió hacia sus amigos y les enseñó la mano derecha con el pulgar hacia arriba, emulando el tan internacional mensaje de OK. Ellos asintieron y, tras echar una última ojeada a los alrededores del callejón, abandonaron su función vigilante y se aproximaron hasta donde esperaba ella.

−¿Todo bien? −cuchicheó Gabriel.

−Sí −contestó Lucía−. No ha costado demasiado.

Mateo, asomándose al hueco oscuro que acababa de dejar a la vista la actuación de su amiga, arrugó la nariz.

−Joder, qué olor. Vaya mala pinta que tiene esto, ¿no? −el pijo sacó un bote de colonia de su mochila, cuyo atomizador presionó repetidas veces sobre él−. Hombre prevenido vale por dos. Por cierto, esto es más estrecho de lo que imaginaba...

−Eres lo peor −comentó la informática, a quien llegaba ya el olor a Polo, de Ralph Lauren−. ¿Qué esperabas, un pasillo con suelos de mármol?

−Bueno, dejaos de charla y adelante con la operación −Gabriel ya se había preparado, mochila a la espalda y linterna encendida en una de sus manos enguantadas−. No podemos perder ni un minuto. Vamos allá.

Todos sabían cuál era la auténtica razón de aquellas prisas: si se lo pensaban dos veces, no bajarían. Era como el *puenting*: había que lanzarse sin dar tiempo a que la mente procesase lo que se proponían hacer. El miedo anulaba la voluntad.

El intelectual dirigió su haz de luz hacia el agujero, para detectar unas escalerillas metálicas, carcomidas por el óxido, que descendían incrustadas en el cemento de la pared curva de aquel pozo. Entonces se situó en el lado bajo el que comenzaban los herrumbrosos escalones, todavía en cuclillas sobre la acera, y colocándose a gatas de espaldas a la entrada, inició con cuidado el movimiento para meterse allí dentro. Sus amigos se alternaban ayudándole y atendiendo a la retaguardia por si llegaba algún paseante inoportuno, lo que no sucedió.

Una vez estuvo por completo en el interior, Gabriel confirmó a Lucía y Mateo que el tufillo que llegaba a la superficie tardaba poco en convertirse en un hedor repugnante. Aquello estaba asqueroso, pero ya contaban con ello.

—¿Qué tal vas, Gabriel? —quiso saber Lucía, inquieta—. ¿Te encuentras bien?

—Sí —respondió el aludido entre resoplidos—. Pero esto es bastante agobiante. Abajo se ensancha más, por suerte. Menos mal que no soy demasiado gordo. Aun así, a ver si de una vez me pongo a hacer deporte y adelgazo un poco.

Desde la superficie, Mateo y Lucía aguardaron mientras la figura gruesa de su amigo se iba hundiendo algo torpe en las sombras; hasta que Gabriel, dando un pequeño salto, soltó la escalerilla para tocar fondo, unos cinco metros por debajo del nivel de la calle. En cuanto lo hubo hecho y avisó de que todo estaba en orden, la informática se enfundó sus guantes, encendió la linterna que había traído de casa e introdujo uno de sus pies calzados con botas en la boca negra de la alcantarilla, tanteando el comienzo de la pared en busca de la escalerilla. Enseguida desapareció también, rumbo al abismo.

—¡Mateo! —llamó la chica en el último momento, cuando ya solo asomaba su cabeza del agujero.

—¡Qué pasa! —el pijo, que se había alejado para observar la situación en la calle de Alfonso I, volvió con rapidez—. ¿Ocurre algo?

—No, pero acuérdate de que tienes que volver a colocar la tapadera en su lugar, ¿eh? No vaya a ser que nos descubran estando todavía dentro.

—Sí, sí, no te preocupes.

−¿Viene alguien?

Mateo negó con la cabeza mientras preparaba su linterna. Segundos después, también se metió en el pozo, cuando distinguió que su amiga alcanzaba a Gabriel.

Tuvo que reprimir su asco mientras comenzaba a descender la escalera de barras metálicas horizontales que ya habían recorrido sus amigos. Qué panorama. A aquella hora oscura, esa ruta le pareció al pijo el camino hacia el infierno.

Mateo se detuvo en el instante en que sus hombros dejaban de sobresalir entre los adoquines de la acera, consciente de que si se metía más no alcanzaría la tapadera de la alcantarilla, con la que tenía que cerrar la vía por la que ellos habían desaparecido de la faz de la calle. Así no dejarían ningún rastro hasta su −esperaba que− inminente vuelta.

El pijo alargó los brazos hasta atrapar el círculo de hierro, quedándose paralizado mientras el perfil de un individuo atravesaba la entrada a la bocacalle. Después, recuperando la compostura, tensó sus músculos desde la cintura para desplazar la maciza pieza, sin rozar el suelo, hasta donde permanecía asomado. Resopló una vez logrado el objetivo. Menos mal que estaba en buena forma. «Incluso estoy bastante bueno», se animó.

Con un nuevo esfuerzo, el pijo fue arrastrando la tapadera con su mano libre conforme iba descendiendo la escalerilla. Lo hacía lentamente para atenuar el ruido hasta que, al final, sin soltar los roñosos peldaños con la otra mano, pudo terminar de ajustar la tapa. De ese modo se vio sumido en la negrura de aquellas profundidades. Por una vez, mancharse la ropa no le preocupó.

Aunque la luz proveniente de la calle que había estado cayendo al pozo al dejar su entrada libre era pálida y débil, el impacto de anularla fue tremendo para quienes se habían quedado abajo. A partir de entonces, solo los acompañarían los finos haces de las linternas y un silencio espectacular. Fue como si, de repente, los hubieran dejado encerrados para siempre en una recóndita cárcel subterránea olvidada por la humanidad entera. La noche, allí, se había hecho absoluta.

Mateo llegó hasta donde estaban los otros sin dificultad, con la linterna agarrada por los dientes. En cuanto alcanzó a sus amigos, se apresuró a comprobar el estado de su móvil, que presentaba la situación prevista por Gabriel: sin cobertura.

—Es que bajar a esta red subterránea es como entrar en otro mundo —le advertía el intelectual a Mateo, procurando reunir el valor suficiente para iniciar el avance—. Aquí no hay luz, nadie nos oye, los móviles no sirven... Estamos cerca de la superficie, pero en realidad demasiado lejos.

Aquellas palabras sonaron muy metafísicas, pero Lucía estuvo de acuerdo:

—Sí, esto es como en las pelis esas en las que hay puertas que conducen a otra dimensión. Esto es casi igual. Hemos salido de nuestro mundo, y ahora estamos... en el de las tinieblas.

—Joder, vaya ánimos —se quejó el pijo—. Se supone que tenemos que apoyarnos entre nosotros, ¿no? Pues a ver si es verdad, colegas, que ya estoy bastante nervioso.

Gabriel le pasó un brazo por los hombros, mostrando una sonrisa algo forzada.

—Tranquilo, hombre, solo son comentarios mientras acostumbramos nuestros ojos a este agujero. Es que sorprende lo fácil que resulta encontrarse tan aislados en medio de la ciudad; eso es todo.

A pesar del tono desenfadado que Gabriel había procurado emplear para calmar a su amigo, lo cierto es que los tres se daban perfecta cuenta de lo tensos que estaban. ¿Había sido una buena idea lanzarse a aquella aventura? ¿Tendrían, por el contrario, que haber obedecido al inspector y quedarse en sus casas a esperar noticias de Álex? Gabriel rogó por que no les sucediera nada aquella noche. El problema de hacer aquello en secreto era que eso los volvía más vulnerables, pues nadie podía prestarles apoyo desde el exterior.

—Bueno —comenzó el intelectual, respirando mal por culpa de aquella atmósfera cargada—, ha llegado el momento. ¿Estáis preparados? —los otros asintieron, en medio del resplandor que provocaban los haces inquietos de sus linternas—. Recordad: vamos siempre juntos, y lo único que haremos es inspeccionar un tramo muy corto de esta alcantarilla, nada más. Si nos alejamos de este punto más ventilado puede ser peligroso, por las emanaciones tóxicas. ¿De acuerdo?

De nuevo Lucía y Mateo respondieron afirmativamente.

—¿Habéis traído pilas de repuesto para las linternas? —prefirió asegurarse la informática—. No me gustaría quedarme a oscuras aquí.

–Yo tengo un montón, todas alcalinas –informó Mateo–. ¿Y las armas? Si acertamos en nuestras teorías y estamos espiando cerca de la madriguera de la Bestia, podemos ser detectados.

El pijo les enseñó lo que había traído: un cuchillo que llevaba enganchado a la cintura y una pistola de perdigones con capacidad para dieciséis proyectiles, que se distinguían colocados en la ranura del cañón y eran bastante dañinos a corta distancia. Lucía mostró un espray de esos contra violadores y una imponente navaja, cuyo filo, ya abierta, debía de superar los doce centímetros. Gabriel había traído, por su parte, un machete de monte que también llevaba a mano.

–Chicos –insistió el intelectual, asustado al ver aquellos instrumentos que le daban tan mal rollo–, si hacemos las cosas bien, no tiene que haber ningún problema. No buscamos encontrarnos con la gente que tiene a Álex, esos tipos no se arriesgarían a estar tan cerca de la calle; solo buscamos pistas que nos ayuden a localizar a nuestro amigo. Al menor síntoma de peligro, nos largamos.

Después de aquella declaración de principios, los tres se giraron con ademán solemne dando la espalda a la vía vertical que, a través de las escalerillas que ya habían utilizado, conducía a la superficie. A partir de ahí, solo les aguardaba lo desconocido. Mateo, asomándose a aquel pozo perpendicular al túnel en cuyo fondo permanecían, dirigió una última mirada nostálgica hacia los puntos de luz tenue que, cinco metros más arriba, delataban la tapadera de hierro que conducía a la libertad. Un agobio muy fuerte le golpeó el estómago, pero resistió pensando en Álex. A aquellas alturas de la película, no se admitían deserciones.

Gabriel y Lucía, ajenos a las dudas de su amigo, para atisbar el panorama, dirigieron sus focos hacia adelante antes de ponerse a andar. Frente a ellos, a un par de metros, nacía un túnel más espacioso de apariencia muy vieja, con paredes rectas que terminaban en un techo abovedado de ladrillos. Aquella primera galería, un colector principal de unos tres metros de ancho por dos de alto, se extendía lo suficiente como para que su final quedase envuelto en las sombras, pues el alcance de las linternas de los chicos era insuficiente para alcanzarlo. A lo largo de todo su suelo, al igual que donde ellos estaban todavía, se apreciaba un mediano cauce excavado. Por él discurría un hilillo de líquido parduzco que supusieron más caudaloso a otras horas del día, cuando los baños y otros orígenes de desagües tuvieran un uso mayor. Agradecieron por ello el momento elegido para la incursión, pues más tarde el olor de aquella sustancia residual tenía que ser insoportable.

Dieron unos pasos indecisos hasta alcanzar el túnel principal. A ambos lados de aquella especie de lecho fluvial que marcaba el centro del terreno, y que se saltaba sin dificultad, avanzaban también las zonas de paso al modo de orillas de un río infecto.

–Esto debe de tener por lo menos cien años –comentó Gabriel, enfocando hacia arriba, donde distinguió telarañas–. Seguro que ahora ya no se hacen así las alcantarillas.

Ataviados de oscuro, mochilas a la espalda, con las armas preparadas y cuidando su marcha, los tres jóvenes iniciaron el avance. Ya nadie decía nada. A cada zancada se detenían, estudiando las paredes, el suelo, todo. El olor no mejoraba, desde luego, aunque al menos las ratas todavía no habían hecho acto de presencia. Mateo lo agradeció.

Metros más adelante, cuando ya se estaban planteando volver por temor a alejarse demasiado del punto de partida, se detuvieron ante el primer hallazgo: la pared de la derecha presentaba una grieta de gran tamaño de medio metro de anchura, en cuyo interior quedaba al descubierto un delgado tabique de ladrillos también roto. Superando con la vista este segundo obstáculo, distinguieron una última cavidad que por su negrura prometía unas dimensiones nada desdeñables. El paso por ella, sin embargo, estaba bloqueado por unas cintas de color azul y blanco sobre las que se podía leer la siguiente inscripción:

PROHIBIDO EL PASO /// POLICÍA LOCAL

Sorprendidos, los tres volvieron a leer aquella advertencia.

–Parece que esto está pendiente de reparar –aventuró Lucía–, y mientras tanto han cerrado el paso. A lo mejor es que hay riesgo de derrumbe.

–Pues entonces ha llegado el momento de la retirada, ¿no? –aprovechó Mateo, ansiando respirar aire libre–. A lo tonto, ya llevamos aquí bastante tiempo.

Gabriel, sin abrir la boca, se asomó al hueco de aquella enorme grieta e introdujo la linterna para confirmar la suposición de Lucía. Lo que quedó ante sus ojos le dejó petrificado.

—Tíos —susurró—, no nos vamos. Esto acaba de empezar.

Mateo, que en aquel preciso instante se disponía a beber agua de su cantimplora, recibió la noticia con estupor. Sin prisa, se aproximó hasta la brecha donde el intelectual se mantenía inclinado haciendo bailar su luz. Cuando pudo comprobar qué se ocultaba en el interior de la grieta, solo unas palabras salieron de entre sus labios:

—Lo que nos faltaba.

Lucía también lo había visto. Reflexiva, ahora dirigía estremecidas miradas hacia el final oscuro del túnel en el que permanecían.

* * *

A las ocho en punto de la mañana, casi con el regustillo del café todavía en la garganta, el inspector Garcés se presentó con el coche en las instalaciones del Ayuntamiento de Zaragoza, en Vía de la Hispanidad, 45. José María Ramos, su compañero detective, se había ofrecido a acompañarle a donde tuviera que ir, pero él había rechazado con amabilidad la propuesta.

Los edificios a los que llegaba albergaban las oficinas destinadas a los servicios de infraestructuras, entre los que se encontraba la unidad encargada de las redes de saneamiento; dicho de otro modo, allí era donde trabajaban los técnicos expertos en el alcantarillado de Zaragoza.

Mientras aparcaba el vehículo, Garcés meditaba. Había acudido hasta allí a primera hora no solo para tener el resto de la mañana libre en la comisaría, sino sobre todo porque su comprobación de la noche anterior había logrado intrigarle. Gabriel, Lucía y Mateo tenían razón: la línea del mapa que unía los domicilios de los jóvenes desaparecidos que habían relacionado con el caso de Álex recorría con exactitud diversos puntos de la ciudad que contaban con tapas de alcantarillas diferentes, más viejas y nada frecuentes.

Veinticuatro horas antes, todo aquello le hubiera parecido una tremenda tontería, pero Garcés no conseguía arrancar en el asunto de Urbina, se había estancado y no acertaba a intuir por dónde debía tirar. Confiaba en que aquella peculiar visita le facilitase algún nuevo indicio.

El inspector recorrió los escasos metros que le separaban de la puerta principal y, ya dentro, se dirigió a un conserje que hablaba por teléfono en el interior de una reducida dependencia acristalada. De acuerdo con sus pesquisas, tenía que preguntar por un tal Ernesto Abad, jefe de la Unidad de Redes.

—Hola, buenos días —dijo al portero, que interrumpió su conversación y tapó la parte inferior del auricular del teléfono, el cual no había despegado de su oreja.

—Buenos días, dígame.

—Busco al señor Abad. ¿Puede indicarme dónde está su despacho, por favor?

El tipo, que no podía disimular su cara de sueño, asintió.

—No sé si habrá llegado todavía. Siga por ese pasillo de la izquierda y, al torcer la curva, el tercer despacho a la derecha.

El conserje no esperó la contestación agradecida del policía, y en cuanto hubo terminado las explicaciones se apresuró a reanudar su charla telefónica. Garcés se encogió de hombros, encaminándose hacia donde le había indicado aquel hombre. No había pedido cita con Abad, pero no necesitaba hacerlo: una de las más valiosas ventajas de ser policía era que uno podía acudir a cualquier lugar sin previo aviso. Se ganaba mucho tiempo, desde luego.

En cuanto llegó a la curva anunciada por las instrucciones del conserje, comenzaron a aparecer a ambos lados del corredor despachos abiertos en cuyas puertas destacaban letreros con nombres propios y cargos. Enseguida localizó la dependencia que le interesaba, comprobando aliviado que la persona que buscaba se encontraba en su interior.

Garcés golpeó con los nudillos la puerta, que estaba entornada. Una voz apagada le contestó:

—Adelante.

El inspector obedeció y, tras cruzar los umbrales de la habitación, se encontró con un tipo mayor muy serio y vestido de traje, el cual lo miraba con sorpresa a través de unas anticuadas gafas.

—¿Y usted quién es? Pensaba que era otra persona.

—Me llamo Francisco Garcés —se presentó el detective, mostrándole la credencial—, soy inspector de policía. ¿Dispone de unos minutos para hablar? No es nada grave, pero necesito que me resuelva alguna duda sobre la red de alcantarillado de Zaragoza.

Ernesto Abad aparentaba más asombro que antes, pero reaccionó sin tardanza invitando a Garcés a sentarse en una de las sillas colocadas frente a su mesa.

—Usted dirá, señor Garcés. Tengo una reunión dentro de una hora, pero hasta entonces...

El inspector le cortó con amabilidad:

—Tranquilo, esto será cosa de unos minutos, no se preocupe.

—Pues cuando quiera.

Garcés no estaba dispuesto a darle ninguna información sobre el caso, así que fue directo al grano:

—He observado que por la zona del casco viejo hay algunas tapaderas de alcantarillas que son diferentes al resto; están mucho más desgastadas y el dibujo es distinto. ¿Me puede decir a qué responde eso?

Abad arqueó las cejas.

—Vaya, esperaba cuestiones más difíciles o más... extrañas —esbozó una leve sonrisa, que a Garcés no le hizo ninguna gracia. No estaba para bromas—. Pues verá: Zaragoza es una ciudad que, excepcionalmente, cuenta con dos redes de alcantarillado. No es habitual en otras capitales, ¿sabe? Tenemos la red original, que data del año mil ochocientos noventa, y una más moderna, que se construyó tras la guerra civil. Cada una de ellas agrupa diferentes cuencas de la ciudad con sus respectivos colectores, que son los tubos subterráneos en los que acaban los líquidos residuales de todos los edificios. El agua potable va por otras tuberías, claro. Pues bien, como le digo, cada una de las dos redes conduce todos sus colectores a uno principal distinto, al que llamamos *colector emisario*. Vamos, que cada red acaba en un «macrocolector». ¿Me sigue?

El inspector asintió, aunque no estaba del todo seguro.

—Para que me entienda —continuó Abad—: igual que los ríos afluentes acaban en los principales, todos los desagües de los distritos que cubre la red moderna de alcantarillado van a parar a un gran túnel donde está el colector emisario, y todos los desagües de las calles que cuentan con la red antigua de alcantarillas acaban en otro macrocolector. Así se forman como dos riachuelos de aguas residuales que terminarán, cada uno, en diferentes depuradoras. El de la red vieja conduce a la depuradora de la Almozara, y el moderno a la de la Cartuja. Esas tapas que usted ha visto sobre las aceras, que, por cierto, se llaman «tapes», conducen a los pozos de registro, una especie de entradas para hacer inspecciones en las galerías, y están situadas cada cincuenta metros. Gracias a ellas podemos acceder a los tramos de túnel que nos interesan sin necesidad de recorrer kilómetros bajo tierra. Las tapaderas que usted ha visto de diferente diseño son, así de simple, las que corresponden a la red más antigua de alcantarillado, que además es mucho más pequeña que la otra. Por eso son infrecuentes en el paisaje de la ciudad; solo recorren parte del casco viejo. Si se fija, incluso los sumideros de aguas pluviales, que son las rejillas que podemos ver junto a la calzada al pie de las aceras, también son distintos en esa zona.

Garcés hacía gestos afirmativos, tomando nota en una libreta que había sacado del bolsillo de su cazadora.

—¿Y las redes no se comunican en ningún momento? —preguntó.

—No —contestó tajante el señor Abad—. No hay ni un solo punto de contacto entre ambas. Son independientes en su trazado.

Toda aquella información daba vueltas en la cabeza del inspector, que la agitaba a propósito en su mente con objeto de encontrar algo que le sirviese de ayuda para su caso. No obstante, seguía sin ver ninguna luz.

—¿Y los túneles de la red antigua son amplios? Me refiero a que si se puede... hacer algo dentro de ellos, no sé...

El detective mostraba un aspecto azorado, no sabía cómo interrogar a aquel funcionario sin ceder una información que custodiaba con celo. Y es que no podía olvidar que nadie de sus compañeros de la policía sabía que estaba encargándose de un expediente cerrado, algo que no le autorizarían sin unas pruebas concluyentes, de las que carecía.

—¿Perdón? —Abad no había entendido la pregunta—. ¿Qué quiere decir con eso de «hacer algo dentro de ellos»?

—Pues eso, si alguien podría utilizar los túneles para... algún tipo de actividad delictiva.

El jefe de unidad negó con la cabeza.

—Lo dudo, inspector. Los accesos son muy malos, y la inseguridad es grande. Piense que a menudo el caudal de líquidos de desecho es importante, con lo que la presencia de gases tóxicos como el metano y el ácido sulfhídrico, unida a la poca ventilación de los túneles, se vuelve mortal.

—¿Y cuando limpian las galerías? —quiso saber Garcés, cuya desolación ante la falta de pistas se hacía cada vez más palpable—. ¿Cómo lo hacen?

—Los encargados de la limpieza de las alcantarillas llevan medidores portátiles de gases. Cuando el aparato detecta composiciones tóxicas, emite un pitido que cambia de tono en función del nivel de gas. Como puede imaginar —continuó el funcionario—, al menor pitido del medidor, los trabajadores suben a la superficie a toda velocidad. Para esos casos disponemos de equipos de oxígeno, que permiten a los empleados hacer su trabajo de limpieza e inspección en zonas contaminadas sin correr riesgos. O, al menos, reduciéndolos.

—Ya veo —la voz del inspector sonaba vencida—. Pues muchas gracias, señor Abad. Ya me ha facilitado la información que precisaba. ¿Ve cómo ha sido poco rato?

—Sí, la verdad es que sus dudas eran muy concretas. Si le surge alguna otra cuestión...

Garcés se quedó pensativo un instante, frotándose la barbilla.

—Solo una cosa más: ¿cada cuánto limpian los túneles? ¿Han visto alguna vez algo extraño?

—Limpiezas a fondo se hacen un par al año, aunque hay bastantes inspecciones periódicas de los distintos tramos. Y, por supuesto, si se descubren anomalías como desperfectos, obstrucciones... entonces también, claro. Justo ahora tenemos pendiente de reparar una pared de túnel cerca del callejón de las Once Esquinas, junto a la plaza del Pilar. Respecto a si hemos visto algo raro en alguna ocasión, tengo que decirle que no. Salvo ratas, de esas unas cuantas. Son los animales más listos de la naturaleza.

—Algo había oído sobre ellas, sí.

El inspector dejó de escribir en su libreta.

—No hay manera de acabar con esos bichos —seguía explicando Abad—. Echamos veneno en puntos muy estudiados cada cierto tiempo, pero nada. Cuando esos roedores intuyen que hay peligro, fíjese bien cómo se organizan, envían por delante del grupo a las ratas enfermas. Si les ocurre algo, las demás se escabullen. ¡Auténtica selección natural! ¿Comprende ahora por qué es tan difícil matarlas?

—Impresionante. Gases, ratas inteligentes... Me doy cuenta de que el mundo cambia mucho solo con bajar unos metros de donde nos encontramos.

El funcionario soltó una breve carcajada, que alteró de un modo sorprendente su aspecto seco.

–Gases, ratas y la permanente oscuridad, no se olvide. Qué bien hicimos con elegir la superficie para vivir –concluyó.

El detective se despidió de Ernesto Abad, ya los dos en pie y estrechándose la mano. Sin embargo, la visita del policía a aquellas instalaciones no había terminado. Garcés se dispuso a hablar con una de las personas que, según le habían confirmado, sabía más sobre las alcantarillas de Zaragoza: un capataz llamado Juan Balmes. En unos minutos, sin embargo, descubriría no solo que se había jubilado, sino que acababa de morir en misteriosas circunstancias. ¿Sería aquello el indicio que necesitaba?

* * *

Lo que se extendía ante los ojos de ellos, en el interior de la alargada abertura que formaba la grieta, era un tabique de ladrillos que en un tramo medio demolido había dejado al descubierto un pasadizo mucho más antiguo que las propias cloacas de la ciudad. Los chicos se asomaron con prudencia esquivando la cinta de la policía que marcaba el límite del avance permitido, asombrados. Se trataba de un túnel que se bifurcaba más adelante en dos estrechas galerías, cuyo final no llegaban a vislumbrar. ¿Qué se suponía que era aquello?

–Fijaos –cuchicheaba Gabriel a sus amigos, que se mantenían igual de perplejos–, los tabiques son de piedra sillar. Este túnel es antiquísimo.

–¿Será romano? ¿Medieval? –inquirió Lucía adelantándose a Mateo.

–Puedes apostar a que romano –aclaró Gabriel–. Recordad que justo ahora nos encontramos bajo las calles de lo que fue el núcleo de la ciudad romana de Caesaraugusta, una de las principales villas del Imperio en Hispania.

Los otros asintieron. Zaragoza estaba plagada de vestigios de aquella cultura: murallas, un anfiteatro, mosaicos...

Mientras volvían sobre sus pasos para salir de la grieta, Mateo, el único que no parecía muy interesado en el hallazgo, decidió intervenir:

–¿No deberíamos irnos ya? Le contamos esto a Garcés y...

–Mateo, no hemos descubierto nada –sentenció Gabriel–. Si estas galerías fueran importantes, habría trascendido a la prensa cuando vinieron la policía y los de mantenimiento de las alcantarillas para evaluar estos desperfectos, y no ha sido así.

Lucía estuvo de acuerdo:

–Hace poco dejaron enterradas bajo el Paseo de la Independencia unas bodegas árabes, ¿os acordáis? –dijo ella–. Su poco valor arqueológico no compensaba levantar el centro de la ciudad. Con esto debe de pasar algo parecido. Ya se habrán encargado de registrarlo todo, ya.

–¿Entonces? –el pijo se temió lo peor–. Sin entrar ahí hemos llegado más lejos de lo que habíamos pactado. ¡No estamos de visita, mierda!

–Mateo –Gabriel se dirigía a su amigo procurando serenarle–, no podemos irnos ahora; cada minuto cuenta para Álex. Si hay alguna pista en esos túneles, tenemos que verla ahora. En unas horas puede ser demasiado tarde. Además, ahí dentro ya no tenemos los peligros de estas alcantarillas: no habrá gases ni líquidos asquerosos; a lo mejor, ni ratas.

–Tampoco nos adentraremos mucho –apoyó Lucía, aunque en el fondo tampoco estaba muy convencida de lo que se proponían hacer–. Antes de que te quieras dar cuenta, estaremos de nuevo en la calle, ya verás.

–Todos para uno... –recordó el intelectual.

–Y –refunfuñó el pijo, con los ojos clavados en su linterna– uno para todos... Sois unos cabrones, eso es lo que sois. Venga, vamos allá.

No había tiempo para celebrar que seguían juntos, aunque la sonrisa de Lucía habló por los tres. Se fueron agachando para no romper la banda policial mientras se colaban otra vez por la grieta hasta el otro lado. Como de costumbre, Gabriel tuvo que emplearse a fondo para evitar que su natural torpeza lo dejase atascado durante el acceso. Los cuerpos esbeltos de Mateo y Lucía, sin embargo, ni siquiera rozaron los salientes irregulares de los tabiques cementados. «Pero yo soy más listo», se defendió el intelectual sonriendo de forma maliciosa, con la intención de infundirse ánimos.

La atmósfera mejoró en el interior de aquella nueva red de galerías, pues los fétidos efluvios que procedían de las cloacas perdían intensidad conforme se alejaban de las aguas residuales.

–Seguimos bien juntitos, ¿eh? –advirtió Gabriel, lanzando suaves estocadas con la linterna al tiempo que se colocaba en primer lugar–. En cuanto lleguemos a la bifurcación, tomaremos el pasadizo de la izquierda. ¿Os parece bien?

Mateo y Lucía aceptaron la propuesta y comenzaron a caminar en fila india. El pijo ocupaba el último lugar, y de vez en cuando volvía la vista atrás, asustado y harto de oscuridad. Pensar que seguro que brillaba el sol en la superficie...

Transcurridos unos minutos, ya superado el desvío, Gabriel detuvo la marcha.

–No podemos seguir así –reconoció–. Hemos caminado bastantes metros, y esto no parece tener fin. Además, todo el rato es lo mismo: muros de piedra. Nada más.

El intelectual, cogiendo una moneda de su cartera, la dejó de canto en el suelo. Al momento, esta comenzó a deslizarse hacia delante, cogiendo velocidad a medida que ganaba terreno. Gabriel la recogió antes de que se perdiese más allá del alcance luminoso de las linternas, habiendo satisfecho la finalidad de su experimento:

–Además, estamos descendiendo, chicos. Nos alejamos de la calle.

–Nos alejamos y solo encontramos piedras. ¿Qué esperabas? –le recriminó Mateo sin levantar la voz–. Aquí solo encontraremos rocas amontonadas, que están muy bien bajo tierra.

El intelectual se encogió de hombros.

–No voy a pedirte perdón por agotar todas las posibilidades para encontrar a Álex –respondió molesto.

–Menudo partido le sacas a su desaparición –replicó el pijo–. Todo lo justificas con eso.

Aquel comentario había sido muy cruel, y Mateo no se dio cuenta a tiempo para callarse. Gabriel, que se había vuelto y dirigía el haz de su linterna hacia él, lo miraba con dureza.

–Eso ha sido una sobrada, tío –le espetó–. ¿De verdad piensas eso? A lo mejor es que tú no propones nada, y otros tenemos que tomar las decisiones. Así es fácil no equivocarse.

–Vale, vale –Mateo procuró suavizar el enfrentamiento–, me he pasado, lo reconozco. Ya sabes, cuando uno está nervioso se dicen tonterías, eso es todo. Perdona.

Gabriel aceptó las disculpas, apaciguándose enseguida.

–Vaya... –se censuró a sí mismo–, yo también he saltado demasiado pronto, y eso no puede ser. No podemos perder la calma; si no, estamos acabados. Unidad, tío, ese es el único método fiable que nos permitirá llegar hasta el final.

Gabriel iba a continuar, pero la cara conmocionada de su amigo le cortó de cuajo las palabras.

—¿Qué te pasa? —le preguntó preocupado—. ¿Te encuentras mal?

Mateo respondió de inmediato, con una voz extraña:

—Lucía.

—¿Lucía? —repitió Gabriel, ajeno a lo que ocurría—. ¿Qué pasa con Lucía...?

El intelectual se volvió repetidas veces buscando a la chica, pero solo encontró las mismas piedras cuadradas frente a sus ojos. ¡No estaba allí, con ellos! Mateo también se movía frenético, yendo de acá para allá sin parar de enfocar con la linterna hacia todos los lados. Sin atreverse a gritar todavía, los dos empezaron a pronunciar el nombre de su amiga con la tensión a flor de piel. ¿Dónde se había metido?

Nadie contestaba. Terminaron alzando el volumen de sus llamadas: pesaba más la ausencia de su amiga que el riesgo en que pudieran incurrir por su imprudencia, pero el resultado fue el mismo.

Desesperados, desandaron toda la distancia recorrida hasta volver a encontrarse frente a la grieta que comunicaba con las alcantarillas, para de inmediato volver corriendo hasta llegar al punto en el que se detuviesen minutos antes, todavía acompañados de Lucía. ¿Dónde se había metido ella?

* * *

—¿Balmes muerto? —Garcés repetía, incrédulo ante su mala suerte, la información que le acababa de ofrecer aquel nuevo funcionario con el que se entrevistaba—. ¿Cuándo ha ocurrido?

—Hace un par de días. De todos modos —añadió el tipo, algo grueso y de mediana edad, que había sido compañero del difunto durante varios años—, aunque siguiera vivo no le hubiera encontrado aquí: se había jubilado ya.

El inspector movía la cabeza hacia los lados, intentando asumir sus minúsculos avances en el caso de Álex.

—¿Y cómo fue? —quiso saber—. ¿Estaba enfermo?

El interpelado bajó los ojos.

—La gente cree que fue un accidente porque la familia no ha querido transmitir la verdad excepto a los amigos, pero lo cierto es que se suicidó por la noche tomando pastillas.

A Garcés le dio un vuelco el corazón. ¿Era una coincidencia que Balmes decidiese acabar con su vida cuando él se hallaba resucitando la investigación sobre Urbina? Al momento vio aquella posibilidad con escepticismo. Supuso que era la desesperación lo que le hacía vincular hechos sin relación de causalidad, pues para cuando Balmes se suicidaba, los chicos aún no habían reparado en lo de las alcantarillas.

—¿Por qué hizo eso? —terminó preguntando—. ¿Estaba con depresión?

—No, la verdad es que lo que ha hecho nos ha extrañado a todos. Se encontraba bien; a lo mejor se aburría un poco desde que dejó el trabajo, pero nada más. Bueno —matizó—, en su última época laboral tuvo problemas psicológicos, eso es verdad.

«Lo que faltaba», pensó Garcés. «Este se ha suicidado, seguro».

—Explíquese, por favor —pidió el inspector, disimulando su escaso interés.

—Fue una pena que Balmes acabase su carrera de una forma tan penosa —afirmó el funcionario—, después de tantos años al servicio del Ayuntamiento. Pero a veces la cabeza falla, hay que entenderlo.

Garcés esperó con paciencia. Contraviniendo las normas, extrajo de su bolsillo un paquete de tabaco y pidió permiso al otro, que asintió, para fumar. Así, al menos, se relajaría durante aquel rato que no le iba a aportar nada para el caso.

—Juan Balmes oía gritos en algunos túneles —confesó el funcionario—. Llegó a sentir pavor con la sola idea de bajar a alguno de ellos. Hasta ese punto llegó.

El inspector se había quedado paralizado, los ojos sin pestañear y el cigarrillo adherido a los labios entreabiertos.

—¿Qué ha dicho? —balbuceó—. ¿Que oía gritos?

—Sí, aunque no siempre. Supongo que escucharía un ruido raro en alguna ocasión y, a partir de ahí, su imaginación hizo el resto. Éramos muy amigos, y me lo contó todo con bastante detalle. Yo le seguía la corriente, claro, e intenté que no lo supiesen los superiores para evitar una baja forzosa. Pero él empezó a negarse a trabajar en el pozo del callejón de las Once Esquinas, y entonces no hubo nada que hacer.

Alterado, Garcés tomaba notas en su libreta. Levantó la vista para preguntar:

—¿Bajo el callejón de las Once Esquinas es donde Balmes creyó oír los gritos?

El otro asintió, completando su respuesta:

—Yo era compañero suyo en los turnos. La noche en la que sufrió el primer susto, nos encontrábamos de madrugada limpiando el pozo de esa calle tan escondida. A pesar de lo que dijo, yo no escuché nada. Me dio mucha pena todo aquello. Supongo que son cosas de la edad: él estaba ya mayor. Aunque nunca se me ocurrió que podría suicidarse... Qué triste, con lo que fue. No hay nadie en Zaragoza que se conozca las redes de alcantarillado como él. La mente humana es un misterio.

«Lo que es un misterio es la naturaleza humana», modificó el inspector, «que no es lo mismo». Solo así se explicaba que hubiese asesinos como los que creía estar a punto de descubrir con sus pesquisas. ¡Por fin algo parecía cuadrar! Garcés llevaba días necesitando con desesperación algún indicio, por ligero que fuese, que le confirmase que iba por buen camino. Y en aquel instante, cuando estaba a punto de tirar la toalla, lo encontró. Y es que lo de los gritos encajaba bien con el hecho de que todos los jóvenes desaparecidos que habían relacionado con Álex vivieran cerca de accesos a la red antigua de alcantarillas, y también con lo del juego de los túneles. Otro tema, por supuesto, era encontrar el sentido que aquello podía tener; pero todo a su tiempo.

—Incluso hace bastantes años contaron con él como asesor para elaborar un plano subterráneo de Zaragoza —el funcionario seguía hablando con la mirada triste—. Por aquel entonces ya era el mejor en su trabajo. Qué pena.

Por segunda vez, aquel tipo lograba que Garcés alzase la cabeza de su libreta, dominado por un poderoso interés que le revitalizaba como detective. El policía intuyó que en aquel nuevo dato podía estar la clave para delimitar el siguiente paso de su investigación.

—¿Un plano subterráneo? —se apresuró a repetir—. ¿Quién lo elaboró? ¿Se acuerda?

El interrogado resopló.

—Han pasado muchos años, unos treinta. Solo puedo decirle que eran de la Universidad de Zaragoza, eso seguro. Y se trataba de un trabajo relacionado con los túneles romanos.

Garcés se quedó boquiabierto.

–¿A qué túneles romanos se refiere?

–Bueno, ahora ya no existen. Se tapiaron definitivamente en los años setenta, poco después de que se hiciese el mapa que le digo. Se trata de unas galerías romanas subterráneas que recorrían lo que es ahora el casco histórico de la ciudad. Nunca se han excavado en su totalidad; de hecho, apenas se conocen. Por eso alguien quiso dibujar un plano antes de enterrarlas y encargó el trabajo para el que colaboró Balmes. Aun así, por lo visto, esos túneles no tenían mucho valor.

–Vaya historia. No tenía ni idea –comentó admirado el inspector, cada vez más cautivado por aquella valiosa información.

–A principios del siglo pasado todavía debían de verse en algún tramo –continuó el otro, animado por el gesto expectante de su oyente–, pero con la construcción de la red moderna de alcantarillado, en mil novecientos cuarenta y dos, se cerraron casi en su totalidad. Y esa es la historia.

Segundos después, el inspector corría hacia su coche. Su próximo destino: la universidad. Presentía que por fin estaba dando pasos que le conducirían al –cada vez más– siniestro origen de la desaparición de Álex. ¡Parecía estar ante el caso más relevante de su vida!

Le sonó el móvil cuando entraba en su vehículo. Reconoció el número de la comisaría, lo que de un golpe le hizo aterrizar en la realidad. ¡No podía abandonar su puesto de trabajo sin dar explicaciones! Seguro que llevaban buscándole toda la mañana. Mientras arrancaba, empezó a modelar la mentira que contaría a sus compañeros para seguir camuflando las investigaciones.

* * *

Para cuando Lucía se sintió inmovilizada por detrás, ya resultó tardío su intento de gritar una advertencia a sus amigos, pues una mano enorme se cerró con fuerza, como un cepo, sobre su boca. Sus inminentes chillidos se convirtieron en unos gemidos ahogados cuya intensidad no alcanzó a Mateo y Gabriel, sobre todo porque sus voces estaban subiendo de tono. El susto de ella empezó entonces a transformarse en pánico.

Su aterrorizada mente no lo entendía. ¿De dónde había salido aquel tipo, del que solo distinguía una extraña indumentaria negra consistente en una túnica y un pasamontañas? ¿Es que se movía en la oscuridad? Lucía solo se había adelantado unos pasos desde donde se habían detenido, hasta una cavidad bastante amplia donde confluían varios túneles. Si incluso oía a Gabriel y Mateo discutir...

Pataleó con energía, intentando zafarse de aquel abrazo rotundo que la mantenía paralizada y muda, pero no sirvió de nada ante el tamaño de quien la había cazado. Ni siquiera pudo hacerse con su navaja, y la linterna le fue arrebatada en medio de sus convulsos movimientos. Se sintió levantada del suelo cuando su captor, ya bien sujeta la presa, inició un silencioso avance hacia uno de los corredores más próximos. A punto de desmayarse del *shock*, tuvo la certeza de que si no lograba soltarse de aquellos brazos hercúleos antes de ser arrastrada a las profundidades, jamás volvería a la superficie... viva.

El gigante silencioso, cuyo rostro no veía, la manejaba con desoladora facilidad. Ambos se introdujeron en el pasadizo y, encorvados, continuaron caminando, aunque ahora con la linterna apagada. Lucía, a quien la oscuridad aún atemorizó más, no podía creerlo: el individuo conocía tan bien la ruta que ni siquiera titubeaba en sus pasos.

Unos amortiguados gritos que pronunciaban su nombre sorprendieron a Lucía llorando exhausta, abandonados por fatiga sus intentos de fuga. Eran Gabriel y Mateo, que debían de estar buscándola. El gigante se detuvo un instante ante aquellos sonidos, como calibrando por el origen de las llamadas si los amigos de la chica iban en buena dirección. Lucía comprobó, notando cómo su fe en sobrevivir se quebraba en mil pedazos, que el secuestrador reanudaba la marcha volviendo a encender la linterna con una tranquilidad demencial.

Enseguida dejó de escuchar aquellas voces que la mantenían aferrada a la esperanza, anuladas por tantos metros de túnel y de recodos, a las que sustituyó la respiración entrecortada del que la transportaba casi como un fardo. ¿Qué podía hacer?

Algo más tarde, llegaron hasta una galería sin salida, ya que mostraba en su extremo un tabique tan pétreo como los que constituían los laterales de aquellos pasadizos. Sin embargo, para sorpresa de Lucía, no se detuvieron y atravesaron el corredor en su totalidad. Solo cuando se encontraban tan cerca del final que iban a estrellarse, ella notó algo raro en las piedras que bloqueaban el paso. Su duda se solucionó cuando el gigante se las ingenió para, sin soltar a su prisionera, apartar de delante de ellos lo que en realidad no era un muro, sino una cortina con una foto impresa de una pared de sillar. Lucía observaba anonadada, y tuvo que reconocer que el efecto de aquel truco, con el débil resplandor de la linterna, era muy real.

Tras la tela había una puerta de madera maciza tan bien conservada que no podía ser antigua.

—Si te mueves o gritas, te estrangulo —murmuró el gigante a Lucía, enfocándole a la cara y colocándose entre ella y el tramo libre del corredor.

La registró entonces sin muchos miramientos, arrebatándole la navaja y el espray, y después la empujó contra la entrada mientras él sacaba una llave de uno de los pliegues de su túnica y procedía a usarla en la cerradura de la puerta. Ella aprovechó entonces para dejar caer al suelo una delgada pulsera de tela verde que siempre llevaba en su muñeca derecha, en un tímido intento de dejar alguna pista, algún rastro.

Desde el interior de la puerta se oyó un sonido seco de resorte: la llave había concluido su giro desbloqueando el mecanismo. Impulsada la gruesa hoja de madera por el gigante, al momento se abría ante ellos una nueva galería, tan estrecha como las anteriores pero distinta en otros aspectos: bien conservada, lucía paredes regulares desde las que células fotoeléctricas estratégicamente situadas activaban la iluminación de determinados tramos en cuanto detectaban el paso de alguien. A aquel pasadizo también le habían incorporado un falso techo en el que se distinguían diversas rejillas, focos y otros detalles que teñían la vía subterránea de un inesperado aspecto tecnológico. Lucía, en medio de su estupor, alucinaba con la existencia de aquel submundo. Alguien había invertido allí millones de euros. Muy en el fondo, su vocación informática se removió con interés.

El gigante, cuyo rostro enorme de mandíbulas que parecían desencajadas, pómulos abultados y ojos diminutos contemplaba por primera vez, no la dejó descansar mucho de todos modos. Enseguida cerró el portón —la pulsera en el suelo desapareció de su vista–, la atenazó con sus brazotes y, sin volver a mediar palabra, la siguió llevando por diferentes pasillos. No se cruzaban con nadie. Lucía, recuperando el instinto de supervivencia después del desconcierto sufrido por aquella última sorpresa, se preguntó por dónde andarían Gabriel y Mateo. Ella misma se respondió, abatida, que aun en el improbable caso de que lograsen llegar cerca de aquel sector subterráneo y descubriesen su pulsera, jamás superarían el obstáculo de la puerta. Deseó entonces que no la estuviesen buscando, que hubieran escapado cuando todavía estaban a tiempo y hubiesen avisado a la policía, que por fin sabría dónde buscar. De ese modo, si con su captura –y posible muerte– Lucía había conseguido poner en evidencia todo aquel montaje increíble y ayudado a localizar a Álex, habría merecido la pena sacrificar su vida. Muchas se salvarían si desarticulaban aquel tinglado de pesadilla.

«No obstante», se dijo Lucía, «intentaré luchar hasta el final. Sean quienes sean, no les daré facilidades».

A partir de haber atravesado aquel misterioso umbral de madera, o quizá como consecuencia de su estado más calmado durante los últimos minutos y del cansancio que provocaba ella misma como carga, Lucía apreció una mínima relajación en quien la sujetaba. De hecho, se dio cuenta de que sus piernas se balanceaban libres, lo que antes no ocurría. ¿Aquella circunstancia le otorgaba alguna posibilidad de soltarse y huir? Empezó a pensar que sí, bloqueando la tentación de rendirse por miedo y soledad.

Recordó que su calzado eran unas botas de tacón grueso, dato al que unió el hecho de que sus piernas se mantenían ahora sin sujeción entre las de aquel hombre, quedando próximas a una buena diana: los genitales. Allí estaba la oportunidad, aunque tendría que calcular bien, porque solo dispondría de un intento. Se trataba de dar la patada hacia atrás más fuerte y directa que pudiera.

Entraron en una nueva zona, que no se iluminó cuando accedieron al radio de acción de las células fotoeléctricas correspondientes. Sin embargo, ayudada por la luz de su linterna, que ahora portaba encendida el gigante, Lucía vio que estaban a punto de llegar a un nuevo nudo de galerías; era el sitio perfecto para la maniobra planeada si quería poder escapar, así que esperó concentrándose al máximo. Se jugaba la vida en ello.

A los pocos segundos llegaban al enclave, él atento a la siguiente combinación de túneles, ella procurando adelantar las piernas todo lo posible, para incrementar la fuerza de su golpe. En cuanto llegaron al centro de aquella cavidad, Lucía disparó sus extremidades inferiores hacia el punto débil que su raptor había dejado desprotegido de forma inconsciente. Acertó con tal contundencia que fue soltada de inmediato, junto con la linterna que el raptor dejó caer al tiempo que profería un aullido y se desplomaba de rodillas, las manos cubriéndose demasiado tarde la entrepierna.

Lucía no se lo pensó dos veces: sin perder un segundo, recogió la linterna que todavía alumbraba, recuperó su navaja y, dándose la vuelta, comenzó a correr como alma que lleva el diablo. Atrás dejaba la figura encogida del gigante, todavía retorciéndose de dolor.

* * *

—¡Juntos, joder, dije juntos! —vociferó Gabriel, perdiendo los estribos por completo—. Mateo, iba delante de ti, ¿no? ¿No la viste apartarse de la fila?

El pijo bajó los ojos, sintiéndose culpable.

—Al parar dejamos de ir en fila, y ya no me fijé. Quizá se adelantó mientras hablábamos...

Para cubrir esa posibilidad, ambos avanzaron por el túnel unos metros más y llegaron hasta un amplio enlace de corredores: se trataba de una especie de caverna redonda donde desembocaban seis pasadizos, a cuya entrada, apoyada en una pared, se encontraron con la mochila de Lucía.

—¿Por qué no habrá esperado a que viniéramos todos? —se preguntaba Mateo, al borde de la histeria—. Ha debido de ponerse a cotillear justo antes de nuestra discusión, llegando hasta aquí. ¡Mujeres!

—Al menos está claro que no se le ha caído la mochila ni se la han arrancado —dedujo Gabriel—. Si la dejó con cuidado ahí, igual es que solo se ha desorientado y no está en peligro.

Los dos chicos se fueron asomando por todos los túneles que terminaban en ese lugar, gritando el nombre de su amiga. Nada.

—No puede haber ido lejos, tío —observó Mateo, cuya voz temblaba—. Empecemos a recorrer los túneles. Pero sin separarnos, ¿eh? La encontramos y nos largamos de aquí a toda leche.

Gabriel asintió, aunque ahora dudaba que el rescate fuera tan sencillo. Y es que si solo se hubiera perdido, incluso aunque hubiese ganado bastante distancia al intentar volver, Lucía habría oído sus gritos o los habría llamado ella misma. Y en ambos supuestos, algo hubieran escuchado. Estaba convencido de ello, teniendo en cuenta el tremendo silencio que imperaba. Y es que debían de encontrarse ya a unos diez o doce metros por debajo del nivel de la calle.

El intelectual recogió la mochila de Lucía e hizo una seña a Mateo. Desenfundando su machete de monte, entró en el primer pasadizo que tenían a la izquierda. El pijo le siguió, comprobando el seguro de su pistola de perdigones y tanteando su propio cuchillo.

Aquella galería era más estrecha que las anteriores y su trazado mucho más sinuoso, por lo que Gabriel dejaba de quedar a la vista de Mateo de forma intermitente. Lo peor, sin embargo, era que empezaron a aparecer múltiples grutas a los lados.

—Esto se complica —advirtió Gabriel en un susurro—. Si seguimos así, va a ser imposible adivinar por dónde se ha movido Lucía. Debemos de estar llegando a la zona más primitiva de esta obra romana. ¿Qué hacemos?

—Ese túnel da la impresión de estar más usado, ¿verdad? —Mateo señalaba con el dedo, insistente—. Vayamos por ahí, venga.

—Tranquilo, esto no es una contrarreloj. Si nos precipitamos, podemos cometer más fallos.

—Sí que es una contrarreloj, Gabriel.

El intelectual tuvo que callarse ante la repentina lógica de las palabras de Mateo. Sí. Por Álex, y en aquel momento también por Lucía, todo quedaba comprendido bajo una terrible carrera en la que ya había comenzado la cuenta atrás. Su certera convicción sobre tal circunstancia era justo lo que los había llevado hasta allí aquella madrugada, metidos en la boca del lobo, mostrando una valentía y una fidelidad que alguien habría podido tachar de suicidas. Pero es que hacía días que Álex Urbina había pasado a ser el nombre del mayor desafío al que se enfrentarían en toda su vida. Y lo sabían.

Gabriel, dando por zanjada la cuestión, se fijó en lo que decía su amigo y estuvo de acuerdo. Aquella zona ofrecía un aspecto más transitado: menor suciedad, mayor amplitud, e incluso las piedras sobresalían del camino con los bordes pulidos, como si ya hubiesen sufrido innumerables pisadas.

Al intelectual le pareció absurdo hablar de «tránsito» en el interior de unos corredores subterráneos que se suponían abandonados mucho tiempo atrás, aunque a aquellas alturas todo era posible. Además, se percató de que la atmósfera no estaba tan cargada como habría sido previsible en una cavidad sin más ventilación que las invisibles ranuras del propio terreno. Sin duda, aquel hecho constituía una prueba de que aquellas galerías habían sido utilizadas durante los últimos años. Una prueba, por tanto, de que se estaban aproximando de forma peligrosa al oscuro confín donde tenía que hallarse el secreto de la desaparición de Álex.

Gabriel no pudo evitar recordar aquella creencia del pasado en virtud de la cual el infierno se encontraba en las profundidades de la Tierra. Pesadillas y realidad se confundían en aquel entorno claustrofóbico. Se esforzó en no pensar, solo así aguantaría. Mateo le pisaba los talones en un estado casi febril.

Persistieron avanzando, infatigables por el temor de perder a Lucía. Un túnel, dos, tres; giros a la derecha, elección del lado izquierdo de una nueva bifurcación... Se estaban quedando sin aliento y de su amiga no distinguían el más mínimo rastro.

–¡Ah, qué asco! –Mateo se olvidó de la discreción cuando enfocó con la linterna a una peluda rata gris, de rabo muy largo, que, asomando sus diminutas garras delanteras sobre un saliente, ni se inmutó cuando ellos pasaron a su lado.

Aunque Gabriel se abstuvo de hacer comentarios para no intranquilizar todavía más a Mateo, sabía que las ratas que no se asustan de las personas demuestran con su comportamiento que están acostumbradas a ellas. ¿Quién o quiénes recorrían aquella fúnebre red de túneles con asiduidad?

En unos minutos alcanzaron una nueva estancia donde volvían a concurrir diferentes pasadizos, entre ellos aquel por el que habían salido como vomitados.

–Esto es una locura, Mateo –asumió Gabriel, frenando a su amigo–. No podemos seguir.

El pijo se revolvió, rabioso:

–¿Pero qué dices? –estalló–. ¿No eres tú el que siempre habla de unidad, de fidelidad al grupo?

Los ojos azules de Mateo, que resaltaban sobre su rostro sucio y húmedo de sudor, se veían enrojecidos. Llevaba toda su cara ropa hecha una pena. Vaya pinta de trogloditas debían de llevar los dos. Gabriel se aproximó a él, mirándolo con cariño, y le obligó a girar sobre sí mismo repetidas veces. El pijo, a la tercera vuelta, se lo quitó de encima.

—¿Estás loco o qué? —le increpó sin calmarse—. ¿Por qué has hecho eso?

Gabriel se había ido moviendo a su alrededor, y antes de contestar le pidió que no alzase la voz. Estaban en territorio hostil, no había que olvidarlo.

—Lo he hecho para que te des cuenta de la situación —terminó respondiendo—. ¿Serías capaz, ahora, de decirme por qué túnel hemos llegado hasta aquí?

Mateo pareció no entender, así que el intelectual volvió a hacerle la pregunta, siempre cuchicheando:

—Que si podrías indicarme de cuál de estos túneles hemos salido, Mateo.

Ambos se fueron girando con lentitud, mientras el pijo asimilaba lo que le pedía su amigo. Contó nueve túneles, todos idénticos en apariencia. Descartó uno por demasiado alto. Quedaban otros ocho. Entonces entendió lo que pretendía Gabriel forzándole a parar, y se echó a llorar compulsivamente. ¿Cómo iban a encontrar a Lucía, si ellos mismos estaban perdidos? Gabriel se juntó a él y le abrazó.

—Tranquilo —le dijo—. Yo me he fijado por los dos. Hemos venido por ese pasadizo que tienes enfrente. Pero aun así no podemos continuar —Gabriel tenía que retomar la decisión, no había más remedio—. Aunque sea sin Lucía, hay que volver. A mí también me duele, pero esto se nos ha ido de las manos. Retrocedamos antes de que sea demasiado tarde; solo si logramos regresar los ayudaremos de verdad. Quizá incluso es Lucía la que ahora nos está buscando. Volvamos.

«La matarán», acertó a vocalizar Mateo entre sollozos. «Si la pillan, esos bestias la matarán». Gabriel no quiso ni oír aquello; aquel repentino beso que ella le diese el día anterior le ardía muy adentro.

—Qué va —negó, en un tono quebradizo—. Ella es más lista que nosotros dos juntos. Ya verás, ahora levanta y volvamos. Necesitamos aire fresco con urgencia.

Mientras Mateo se mantuviese en aquel estado, Gabriel no se permitiría dar rienda suelta a su verdadera situación interna, tan devastada de ánimo como la del pijo. No se lo podían permitir. Sin embargo, era consciente de que, salvo aquel primer túnel, no iba a ser capaz de recrear todo el recorrido que habían hecho para poder llegar hasta las alcantarillas. «Lo tenemos crudo», se sinceró en lo íntimo. «No podremos salir de aquí. Y ni siquiera puedo exteriorizar mi miedo».

Se habían comportado como estúpidos, aunque no cabía ninguna recriminación: ¿quién habría podido imaginar que allí abajo existía tal laberinto? Aquella última palabra le trajo a la memoria sus conocimientos sobre mitología griega. Según esta, el humano Teseo, al entrar en el laberinto de Creta en busca de Ariadna, prisionera de un monstruo llamado Minotauro, había ido desenrollando un ovillo de lana conforme avanzaba para saber cómo escapar de allí al terminar su misión, ya que bastaría con seguir el hilo en dirección contraria para encontrar la salida. Gabriel deseó haber hecho lo mismo.

El Minotauro. Un ser gigante, fiero, mitad hombre y mitad toro. ¿Y ellos? ¿Contra qué monstruo se enfrentaban en aquellas profundidades?

Al introducirse en el pasadizo, un sonido amenazador los alcanzó por la espalda. Gabriel apresuró sus movimientos poco ágiles. Aunque había formulado una pregunta en su cabeza, no albergaba ningún interés en satisfacer su curiosidad tan pronto.

9
COMIENZA LA CUENTA ATRÁS

Garcés no había podido continuar sus pesquisas para dar con el paradero de Álex, ya que José María Ramos estaba encargándose de un robo con violencia en una joyería próxima a la plaza de San Francisco y le necesitaba. Su llamada al móvil del inspector sí había sido contestada, y ahora Garcés ultimaba la recogida de datos en el escenario del delito, aunque con la cabeza puesta en el otro caso.

Y es que, a pesar de que todavía no tenía nada claro lo que ocurría con las desapariciones comprendidas en su investigación, una potente corazonada se abría paso entre la incredulidad con la que procuraba defenderse de las esperanzas ajenas. Por fin había tomado la decisión de apoyar los esfuerzos de Gabriel, Lucía y Mateo: Álex no se marchó por su propia voluntad, y no le resultaba descabellado que los demás chicos desaparecidos tampoco lo hubieran hecho. El problema, mientras se encargaba del asunto, era demostrarlo para poder dedicarse a ello en exclusiva y contar con el apoyo del resto de sus compañeros.

Garcés recordó que los amigos de Álex Urbina tendrían que haberle llamado por teléfono aquella mañana, ya que en eso habían quedado el día anterior, pero no dio importancia a aquel incumplimiento; a lo mejor habían acabado por aceptar que tenían que esperar a que las labores policiales dieran su fruto.

Ramos y él terminaron de reunir la información sobre el atraco media hora después. Allí ya no había nada que hacer, de modo que volvieron en coche a la comisaría para rellenar el expediente.

—Oye —pidió el inspector a José María, ya en las dependencias policiales—, ahora tengo un tema urgente. ¿Te importa encargarte del papeleo y comprobar la denuncia, por favor?

—De acuerdo —aceptó el otro detective, poniendo una cara un poco rara y sin decidirse a irse a su mesa—. Paco, ¿tienes algún problema?

Aquel comentario pilló por sorpresa al aludido, que se encogió de hombros al contestar:

–No, ¿por qué?

–No sé, llevas unos días distinto, como ausente. Te encierras en tu despacho, te marchas de la oficina y nadie sabe adónde vas... Como compañero tuyo de la unidad, no me importa encargarme de algunos de tus casos si lo necesitas, pero...

Garcés estuvo a punto de explicarle la verdad a Ramos, pero no llegó a decidirse. Aún estaba todo demasiado en el aire. En cuanto tuviese algún indicio más, pondría al corriente a su compañero.

–Son solo... unos temas familiares –mintió, incómodo–, eso es todo. Gracias por tu preocupación, no es nada. En un par de días estaré como nuevo, ya verás. Luego hablamos.

Garcés se dirigió hacia su despacho sin esperar respuesta, dejando a su compañero parado en medio del pasillo, siguiéndole con la mirada. Pero es que no tenía tiempo que perder.

De hecho, no había malgastado ni un minuto durante aquella mañana, ya que incluso durante el trabajo en la plaza de San Francisco su cerebro había continuado meditando en torno al caso de Álex. Gracias a ello había caído en cuenta, por primera vez, de un detalle muy preocupante: el ataque que sufrió Gabriel en la autopista de Barcelona –que el policía no había terminado de aceptar como vinculado al expediente de Álex hasta entonces– demostraba que la organización criminal a la que se enfrentaban conocía ya, en aquel prematuro momento, que los chicos estaban investigando la desaparición de su amigo. Antes, incluso, de que se metiesen en el servidor que controlaba el sangriento juego de los túneles y fueran detectados allí.

¡Eso contradecía, por tanto, la hipótesis que habían aceptado desde un principio para trabajar! Según esta, lo que había puesto sobre aviso a los asesinos era el acceso no autorizado a la base de datos del servidor del juego de los túneles, maniobra que Gabriel, Lucía y Mateo habían llevado a cabo en casa del pijo y que había provocado el posterior asalto nocturno.

Aquella teoría ya no servía, estaba claro, pues el ataque en la autopista era anterior al descubrimiento del juego. Pero entonces, ¿cómo coño sabían tan pronto los implicados en la falsa fuga de Álex que sus amigos estaban investigando? Porque, de acuerdo con las notas del inspector, lo único que habían hecho los chicos en lo referente a Álex antes de la noche del asalto era, por un lado, reunirse en el chalé de Mateo, donde Gabriel les había comunicado lo de las llamadas perdidas, y, por otro, venir a entrevistarse con él en la comisaría. Ni siquiera esta última iniciativa contaba, pues para entonces Gabriel ya había recibido el mensaje trampa desde el móvil de Álex.

Garcés repasó con detenimiento el expediente y no halló ninguna explicación. Qué opaco era todo lo que rodeaba aquel caso.

Decidió dejar ahí la incógnita y abordar la otra idea que se le había ocurrido durante la mañana, para lo que necesitaba repasar, por enésima vez, el contenido de los expedientes de los desaparecidos en circunstancias similares a Álex. Así lo hizo, y en unos minutos confirmó satisfecho su sospecha: todos aquellos chicos llevaron a cabo sus aparentes escapadas en noches en las que se encontraban solos en casa. Si bien este hecho encajaba con la ahora dudosa explicación de que hubiesen abandonado su hogar por propia voluntad, también permitía otra posibilidad: que alguien estuviese con ellos durante aquellas últimas horas, obligándolos a escribir las cartas de despedida. Tal planteamiento justificaría, además, el extraño dominio informático del que había hecho gala Álex justo antes de desaparecer: quien le forzó a dejar un mensaje de despedida –por tanto, por qué no decirlo con claridad, quien le estaba secuestrando– también se debió de encargar de borrar rastros en el ordenador.

Aquellas suposiciones encajaban tan bien, ataban de forma tan firme algunos cabos, que Garcés las aceptó sin mayores evidencias. Para avanzar, en muchos casos había que emplear la fe. El único obstáculo que surgía entonces era razonar cómo habían logrado los delincuentes acceder a los pisos donde vivían las víctimas elegidas. ¿Acaso quedaban con ellas?

La respuesta, una vez más, tenía que estar en el chat. El inspector apostó por ello. Solo así los raptores podían lograr la confianza de los elegidos, averiguar cuándo estos se iban a quedar solos en casa y, por supuesto, enterarse de dónde vivían y quedar con ellos la noche clave. Quizá aquella organización criminal dedicaba meses a conquistar a cada uno de los jóvenes.

Garcés escribió unas últimas notas en su libreta, y después comprobó si su jefe había salido, lo que pudo confirmar al asomarse al despacho vecino y verlo vacío. Era, pues, el momento para reanudar sus investigaciones fuera de la comisaría, así que se puso la cazadora y salió del edificio con la mayor discreción posible. Por suerte, tampoco Ramos se cruzó en su camino.

«Próxima estación», simuló Garcés como si estuviese en un tren o un metro, «la universidad». Tenía que averiguar quién elaboró el plano de los túneles romanos de Zaragoza para el que colaboró Balmes años atrás y si se conservaba algún ejemplar. Esta información era vital si, tal como empezaba a concebir, una oscura trama se agazapaba en las profundidades de la ciudad.

Mientras caminaba por la acera hacia su coche, la imagen de Gabriel, la informática y el pijo le vino a la mente. Seguían sin dar señales de vida. Ojalá los pudiese localizar pronto para darles buenas noticias. Ojalá.

* * *

Lucía corrió hasta quedarse sin fuerzas, atravesando varias galerías que le demostraron la increíble tela de araña de pasadizos que existía bajo las calles del casco histórico de Zaragoza. En su huida le resultaba imposible ocultarse, pues conforme llegaba a los diferentes tramos iba provocando que las luces, siempre con idénticos mecanismos fotoeléctricos, se disparasen delatando su trayectoria. Tampoco encontró la puerta de madera, pero le dio igual: no habría podido abrirla, pues no disponía de la llave, y además recordaba el acceso, demasiado macizo como para que fuese posible derribar el portón sin más herramientas que su propio cuerpo.

En su avance indiscriminado, ya más lento, dejó el área de los túneles modernos para aparecer en un sector de aspecto medieval. Allí los focos habían sido sustituidos por antorchas encendidas. Estas estaban enganchadas en unos aros metálicos empotrados en las paredes y crepitaban haciendo danzar las sombras de sus propias llamas. «Bueno», se alentó ella, viéndose libre de los focos chivatos, «a lo mejor aquí sí puedo esconderme».

La joven miraba hacia todos los lados, intentando hacerse una idea de aquella zona antes de reanudar su avance. Desde luego, por su respiración fácil y por la viveza de los fuegos, aquellas galerías tenían que disponer de buena ventilación. ¿Querría eso decir que estaba cerca de alguna salida? La informática no quiso hacerse ilusiones, pues su orientación, si es que valía de algo en aquel mundo subterráneo, le hacía intuir que en su huida no había hecho más que bajar. Igual se encontraba a más de treinta metros de profundidad. Era muy posible.

Lucía se percató de que la tecnología seguía presente en aquellos corredores, a pesar de su apariencia antigua. En efecto, unas reducidas semiesferas que sobresalían del techo le advirtieron de que aquel sector no se encontraba libre de cámaras de vídeo. Y entonces, sintiendo un escalofrío, cayó en la cuenta de algo: aquellos túneles... aquellas antorchas... las cámaras... Dios...

Ese lugar ya lo había visto antes, aunque jamás había estado allí. ¿Un *dejà vu*? No. Se trataba del mismo escenario que les ofreció el terrible juego al que accedieron en el chalé de Mateo cuando robaron las claves. Estaba dentro, joder... dentro del mismísimo juego asesino.

Ella sudaba, comprendiendo por primera vez el auténtico peligro que corría, al tiempo que desentrañaba en parte el misterio de Álex. ¡Su amigo había estado recorriendo aquellos mismos pasadizos! Una voz interior le advirtió de que Álex no había logrado salir, y aquella información le puso la piel de gallina. ¿Se convertiría ella en el próximo personaje de aquel rol real? De cumplirse la espantosa conjetura, ¿significaría que su amigo estaba muerto?

Lucía se imaginaba ya en una pantalla de monitor, espiada por los ojillos sádicos de algún enfermo jugador que habría pagado un alto precio por ver morir a alguien... lentamente.

No se permitió llorar ni dejarse caer al suelo vencida de antemano por la magnitud de los acontecimientos. No mostraría una imagen tan débil para diversión de clientes anónimos. A fin de cuentas, si el objetivo del juego era aniquilar al personaje de turno, ella iba a vender cara su piel. No sería una víctima sumisa preparada para el sacrificio.

La informática se negó a seguir pensando y comenzó a andar, procurando mitigar el ya de por sí escaso ruido de sus pisadas gracias a las botas. En medio de su desorientación, se encontró con algunos pasadizos ciegos, sin salida, lo que la obligaba a volver sobre sus pasos de vez en cuando. Pero ni siquiera entonces se permitía el más leve sonido. Durante aquel avance mudo llevaba la navaja abierta en una de sus manos, mostrando la afilada hoja, preparada para usarla en cuanto fuese preciso. El instinto de supervivencia le daba energías.

El extraño hecho de que no se hubiese encontrado con nadie todavía, ni siquiera con el gigante al que había dejado postrado de dolor en algún lugar de aquel subsuelo diabólico, terminó a los pocos minutos, cuando dos individuos ataviados con túnicas y pasamontañas negros surgieron de un túnel lateral avanzando con rapidez hacia ella, armados con puñales de filo curvo. No la llamaron, ni gritaron, ni nada. Solo se aproximaban a buena velocidad.

Lucía echó a correr como una loca al verlos, sin un rumbo fijo aparte del opuesto a la galería de la que sus perseguidores procedían. Aquello era lo peor: no saber hacia dónde ir, sentirse atrapada en aquella maraña de pasajes mientras otros la observaban al modo de quien se entretiene contemplando cómo un hámster se mueve en una jaula. ¿Por qué había surgido aquella pareja de tipos extraños? ¿Lo habría ordenado alguien a kilómetros de distancia, mediante algún comando presionado en el teclado de un ordenador? ¿La intentaban capturar como detectada invasora de unas instalaciones particulares, o es que ya estaba interviniendo en el rol asesino, siendo entonces el personaje que no debe escapar con vida?

La informática no tuvo suerte en medio de sus reflexiones, y enseguida tomaba un recodo que conducía a uno de aquellos pasadizos sin salida que ya conocía. Se volvió para intentar rectificar, pero era tarde: los individuos de negro interrumpían ya el trecho necesario para alcanzar un nuevo túnel, lo cual sabían, puesto que se habían detenido y aguardaban su próximo movimiento, con los cuchillos alzados. Lucía, soportando una impresión tan dura que casi no podía respirar, aún se hizo una pregunta más: ¿querrían matarla, o solo apresarla? No tardaría mucho en averiguarlo, a la vista de la perspectiva tan poco halagüeña que se le ofrecía.

Los dos tipos abandonaron su actitud expectante muy pronto e iniciaron un paulatino avance hacia ella, separándose todo lo que permitía la anchura del túnel para que no pudiese defenderse de ambos a la vez. Apenas a un metro de distancia de Lucía, cuando ya esta había empezado a blandir su navaja y a proferir amenazas para intentar que se detuviesen, uno de aquellos sicarios habló, con una voz cuya tranquilidad sorprendió a la chica:

—Has entrado en un recinto privado sin autorización —dijo—. Tira la navaja, no nos obligues a hacerte daño. Solo pretendemos sacarte de aquí rápidamente. Estás interfiriendo en las actividades del centro.

Lucía soltó una risa sarcástica, que sin embargo no pudo disimular su miedo.

–¡Vaya! Pues si se trata de que me largue de este sitio, basta con que me digan cómo llegar a la salida y lo haré solita.

Aunque no pudo distinguirlo por los pasamontañas, adivinó sonrisas en los rostros invisibles que tenía delante.

–No va a ser posible, lo lamentamos –continuó el que hablaba, manteniendo su voz de cadencia neutra–. No podemos permitir la presencia de desconocidos armados. Seguro que lo entiende.

El otro tipo alargó un brazo con la palma de la mano abierta.

–¿Por qué no nos da la navaja y terminamos con esta incómoda situación? –terminó el primero en su tono artificial, que parecía ensayado–. Désela a mi compañero...

En aquel instante, un potente foco orientado hacia la cabeza de Lucía desde más atrás la deslumbró, dejándola ciega el suficiente tiempo como para permitir que los tipos de negro se abalanzasen sobre ella. Lucía, imaginando la maniobra, dirigió su brazo armado hacia delante con fuerza, pero no sirvió de nada; los otros pudieron esquivarlo con facilidad y entre los dos la inmovilizaron antes de que pudiese volver a lanzar una segunda estocada.

–¡Déjenme, déjenme!

Lucía gritaba mientras procuraba soltarse de sus captores con movimientos bruscos. Ellos habían guardado los cuchillos, lo que constituía un síntoma esperanzador, pero por lo demás no estaban resultando muy compasivos: sin mediar palabra, habían empezado a retorcerle el brazo con el que aún intentaba herirlos, hasta lograr que, entre gemidos de dolor, soltase la navaja. Entonces la informática se puso a lanzar chillidos pidiendo socorro.

–Yo que tú ahorraría fuerzas –le recomendó el que había intentado negociar con ella minutos antes–. Nadie puede oírte aquí, y te van a hacer falta.

Mientras la arrastraban por el pasadizo, anulada ya por la sensación de indefensión y de aislamiento frente al peligro, aún pudo repetirse aquellas últimas palabras: «Te van a hacer falta». ¿Para qué iba a necesitar todas sus fuerzas? ¿Qué le preparaban? Un hormigueo de horror le fue devorando el cuerpo. Qué fallo habían cometido al ignorar las advertencias del inspector Garcés y haberse adelantado a sus investigaciones. Lucía se daba cuenta de lo torpes, de lo ingenuos que habían sido. ¿Quiénes se habían creído que eran, un puñado de críos desafiando a una organización de asesinos profesionales? Hay errores que se pagan con la vida.

Lucía, al tiempo que se castigaba con las recriminaciones, resucitó en su mente una imagen reciente de Gabriel y Mateo, para intentar hallar algún resquicio de valor. ¿Dónde estarían en aquel instante? Si se hubieran vuelto a tiempo...

Los dedos enguantados de aquellos hombres se clavaron en el cuerpo de la joven dando un nuevo empujón. Iba agarrada como una presa de caza. Aunque era imposible hacerse una idea exacta de las distancias allá abajo, la informática intuyó que la estaban llevando al mismo corazón de aquel satánico laberinto. De fondo, suaves correteos de ratas que no veía llegaban a sus oídos. Escapar de allí iba a ser imposible...

* * *

—¡Apaga la linterna! —susurró Gabriel, sintiendo un escalofrío—. He oído algo.

Mateo le obedeció de inmediato, asustado, y ambos se quedaron quietos en el interior de aquel túnel desde el que habían dejado de distinguir, al quedarse sin luz, la cámara principal en la que desembocaban muchas galerías. Tinieblas absolutas los rodeaban.

Transcurrieron varios segundos. Por primera vez en su vida, Mateo solo deseó que la oscuridad y el silencio se mantuviesen. Y es que cualquier cosa que rompiese aquella calma de lugar recóndito tenía que ser peligrosa.

—¿Pero qué es lo que has oído? —cuchicheó el pijo, impaciente.

Gabriel le hizo un gesto con la mano instándole a cerrar la boca, que su amigo solo pudo intuir a través de la negrura.

Enseguida, un tenue resplandor ratificó la impresión del intelectual, una penumbra menos densa que, en el nudo de corredores que acababan de abandonar, presagiaba la proximidad de una luz artificial. En efecto, al poco tiempo quedaba ante su vista una silueta oscura que avanzaba a buen ritmo portando una antorcha. Gabriel, en cuanto percibió con detalle la visión, sintió como si le aplastasen el pecho: conocía de sobra aquella imagen maligna de cuando la trampa en la autopista y el asalto al chalé de

Mateo. Quizá, pensó con dramatismo, era la única persona que había coincidido dos veces con los seres de túnica negra y rostro cubierto y continuaba con vida. ¿Cómo acabaría aquella tercera ocasión?

Los dos chicos suspiraron aliviados cuando comprobaron que el individuo de la antorcha pasaba de largo por la entrada al pasadizo, allí donde ellos estaban. De no haber sido así, el encuentro habría sido inevitable. Por fortuna, su localización no coincidía con la ruta del tipo siniestro.

El intelectual no necesitaba luz para imaginar la cara de espanto que debía de exhibir Mateo, cuyo mutismo resultaba muy significativo.

–Mateo –llamó con un tono casi imperceptible–, ya sé que no te va a gustar, pero tenemos que seguirle.

El aludido ahogó una queja.

–Pero de qué vas –se rebeló, sudando–. Hay que salir de aquí pero ya. Paso de ser un héroe, tío.

Gabriel asintió, al tiempo que observaba cómo el rastro luminoso del tipo de negro se iba debilitando.

–Estoy de acuerdo –convino, tenso–. El único problema es que nos hemos perdido. ¿O sabes tú el camino? Porque yo no. No tengo ni la más remota idea de cómo llegar a la calle.

El pijo no respondía, solo refunfuñaba en medio de su inseguridad.

–Tienes tres segundos para contestar antes de que me empiece a mover –advirtió Gabriel–. No pienso perder a ese hombre. O nos lleva a la salida o a Lucía. Uno, dos...

–¡De acuerdo! –se rindió Mateo, a regañadientes–. Supongo que nada es peor que quedarse en estas odiosas catacumbas para siempre. Vamos.

–Recuerda que no podemos encender las linternas –terminó Gabriel al tiempo que daba sus primeros pasos.

–Que sí, joder –rezongó Mateo, siguiéndole.

Por suerte, la zona en la que estaban se componía de tramos amplios de túneles, con lo que caminar sin luz, guiándose por el resplandor que provocaba el oscuro guía involuntario, no era demasiado difícil.

Gabriel y Mateo se acostumbraron enseguida a caminar con sigilo en aquella penumbra mínima. Aproximarse más al tipo de la antorcha era demasiado arriesgado. Todo iría bien si no había más encuentros con individuos de negro. Los dos chicos perdieron la cuenta de pasadizos, galerías y cámaras que atravesaron, aunque la dirección siempre les hacía ganar en profundidad. Ambos sentían cómo se iban alejando de aquella Zaragoza que había sido el escenario de su infancia y juventud, para acabar introduciéndose en un mundo tétrico al margen de su realidad.

«Los estremecedores peces que habitan las fosas abisales nunca suben a la superficie», se dijo Gabriel, «porque no es su mundo, igual que en las historias de vampiros estos no salen jamás de sus criptas durante el día. Pero los seres oscuros que merodean entre estas viejas paredes sí profanan nuestro territorio de luz, se cuelan por grietas y pozos llegando hasta nosotros. Y retornan más tarde a sus cubiles, de donde nunca debieron salir, arrastrando presas todavía vivas, al estilo de algunos reptiles». Gabriel tenía en mente al pobre Álex, a quien concebía como una víctima más de una de aquellas incursiones clandestinas de los seres oscuros. Con cada metro que ganaban, menos posibilidades veía de recuperar a su amigo, aunque tenía que empezar a asumir que en aquel momento una nueva prioridad se había impuesto: sobrevivir.

Un leve tropiezo de Mateo cortó las reflexiones de Gabriel. A pesar de que el pijo apenas había hecho ruido, la calma tan agobiante que allí se respiraba hacía detectar cualquier mínima perturbación. El individuo de negro también debía de haber escuchado algo, pues detuvo su marcha y se giró, escudriñando con la antorcha adelantada el fondo del túnel que había recorrido. Gabriel y Mateo, aguantando la respiración, ocultaron sus caras y se echaron hacia atrás pegándose a la pared, con la intención de camuflar sus ropas oscuras con las piedras.

El tipo, en realidad, no perdió mucho tiempo en aquella comprobación, reanudando el avance poco después. Mateo, al borde del colapso, supuso que aquella misteriosa gente estaría harta de oír a las ratas, y que por eso su metedura de pata —nunca mejor dicho— no había sido valorada en serio por el individuo que los precedía.

Tras cambiar de galería un par de veces más, alcanzaron el primer túnel sin salida que veían desde que descendieran del nivel de la calle. Se percataron de ello porque el resplandor de la antorcha les permitió vislumbrar, más allá de su propia llama, una pared de gruesos adoquines. Por eso pensaron que el tipo al que seguían se había despistado. Sin embargo, tuvieron que rechazar tal posibilidad al comprobar, perplejos, cómo el sujeto, que tenía que ver mejor que ellos el tajante tabique que le impedía el paso, continuaba imperturbable sus zancadas hasta situarse justo delante del muro.

Lo que ocurrió a continuación fue tan extraño que tardaron en asimilarlo: el tipo de la túnica rebuscó entre sus ropas y, después, alargó uno de los brazos describiendo con él un desplazamiento hacia la derecha que, cosa increíble, pareció arrugar la pared de piedra frente a él, apartándola a un lado.

Mateo asistía atónito a aquel fenómeno que se le antojaba casi mágico, todavía sin entender lo que sucedía. Gabriel también tardó algo en interpretar lo que acababan de ver, pero le costó menos encontrar una explicación racional: la pared era falsa, se trataba de una especie de lámina con la fotografía impresa de un muro, una simple cortina con dibujo que ocultaba algo.

–Tranquilo, Mateo –procuró calmar a su amigo el intelectual, sin levantar la voz–. Solo es una técnica bastante simple de camuflaje, eso es todo. Simple pero efectiva, eso sí.

Los dos se fueron aproximando, pues la oscuridad se lo permitía sin que el tipo de negro tuviese posibilidad de distinguirlos. Así lograron determinar qué escondía el truco de la cortina: una gran puerta de madera con su correspondiente cerradura en el lado derecho. Este hecho hizo comprender a Gabriel lo que había estado buscando en su túnica el individuo que tenían delante: la llave, claro.

Aquello complicaba todavía más las cosas: si permitían que el sujeto oscuro desapareciese tras la puerta, la volvería a cerrar a su espalda y la persecución habría acabado. Semejante consecuencia no estaría mal si supiesen cómo volver a la superficie, porque lo que estaban descubriendo era más que suficiente para contar con el apoyo de toda la policía. Por desgracia, Gabriel tenía la impresión de que, sin ayuda, podían pasarse días enteros vagando por aquellos túneles siniestros. Decididamente, había que atravesar aquel enigmático umbral de madera. Y eso implicaba de forma ineludible hacerse con su llave, para lo cual... tenían que arrebatársela al ser oscuro, no había más remedio.

El tipo de negro, que se había entretenido reajustándose el pasamontañas, acercó una de sus manos a la cerradura mientras con la otra aguantaba la antorcha. Aunque todavía se encontraban a varios metros de él, había que actuar ya.

El intelectual, preparándose para el ataque, explicó en segundos a Mateo cómo estaba la situación. Entonces, el pijo le detuvo con un gesto, procurando reunir fuerzas y desterrar sus temblores.

—Si vamos los dos, nos oirá —susurró a Gabriel—, y tú no estás para luchar. Esto es cosa mía.

Era cierto. Entre los deportes que Mateo practicaba, también había que incluir un arte marcial, que se le daba bien a pesar de su delgadez. Antes de que el intelectual pudiese replicar a su amigo, este avanzaba ya en silencio, situándose detrás del individuo de la túnica, que se mantenía ocupado girando la llave en el interior de la cerradura. Gabriel entendió el descuido confiado de aquel tipo: la rutina, unida a que nadie podía concebir un ataque de desconocidos a aquellas profundidades, le había vuelto imprudente. Mejor para ellos.

Mateo estaba ya casi encima de él. Agarró su pesada pistola de perdigones por el cañón y, tras oír el sonido de resorte que anunciaba la apertura de la puerta, descargó con toda su energía el arma, estrellándola en la cabeza cubierta del extraño individuo. Este no pudo emitir ni un gemido mientras caía inconsciente al suelo, junto con la antorcha. A continuación, Gabriel y Mateo lo agarraron por los pies sin desperdiciar un minuto y lo llevaron a rastras hasta un estrecho pasadizo lateral. La tea, que mantenía viva su llama desde su nueva posición en el suelo, les ofrecía un resplandor suficiente para las maniobras.

—Seguro que este túnel se usa poco —dedujo el intelectual—. Aquí podemos dejarlo sin que lo descubran inmediatamente.

El pijo asintió, intentando recuperarse del impacto emocional provocado por el ataque. No obstante, también sentía cierto orgullo. Misión cumplida, y sin bajas. Bueno, la pistola había quedado medio rota. Pero nada más.

Entre el abundante material que llevaban en las mochilas también había cuerdas, algunas de las cuales utilizaron para inmovilizar al herido.

—Se nota húmedo —observó Mateo, palpando el pasamontañas de su víctima—. Debe de estar sangrando.

—No me extraña, con la leche que le has dado —contestó Gabriel—. Tranquilo, no puede ser nada grave. Además, recuerda con qué clase de gente estamos tratando, tío. Casi seguro que él te habría matado si hubiera podido.

Los dos sintieron un escalofrío ante un comentario tan poco alentador. Prefirieron olvidarlo sin añadir nada más.

Acercando la antorcha, se apresuraron a registrar al individuo y le arrebataron un puñal bastante grande. No le habían quitado todavía lo que cubría su cabeza; les imponía respeto hacer aquello. Se trataba de un temor irracional y lo sabían, pues la prenda negra solo podía esconder un rostro humano, mortal. Pero es que habían acabado por mitificar a las siluetas negras, convirtiéndolas en seres de otro mundo, de otra dimensión. Creían que, al dejar al descubierto su rostro, iban a ver algo atroz.

Al final no hubo más remedio que liberar su cabeza del pasamontañas, ya que se hacía necesario amordazarle para que, al despertar, no avisara a los demás implicados en aquella turbia organización. Gabriel fue quien, cogiendo la prenda con los dedos, comenzó a deslizarla hacia arriba, provocando tirones que movían la cabeza de una forma muy desagradable, como de guiñol roto.

Una ensangrentada barbilla quedó a la vista. ¿Cómo sería el resto? Gabriel tragó saliva y reanudó su labor ante el pálido semblante de Mateo.

* * *

La facultad de Filosofía y Letras ocupaba una vieja construcción dentro del campus universitario. Allí se hallaba el edificio de Geografía e Historia, una imponente mole gris que conservaba, aunque algo sucio, el encanto de otros tiempos. A su lado izquierdo, unidos como siameses, se levantaba otra casa más moderna, destinada a cobijar las diferentes filologías.

El inspector Garcés conocía bien aquellas instalaciones, pues años atrás había estudiado un par de cursos de literatura, su pasión. Por ello no tuvo que perder tiempo intentando localizar la biblioteca, un edificio nuevo rectangular y acristalado, que veía sobresalir junto a la facultad de Derecho. Allí se dirigió con paso rápido; solo disponía de una hora para realizar sus indagaciones. Le recibió Elena, una conocida suya, simpática, de unos cuarenta años, que se encargaba de los fondos bibliográficos y que para saludarle salió de su pequeño recinto tras el mostrador de la entrada.

—Vaya, inspector, tú por aquí —comentó ella fingiendo admiración, mientras pedía a una compañera que teclease en el ordenador el código de un libro devuelto.

—Hola, Elena. ¿Tienes un minuto? Necesito con mucha urgencia tus infinitos conocimientos sobre esta biblioteca.

La aludida se echó a reír con tal contundencia que los alumnos y profesores universitarios que merodeaban cerca se volvieron.

—Tú sí que sabes pedir las cosas —afirmó la señora—. Me has hecho romper el sagrado silencio de esta casa. Dime, soy toda tuya. En el mejor sentido del término, claro.

Garcés contestó, bajando la voz de forma inconsciente:

—¿Te suena algún trabajo elaborado por personal de esta facultad sobre un plano de túneles romanos en Zaragoza?

Pensativa, la bibliotecaria arrugó el entrecejo. Como aquello no le sonaba, procuró recabar más información:

—¿Sabes el nombre de alguno de los que intervinieron en ese trabajo?

—No.

—Pues no sé, la verdad. Si hay algo, tiene que ser bastante viejo. En los últimos diez años, seguro que no ha entrado nada sobre ese tema.

El inspector estuvo de acuerdo.

—Sí, sí —confirmó—. Estoy hablando de un proyecto que se elaboró hará unos treinta años o más.

—Pues entonces, ni idea. Vamos a consultar el ordenador, que sabe incluso más que yo.

La mujer volvió a reírse. A Garcés siempre le había gustado su irónico sentido del humor.

—A ver, Paco —ella ya estaba situada ante el monitor de su equipo informático, al otro lado del mostrador—, dime qué palabras clave podemos poner para la búsqueda.

El inspector se mordió el labio inferior, decidiéndose.

—Pues... pon *plano*, *túneles romanos*... *Zaragoza*. Eso tendría que bastar; es imposible que haya muchas cosas con esos parámetros.

—De acuerdo, pues vamos a ver qué pasa.

Elena golpeó la tecla de *intro* con fuerza, y esperaron.

—Aquí no aparece nada que encaje con lo que buscas —avisó la bibliotecaria segundos después—. Pasa aquí dentro y compruébalo tú mismo.

El inspector, disimulando su impaciencia, rodeó la alargada mesa y llegó hasta ella. En la pantalla del ordenador solo aparecían cuatro referencias: dos eran títulos de libros que versaban sobre vestigios actuales de Roma en España, y las otras dos eran simples artículos de revistas especializadas.

–Tienes razón –confirmó él–. Lo que me interesa no puede estar en esos títulos. Qué raro, me aseguraron que la Universidad de Zaragoza estaba metida en ese proyecto.

Por la cara de decepción que el inspector mostraba, Elena se dio cuenta de que aquella búsqueda era de verdad importante, pero no sabía cómo ayudarle.

–No sé... ¿Quieres que cambiemos las palabras clave? –sugirió.

Garcés se comía la cabeza, empezando a experimentar los primeros síntomas de una súbita desesperación. Hasta ese momento no se había percatado de la trascendental importancia de aquella información. Si no la averiguaba, estaría como al principio: en dique seco.

«Palabras clave». El inspector se preguntó si se estaba equivocando en algo y, en un repentino chispazo de lucidez, vio el resquicio por el que se le podía estar escapando lo que buscaba.

–¡Estamos hablando de Roma! –casi gritó, víctima de su corazonada, provocando una mirada de reproche en un cercano vigilante de la biblioteca–. Quita Zaragoza y escribe *Caesaraugusta*, a ver si hay suerte.

Elena asintió, convencida:

–Buena jugada, Paco. Los de Historia han sido siempre un poco pedantes.

Ella tecleó enseguida, y ambos aguardaron una vez más.

–¡Bingo! –soltó la bibliotecaria–, como dicen siempre en las películas. Creo que esto es lo que buscas.

El inspector aproximó su rostro al monitor. Sí, allí estaba lo que le interesaba, tenía que ser eso: aparte de dos referencias inútiles, la última era un título que parecía encajar a la perfección con los datos de los que disponía: *Las huellas invisibles de Caesaraugusta: infraestructuras subterráneas que perviven en la actualidad*. También constaba como subtítulo un aviso: «Incluye plano de los túneles existentes». Los autores eran Antonio Valls, arqueólogo, y Ramón Alonso, arquitecto. Y el año de publicación era mil novecientos setenta y ocho, en Zaragoza. Todo coincidía.

–¿Todavía trabaja aquí el arqueólogo? –indagó Garcés sin desperdiciar un minuto–. Su nombre me suena.

–No me extraña que te suene, Paco –comentó Elena–. Ha sido noticia en el periódico esta misma semana.

–¿Ah, sí? –el inspector empezaba a caer en la cuenta.

–Sí. Pero no vas a poder hablar con él. Se le encontró muerto en extrañas circunstancias hace unos cuatro días. Hasta entonces sí trabajaba aquí. Le apuñalaron en un polígono industrial de las afueras, dicen que se ensañaron con él. Por lo visto, tema de drogas de diseño, un ajuste de cuentas. Quién lo iba a decir.

Garcés se había quedado de piedra. No sabía cómo arrancar después de aquella noticia.

–Ya recuerdo –comenzó–. Se encontró su cuerpo y entre las ropas la policía descubrió una bolsa con pastillas de éxtasis. ¿La gente se imaginaba que ese profesor traficaba con drogas?

La bibliotecaria negó con rotundidad.

–Para nada. Nadie se lo cree todavía. Incluso hay quien dice que debió de ser un montaje.

–¿Un montaje para camuflar la verdadera causa de su muerte?

Elena asintió.

–Yo también lo pienso, inspector. Era ya muy mayor, y además tenía dinero. ¿Cómo iba a estar metido en drogas?

–En general, el dinero que tenemos cada uno nunca se ve como suficiente –aseveró Garcés–. Y, por mi trabajo, estoy harto de ver a gente con dobles vidas. Todos eran encantadores, educados... Pero luego, fuera de esa versión oficial de sí mismos, siempre hay tipos con muy pocos escrúpulos. Uno acaba por desconfiar de la naturaleza humana.

–Lo que dices es muy cierto –convino la bibliotecaria–, pero con el profesor Valls me resisto a creerlo.

–Ya veo. Pero entonces, ¿para qué iban a matarlo? ¿Qué interés puede tener asesinar a un viejo profesor de universidad?

–Ni idea.

–Pues si no se os ocurre otro móvil, el de las drogas ganará fuerza, eso tenlo por seguro.

–A lo mejor la policía encuentra razones ocultas –aventuró ella.

–A lo mejor.

Garcés se dio cuenta de que quizá él estaba haciendo justo eso: dejar al descubierto una trama muy bien urdida y camuflada, que ponía en relación diversas muertes cuya verdadera importancia no se había captado. Y todo a partir de lo de Álex. Aquello era alucinante.

El inspector, muy impactado, resucitaba en su memoria lo poco que sabía sobre el caso de Valls, del que él no se había encargado. De hecho, compañeros suyos –incluido el detective Ramos– seguían investigando aquel suceso, que había impresionado mucho a la comunidad universitaria. El difunto profesor era muy apreciado por colegas y alumnos.

–Oye, mientras reorganizas tu cabeza ante los últimos acontecimientos –a la bibliotecaria le bastaba ver el rostro del policía para imaginar el torbellino de pensamientos que le estaba invadiendo–, te voy a buscar esa publicación que hemos localizado, ¿vale?

Garcés asintió en silencio, sin dejar de plantearse la única gran pregunta: ¿se trataba de una coincidencia el hecho de que dos de las tres únicas personas que podían hablarle sobre los túneles romanos de Zaragoza hubiesen muerto en los últimos días? Además, ninguna de ellas lo había hecho de forma natural: un suicidio y un asesinato. Aquello olía muy mal. Cuanto más avanzaba en el caso, más se convencía de que nada era casual. Y eso equivalía a decir que los misteriosos tentáculos de la organización criminal a la que se enfrentaban llegaban a todas partes. ¿Cómo podían ser tan poderosos?

Elena volvió poco después, y en su gesto desconcertado interpretó Garcés una nueva mala noticia.

–¿No has encontrado esa obra de Valls?

–No. No la tenemos, y sin embargo en el ordenador no figura como prestada. Déjame que mire quién se la llevó por última vez y cuándo tendría que haberla devuelto. Estos estudiantes... Bueno, a veces los profesores son peores.

Ella se puso a teclear ante el monitor, pero el inspector supo que no encontraría nada. Y así fue.

–¡Pero bueno! –se irritó la bibliotecaria, sin apartar los ojos del ordenador–. ¿Qué ha pasado aquí? ¡Han borrado el historial de préstamos de ese libro! O eso, o no se ha pedido nunca. Pero entonces lo tendríamos nosotros... Y solo había un ejemplar...

Garcés asintió sin ninguna sorpresa ni decepción. Empezaba a entender e incluso a predecir los movimientos de su invisible enemigo. Aquella nueva maniobra informática que descubría fortalecía la hipótesis de la vinculación del caso de Valls con el de Álex y, por qué no, con el aparente suicidio de Balmes. Y es que ahora, a la luz de las nuevas circunstancias, ya no estaba tan seguro de que el técnico de las alcantarillas hubiese acabado con su vida de forma voluntaria. Resultaba factible que hubiera sido ejecutado por sus recuerdos, por sus conocimientos.

–¿Figura el ISBN del libro en su ficha? –preguntó el inspector de sopetón, en un último intento de sacar algo en limpio.

Como el ISBN es una clave única de identificación que se asigna a cada obra cuando se publica, así podrían averiguar si el libro de Valls se había puesto a la venta. De ser así, los sicarios que habían hecho callar para siempre al arqueólogo no habrían podido hacer desaparecer todos los ejemplares de su obra. De esta forma, Garcés podría localizar algún ejemplar en bibliotecas o librerías. Era una esperanza.

–No, lo siento –se disculpó Elena, incapaz de echar una mano al inspector–. Por lo visto, no llegó a publicarse, no debió de tener mucho éxito. Supongo que solo editarían varios ejemplares, lo típico: uno para cada autor y alguno más para la biblioteca de la facultad. A fin de cuentas, Valls trabajaba aquí.

El policía hizo un gesto afirmativo con la cabeza.

–Gracias de todos modos.

El inspector tomó nota en su libreta de los datos que le interesaban y, tras despedirse de la bibliotecaria, se apresuró a salir del edificio. Ya tenía que estar en la comisaría, otra vez llegaba tarde.

Mientras se encaminaba hacia su coche, Garcés pensó en las palabras de Elena: «No llegó a publicarse... no debió de tener mucho éxito». El detective barajó otra posibilidad: si aquel proyecto contenía el único plano existente de los túneles romanos que atravesaban el casco histórico de Zaragoza, y a alguien se le ocurrió una utilización delictiva de tales túneles en la época de la elaboración del mapa, ese alguien quizá no quiso que semejante información se divulgase, impidiendo por ello su publicación treinta años atrás. Y también por eso habían eliminado el ejemplar de la biblioteca, por supuesto. No obstante, para que esa conjetura fuese posible, esa persona con perversas intenciones –o esas personas, si fueron varias– tenía que disponer ya del plano, conocerlo. Es decir, dada la ausencia de ejemplares repartidos, por fuerza tenía que tratarse de uno de los autores.

De los tres que intervinieron en la elaboración del proyecto, dos ya estaban muertos y no hacía falta –ni había tiempo, en realidad– registrar sus domicilios para comprobar que sus ejemplares habrían sido robados, si es que aún se conservaban. Así pues, solo quedaba uno: el arquitecto Ramón Alonso. En aquel instante, parecía ser el único que conocía las selladas catacumbas de Zaragoza y poseía los valiosos mapas. ¿Sería él el cerebro de aquel espectacular montaje criminal? Pero entonces, si llevaba años funcionando bien su negocio clandestino, ¿por qué había asesinado justo aquella semana al otro autor de los planos y al asesor Balmes, corriendo así un riesgo innecesario de ponerse en evidencia? Un nítido desasosiego interior envolvió de repente al inspector: a lo mejor estaban espiando sus movimientos en la investigación, y habían eliminado a aquellos con los que se disponía a hablar para evitar que los descubriese. Aquella hipótesis le hizo recorrer con la vista los alrededores, observando con recelo paranoico a las personas que tenía cerca. ¿Estaba siendo vigilado?

La otra opción que se le ocurría, igual de inquietante, era que quien había silenciado para siempre a Valls y Balmes fuera alguien ajeno al círculo de los autores, una persona que, descubriendo la obra en la biblioteca de la facultad años atrás, se encargó de sustraerla sin dejar pistas y, siguiendo la misma razón que acababa de esgrimir en la otra hipótesis, ahora estaba aniquilando a los que podían ayudar a encontrar lo que él habría montado en el subsuelo de Zaragoza. Esta teoría también la empezaba a vislumbrar Garcés con creciente consistencia.

En cualquier caso, lo que sí resultaba evidente era su siguiente tarea en la investigación: llegar hasta el arquitecto.

Ya dentro de su coche, camino de la comisaría, el inspector intentó contactar por el móvil con Gabriel, pero no lo consiguió; una mecánica voz femenina le advertía una y otra vez de que el usuario se encontraba fuera de cobertura. Probó con Lucía, cuyo número también tenía memorizado en la agenda, pero el resultado fue el mismo. Eso significaba, casi seguro, que los tres amigos estaban juntos, pero la imposibilidad de hablar con ellos le extrañó mucho al detective. Dada la tensión con la que los chicos estaban viviendo las investigaciones sobre la desaparición de Álex, no tenía sentido que, sin previo aviso, se mantuvieran toda la mañana ilocalizables. Qué raro.

10
RASTROS EN LA OSCURIDAD

Lucía, tras recorrer por la fuerza nuevas galerías subterráneas, fue lanzada de un empujón al interior de una minúscula y maloliente estancia adaptada como celda. Aterrizó de forma aparatosa sobre un colchón de espuma bastante sucio que había en el suelo, junto a un agujero infecto que pronto identificó como una letrina, origen del hedor dominante. El tipo de negro la dejó en aquel cuchitril sin hacer ningún comentario y se largó por donde habían llegado, no sin antes cerrar con llave la puerta del pequeño calabozo.

La informática se levantó en cuanto se quedó sola y, oyendo todavía los pasos de su captor alejándose, se dedicó a estudiar aquel espacio en el que se hallaba presa, consciente de que la primera obligación de todo prisionero es la fuga. Además, tenía que procurar mantener la cabeza ocupada para no sucumbir al miedo, que pugnaba por bloquear su capacidad de iniciativa. «No pienses», se ordenaba. «Solo céntrate en salir de aquí».

De todos modos, no había mucho que comprobar: piedra gruesa en todas las paredes excepto el tramo que ocupaba la puerta, una hoja de madera tan maciza que, a pesar de un hueco central donde se distinguía una gran mirilla con celosía, no animaba a intentar derribarla. La luz provenía de una triste bombilla colgada del techo, cuyo cable avanzaba pegado a él hasta llegar a la pared de la entrada, donde comenzaba a bajar alcanzando el marco de la puerta, en el que se introducía desapareciendo de su vista. Y aquello era todo.

Lucía inspeccionó más de cerca las paredes, la letrina y la puerta, a la espera de alguna brillante idea que no llegaba. Incluso separó el desgastado colchón del tabique junto al que lo habían colocado, aun a sabiendas de que nada podía ocultarse en aquella reducida zona que acababa de dejar al descubierto. Ya retiraba la vista cuando creyó distinguir algo grabado en aquellas piedras que conformaban la base del tabique y que habían permanecido ocultas por el delgado cuerpo del colchón y la propia penumbra. Acercó sus ojos, pues la débil iluminación era insuficiente, y, para su sorpresa, descubrió varias inscripciones que apenas habían logrado herir la superficie de la roca. Entre ellas hubo una que atrajo sus pupilas con un impulso casi magnético:

A. U. L.

8-10-2005

Sintiendo cómo el corazón le daba un vuelco, Lucía captó al momento el sentido de aquellas muescas que imitaban iniciales: Alejandro Urbina Luzán. ¡Álex! Esas letras no podían tener otro significado teniendo en cuenta, además, que aquella fecha que veía escrita bajo ellas coincidía con la de la desaparición de su amigo. Las otras inscripciones, de trazos igual de rudimentarios, debían de ser las firmas de prisioneros anteriores. Sintió como si una garra estrujase su estómago. Estaba asistiendo a los últimos intentos de unas víctimas que, a juzgar por el buen funcionamiento de aquel complejo subterráneo, nunca volvieron a ver la luz. ¿Era ella la siguiente elegida para el *sacrificio*? ¿Habrían perdido a Álex para siempre?

Lucía, con el pulso desbocado, prefirió volver a centrarse en las huellas de Álex. A su amiga se le puso la piel de gallina de la emoción: se encontraba ante la primera prueba palpable de que estaban siguiendo el auténtico rastro de Álex, la primera evidencia de que este había sido en realidad secuestrado aquella noche de octubre en la que se esfumó de casa dejando una escueta carta de despedida. Eso devolvía el honor a su amigo, que no había traicionado la confianza del grupo al ocultarles sus planes de escapada. Todo había merecido la pena. Sobre todo, si no era demasiado tarde para salvarle.

Lucía pasó los dedos por encima del mensaje, acariciándolo. Así que allí lo habían llevado cuando lo sacaron de casa. Qué fuerte. El saber que habían acertado en sus sospechas le dio ánimos, aunque seguía sin entender por qué a Álex le había sucedido aquello, cuál era su relación con el temible juego de los túneles. Continuaba negándose a creer que su amigo pudiera haber sido cliente de aquella sádica organización, convicción que ahora veía reforzada al saber que había sido su prisionero.

Por si fuera poco, estaban los otros interrogantes añadidos que nacían fruto de aquel hallazgo: si Álex había ocupado la celda en la que ella se encontraba, ¿dónde estaba ahora su amigo? ¿En otro lugar o, deprimente opción, ya había sido utilizado para el juego y asesinado? Se negó a contemplar semejante alternativa; la esperanza es lo último que se pierde. Se percató de que, más que nunca, tenía el deber de salir con vida de aquel agujero para denunciar la verdad y encontrar a su amigo.

Unos golpes cortos llegaron hasta ella a través de una de las paredes, interrumpiendo sus deducciones. Lucía se volvió sorprendida. Aguardó unos segundos y, enseguida, una segunda andanada de impactos, atenuados por el cuerpo pétreo de los muros, volvió a notarse en un tabique lateral que debía de ser más delgado. Por primera vez se planteó si habría más personas cautivas allí, y la idea le ayudó a recuperar algo de calor; lo más terrible de circunstancias como la suya era el aislamiento, la sensación de estar muy lejos de la gente normal.

Lucía decidió contestar a aquella especie de llamada golpeando con el puño la pared que la separaba del otro encerrado. Como se hizo daño y casi no logró provocar ruido, se tumbó sobre el jergón y dio varias fuertes patadas al tabique que ya había atacado, ofensiva que en esta ocasión sí logró la suficiente resonancia.

Quien había iniciado el intercambio de golpes repitió los mismos que ella acababa de hacer. ¡Se estaban comunicando! Ante aquel inesperado éxito, Lucía dirigió una mirada preocupada a la puerta de su celda, por si alguien la estaba espiando desde la mirilla. Esta, por su tamaño y el trazado de la celosía, le permitía detectar desde donde estaba si alguien la vigilaba, pues distinguiría sin problemas la silueta del fisgón de turno. De todos modos, entre tanta piedra era probable que los ruidos no estuvieran siendo percibidos por los guardianes, si es que los había. Tras la puerta de su calabozo, todo se mantenía en calma.

Lo siguiente que Lucía escuchó fueron varias series de golpes que respondían al esquema numérico normal: primero un toque, luego dos seguidos, después tres... Así hasta llegar a la quinta serie, compuesta por cinco golpes seguidos. Ella imaginó que la otra persona pretendía establecer algún tipo de código, y eso a Lucía, con su dominio de la informática, se le daba bien. Pegó una fuerte patada, como para dar a entender que seguía atenta y a la espera de lo que quisiera transmitirle. No podía permitirse ningún despiste, o las posibilidades de llegar a entender un mensaje proveniente de aquel otro lado serían nulas. ¿Quién sería ese desconocido o desconocida? Lucía había supuesto que otro prisionero. ¿Habría más?

Transcurrieron varios segundos en silencio, y la informática tuvo miedo de que su anónimo compañero –o compañera– ya no volviese a dar más señales de vida. Aunque resultase extraño, en solo unos minutos se le había hecho indispensable la convicción de que no estaba sola allí, por lo que necesitaba seguir oyendo los golpes provocados más allá de la pared. Eso hacía más tolerable su penosa situación, en la que una incertidumbre absoluta la iba devorando a mordiscos.

De nuevo los golpes, menos mal. Fueron cuatro series, la primera de ocho toques y las restantes de diecisiete, doce y uno. Lucía escuchaba, perpleja. Dos minutos después, se volvían a repetir todas ellas y en el mismo orden. ¿Qué significaban?

La informática recogió del suelo un guijarro y arañó el suelo con él, trazando los números que había percibido: 8, 17, 12, 1. ¿Acaso se trataba de un mensaje con cuatro palabras? O sea, que cada cifra podía encubrir un término completo. Descartó tal idea, pues no se le ocurría ningún sistema que permitiese comprimir una palabra entera en un solo número. ¿Y entonces?

Desde el otro lado de la pared, volvió a dejarse oír una cantinela idéntica de impactos. Lucía lo comprobó una vez más: la misma serie, los mismos números.

«Pues si no pueden ser palabras, tienen que ser letras, ¿no?». Lucía abordó otra dirección en su labor interpretativa. «Si es así, esas series podrían componer una palabra de cuatro letras, pero... ¿qué código siguen? ¿Cómo voy a adivinar el código que ha pensado el que me envía este mensaje?».

La chica observaba con detenimiento sus propios números grabados en la losa del suelo: 8, 17, 12, 1. «Parezco tonta. Esto no es criptografía. ¿Por qué iba a complicarse enviando un mensaje secreto si lo que quiere es transmitir una información de la forma más accesible? Quien provoca esos golpes desea que yo le entienda, así que tiene que estar empleando la clave más fácil, y esa es... el orden del propio alfabeto. Tiene que ser eso».

«El orden del propio alfabeto. Veintiocho letras sin contar la che; veintiocho números, por tanto, para reflejarlas. El uno es la a, el dos es la be, el tres es la ce... y el veintiocho es la zeta».

Lucía anhelaba que aquel fuese el código empleado, sobre todo porque, si no era así, no disponía de más teorías para traducir los golpes. Y qué duro resultaba estar encerrada sola a pocos metros de otra persona y no poder comunicarse.

La informática comenzó a calcular: el ocho... correspondería a la H. El diecisiete... a la O. El doce... a la L. Y el uno, a la A. No hizo falta pensar nada; el resultado estaba claro: «HOLA».

Lucía estuvo a punto de llorar de alegría: ¡alguien la saludaba desde el otro lado de la pared y ella podía entenderlo! Impresionada, cerró los ojos un instante y casi sintió una ráfaga de aire fresco en el rostro. Incluso recordó cómo era el sol, que añoraba como si llevase años bajo tierra.

Ya se disponía a reanudar sus patadas, cuando se dio cuenta de que alguien había metido una llave en la cerradura de su puerta y la estaba girando. ¡Se había olvidado de vigilar la mirilla de vez en cuando, y ahora tenía visita! Lucía se apartó con rapidez del tabique y volvió a colocar el colchón pegado a la esquina donde estaban la firma de Álex y sus propios números. El temor volvió a atenazarle la garganta. ¿Quién llegaba?

* * *

Gabriel terminó de descubrir el rostro del individuo de negro de un último tirón, y la cara inconsciente que quedó ante su vista entre restos de sangre, libre del pasamontañas, les sorprendió: se trataba de un hombre muy joven, de unos veinticinco años de edad.

–Quién podía imaginar esto –susurró Mateo, procediendo a amordazarle–. ¿Tan joven y ya metido en negocios sucios?

Gabriel se encogió de hombros.

–Es llamativo, sí –convino–. Me hace pensar que a lo mejor nos estamos enfrentando a una secta. Estas vestimentas negras tan peculiares, la disciplina que muestran, la organización... y la edad de estos obedientes servidores. Todo recuerda a las sociedades sectarias. Esto no es una banda normal de delincuentes, eso seguro.

–¿Y eso es bueno o malo para nosotros?

La voz de Mateo se había hecho más débil. Oír hablar de sectas no le hacía ninguna gracia. Ya estaba bastante asustado.

–Bah, no creo que nos afecte –mintió el intelectual, arrepintiéndose de haber compartido sus especulaciones–. Bueno, será mejor que nos movamos. Cada segundo cuenta.

A pesar de sus propias palabras, Gabriel no llegó a moverse. Lo de las «vestimentas negras» que acababa de mencionar, unido a la sospecha de que aquel oscuro lugar era la madriguera de una secta, le sugería una idea que podía resultarles muy útil.

–Espera, Mateo –avisó al pijo, que ya se dirigía al portón de madera, antorcha en mano–. Hay que sacarle más partido a nuestro prisionero.

El pijo mostró un gesto desconcertado.

–¿Más partido? –repitió.

–No sabemos lo que hay tras esa puerta –se explicó el intelectual–, pero sí que ellos recorren los túneles vestidos como este tío. Por nuestro aspecto se nos reconoce demasiado bien como infiltrados. Pero si nos disfrazamos...

Mateo abrió mucho los ojos, entendiendo.

–¡Es verdad! Aprovechemos la ropa de este tipo para camuflarnos.

–Baja la voz, Mateo. Recuerda dónde estamos.

–Como si pudiera olvidarlo... Perdón.

Gabriel se inclinó sobre el guardián y comenzó a tantearle las prendas.

–Venga, pijo, ven y ayúdame a desnudarle. Pesa mucho.

El aludido obedeció, dejando la antorcha apoyada en una pared cercana.

–Solo disponemos de «disfraz» para uno –comentó Gabriel–, que será para ti, porque este tipo está casi tan flaco como tú. Marcharás delante con la antorcha, iluminando el camino, mientras yo me mantengo a una distancia prudencial, oculto en la penumbra. Así iremos avanzando, ¿de acuerdo?

–Sí, parece lo más prudente. ¿Y qué pasa si nos cruzamos con algún otro vigilante de estos?

–Buena pregunta. No sé... Habrá que disimular como se pueda, ¿no? Siempre es bueno dejar algo a la improvisación...

–Si tú lo dices...

Muy pronto, Mateo mostraba el temible aspecto de los tipos de oscuro, cubierto con la túnica y el pasamontañas. El bulto a la espalda que provocaba la mochila, escondida bajo la tela negra, todavía le daba una pinta más espantosa, pues lo convertía en cheposo. En cuanto al calzado, no se lo cambió; el suyo también era de color negro.

El pijo, miedoso, dudaba de la eficacia de su atuendo porque no podía verse, pero el gesto convencido de Gabriel le dio fuerzas.

—De verdad —insistió el intelectual ante las dudas nerviosas de su amigo—, pareces uno de ellos. Casi me das miedo, tío.

Por suerte, la falta de luz hacía imposible distinguir el azul intenso de los ojos de Mateo.

—¿Seguro? —cuestionaba el pijo, víctima de su frágil convicción.

—Seguro. Vamos allá.

Mateo, con resignada sumisión, recogió la antorcha y los dos se aproximaron a la puerta de madera, que todavía mostraba la llave a medio girar en la cerradura. Se miraron un último momento.

—Gabriel... —inició el pijo con un hilo de voz.

—Dime.

—¿Esto no es un poco suicida?

—No. Te lo parece a ti, nada más.

Los dos soltaron una breve carcajada a bajo volumen, la incontenible risa del humor negro. La escena resultaba absurda, pero necesaria para descargar adrenalina. Reían por no llorar, reían para dejar escapar algo de la tensión brutal que comprimía sus cerebros al modo de una olla exprés que suelta vapor para no terminar estallando.

—No lo hacemos por nosotros —recalcó Gabriel—, sino por Álex y Lucía. ¿Serías capaz de volver a la superficie sin ellos?

Mateo lo tuvo claro a pesar del miedo:

—No, claro que no.

Gabriel le dio una palmada en el hombro y, con un leve movimiento de cabeza, le instó a abrir la intrigante puerta que se levantaba ante ellos. El intelectual, buscando un rincón en su interior del que extraer fuerzas, se encontró rememorando el sabor de aquel inesperado beso que Lucía le dio el día anterior. Y le sirvió, porque se dio cuenta de que no era simple nostalgia; *necesitaba* otro beso de ella como no había necesitado nada en su vida, con una violencia arrolladora. Y aquella nueva sensación de dependencia, que extrañamente resultaba placentera, le infundió un impulso repleto de valentía. La encontrarían, y con ella salvarían –si aún estaban a tiempo– a Álex.

Mientras Gabriel meditaba, Mateo se dedicó a maniobrar para abrir la puerta de madera. El hecho de que el pijo sujetase la antorcha y, al mismo tiempo, tuviese que terminar de girar la llave en la cerradura, provocó que se le soltase el arma en un descuido, por lo que su cuchillo cayó al suelo provocando un fugaz ruido metálico. Maldiciendo en voz baja, se agachó para recuperarlo, gracias a lo cual vio algo que no buscaba: una pulsera verde que identificó al instante:

–¡Joder, la pulsera de Lucía!

El pijo la recogió del suelo y se la mostró a Gabriel aprovechando la iluminación amarillenta de la antorcha. El intelectual, con el corazón latiéndole a toda máquina, la apresó con sus dedos con tal delicadeza que parecía que le entregaban una reliquia.

–Tienes razón –cuchicheó Gabriel, emocionado–. Y no se trata de un simple extravío: Lucía, con toda la intención, nos ha dejado una señal para ayudarnos a que la encontremos. ¡Vamos, quizá está retenida muy cerca de aquí!

El hallazgo sirvió para espolear sus ánimos y, desterrando la angustia, terminaron de abrir la puerta de madera. Gabriel se ocultó metros atrás de la figura disfrazada de su amigo y, de aquel modo, dieron los primeros pasos para cruzar el disimulado umbral. El intelectual se apresuró a cerrar la puerta a sus espaldas. Tras ella, la cortinilla de camuflaje volvió a su posición inicial, haciendo desaparecer el acceso para quien se aproximase desde el otro extremo del corredor. Entonces se santiguó.

A los pocos segundos comprobaron anonadados que allí dentro la antorcha ya no hacía falta: el nuevo panorama que se ofrecía ante sus ojos era muy diferente al sector que acababan de abandonar: firmes alisados, techos artificiales que tapaban los sillares mostrando de vez en cuando pequeñas semiesferas oscuras, y otros indicios de dotaciones tecnológicas. Y luz. Sobre todo, luz.

La claridad que los recibía les resultó cegadora, acostumbrados al tenue resplandor provocado por su antorcha o por los haces de las linternas que aún conservaban. No obstante, agradecieron aquella luz blanca y fuerte después de las horas vividas en tinieblas.

Al principio les había asustado la repentina iluminación de aquella primera galería a la que conducía la puerta secreta, pero enseguida se percataron de que nadie había accionado ningún interruptor al ser descubiertos: su propio avance había activado el mecanismo fotoeléctrico que, ubicado de forma estratégica, cubría el paso. Así de simple. Ningún síntoma amenazador, por tanto.

Mateo y Gabriel dedicaron unos minutos a situarse cuando sus ojos se hubieron acostumbrado al brillo reinante, tal era su desorientación ante el cambio radical de paisaje subterráneo. Y eso que el túnel era igual de estrecho y poco alto que los que ya conocían. No obstante, todo lo demás era muy distinto. ¿Quién habría podido imaginar que existía aquello bajo Zaragoza?

—Esta es la muestra del poder de nuestro enemigo —observó Gabriel, intimidado, sufriendo un radical cambio de ánimo—. Si no fuera por Álex y Lucía, lo más sensato sería huir de aquí a toda marcha. No podemos enfrentarnos a esto nosotros solos. Además, yo ya no me puedo esconder.

—¿Huir? ¿Adónde? —replicó Mateo—. ¡Si somos incapaces de encontrar el camino a la superficie! Todavía nos cazarían mejor si echásemos a correr, seguro.

Gabriel dirigió sus pupilas a una de las semiesferas que se asomaban empotradas al techo.

—A lo mejor esperan que hagamos eso para acabar con nosotros —conjeturó, fúnebre—. Porque eso son cámaras, ¿verdad? Son similares a las del Corte Inglés.

Mateo asintió.

—Lo son. Pero no creo que estén funcionando; si no, la que se habría montado ya aquí...

—Dudo que se hubiese montado nada —volvió a insistir el intelectual, en tono suspicaz—. ¿Para qué van a intervenir todavía? Nos tienen aislados, perdidos y sin escapatoria posible. De momento se limitan a dejarnos avanzar hacia... su madriguera. ¿Para qué venir hasta nosotros si nosotros vamos hacia ellos? Tengo la sensación de que nos vigilan, de que están jugando con nosotros como el gato con el ratón porque el nuestro es un avance sin retorno. Y ya sabes lo que ocurre cuando el gato se cansa de jugar con su presa...

—Sí —Mateo tragó saliva—. La mata.

* * *

Tras volver de la universidad, Garcés se encontró con bastante papeleo pendiente en su despacho, pero nada urgente gracias a que Ramos estaba logrando desviar los asuntos que llegaban para que su compañero resolviese sus «problemas» lo antes posible. Aunque aquella situación irregular no podía prolongarse, el inspector la aprovechó para seguir investigando. Estaba convencido de que se hallaba muy cerca de desentrañar el caso de Álex Urbina. «Y el de los otros chicos», añadió su mente.

Mientras realizaba gestiones rutinarias propias de su trabajo, Garcés consultó el apartado de *arquitectos* en las Páginas Amarillas, pues en el archivo informático no había encontrado lo que buscaba. Cada segundo contaba, y su propia impaciencia crecía con el avance de las pesquisas. Pronto comprobó que el nombre *Ramón Alonso* no figuraba tampoco allí, pero no le preocupó; recordando la edad de Balmes y la del arqueólogo, así como la antigüedad del proyecto de los túneles, lo más lógico era pensar que Alonso ya no estuviese en activo.

El inspector cogió esta vez las Páginas Blancas y, una vez abierto el tomo por la página oportuna –¡vaya con ese apellido, había cuatro columnas completas!–, se dedicó a buscar aquellos *Alonso* a los que acompañase una R. Había unos cuantos, así que descartó esa segunda opción.

–Ya vale de perder tiempo –pensó en voz alta–. Vayamos al método rápido.

Aprovechando las guías que seguía teniendo sobre la mesa de su despacho, localizó el número de teléfono del Colegio Oficial de Arquitectos en Zaragoza, y al momento estaba ya marcando con el auricular en la oreja.

–Colegio Oficial de Arquitectos –respondió una suave voz femenina al otro lado de la línea–. Dígame.

Garcés sabía que hubiera debido ir en persona para obtener la información que precisaba, pero el tiempo apremiaba sin compasión.

–Buenos días –comenzó el detective, con tono firme–. Soy el inspector de policía Francisco Garcés, de la Comisaría del Centro. Necesito unos datos, si es tan amable. Se trata del domicilio actual del señor Ramón Alonso. Ha sido colegiado suyo, ¿verdad?

La interlocutora de Garcés guardó silencio unos instantes, como dudando. El inspector, creyendo asistir al fracaso de su maniobra, ya se preparaba para acudir allí en cuanto acabase la conversación.

–La verdad es que no solemos facilitar esa información –empezó la mujer–, como puede comprender. Sin embargo, dadas las circunstancias...

Aquel sorprendente vuelco en las palabras de la secretaria alegró al inspector, que tomó nota, muy agradecido, de la dirección del arquitecto. Solo tras colgar se permitió analizar las palabras que habían provocado el cambio en la disposición de la mujer: «Dadas las circunstancias...». ¿A qué se habría referido?

–Muy pronto lo sabré –murmuró mientras alcanzaba la puerta de su despacho, cazadora en mano–. A por él.

Como Ramón Alonso vivía en una urbanización de las afueras, Garcés se dirigió hacia una zona de aparcamientos que pertenecía a la comisaría para llevarse el coche que tenía asignado. Eran las dos de la tarde, pero no le importó la posibilidad de molestar a la familia del arquitecto. Al fin y al cabo, en aquel punto de la investigación, Alonso era el principal –y único– sospechoso como presunto implicado en la desaparición de Álex. Y es que, en apariencia, no había más personas autoras y poseedoras de planos subterráneos de la Zaragoza romana, aspecto que de algún modo estaba relacionado con la inesperada marcha del chico.

Antes de girar la llave de arranque del vehículo, Garcés intentó una vez más hablar con Gabriel o Lucía, pero ambos seguían sin cobertura. La sensación de extrañeza que el inspector experimentase a media mañana se iba transformando, poco a poco, en inquietud.

¿Dónde se habrían metido? Rogó por que no estuviesen envueltos en algún nuevo lío, al tiempo que empezaba a plantearse si en realidad los chicos le habían engañado y no habían dejado en ningún momento de investigar. Aquello se le podía ir de las manos con suma facilidad.

Garcés llegó media hora después a la verja del chalé donde residía Ramón Alonso. Se trataba de una construcción muy elegante, de tres pisos. El tipo vivía bien, desde luego, lo que se ajustaba a la hipotética idea del policía de que el arquitecto llevaba años lucrándose mediante secuestros y torturas a chicos jóvenes.

El inspector pulsó el timbre, comprobando con discreción bajo su abrigo la pistola, que permanecía en su funda sobaquera. Llegaba allí mucho más perdido de lo que pretendía simular. Ojalá sacase algo en limpio.

—¿Sí?

La voz, que debía de pertenecer a la esposa del sospechoso, salía de una pequeña rejilla de altavoz sobre el botón del timbre.

—Buenas tardes —saludó Garcés, muy formal—. Soy Francisco Garcés, inspector de policía. ¿Puedo pasar?

El inspector aparentaba tranquilidad para no espantar a la presa. La mujer no respondió, pero enseguida comenzó a sonar un zumbido eléctrico y el portón que permitía el acceso al jardín inició su apertura automática. Garcés se introdujo en la propiedad en cuanto tuvo espacio suficiente, y en pocos pasos se situó frente a la fachada de la casa, donde esperó sintiendo el tranquilizador bulto del arma en su axila. Frente a él se abrió una puerta blindada que dejó ante su vista a una mujer mayor de porte exquisito. Sus ojos, ojerosos y enrojecidos, llamaron la atención del policía: aquella señora había estado llorando hasta hartarse.

—Soy Aurora Blanco, la esposa de Ramón. Entre, inspector —le invitó ella, señalando el interior—. Creía que ya habían acabado todos los trámites.

Garcés accedió a la casa, esperando en el recibidor mientras la señora cerraba la puerta tras él.

—¿Ha dicho «trámites»? —preguntó el inspector cuando ella llegó a su lado, no pudiendo evitar asociar aquellas palabras con las que pronunciase la secretaria del Colegio Oficial de Arquitectos: «Dadas las circunstancias». Estas fueron igual de enigmáticas. ¿Habría ocurrido algo en las últimas horas?

Ella asintió antes de formular su extrañada cuestión:

—¿Es que no viene en relación con la muerte de mi marido?

Semejante interrogante cayó con virulencia sobre Garcés, que tuvo que apoyarse con disimulo en una mesa próxima. Ramón Alonso había muerto hacía poco. También. Como los otros.

—Venga al salón y siéntese —la mujer, preocupada, había captado el brusco cambio de semblante del inspector—. ¿Quiere tomar algo?

Garcés negó con la cabeza, pero la siguió hasta unos confortables sillones que había en una amplia sala. Se dejó caer en uno de ellos, procurando en vano serenar sus pensamientos. ¡Alonso muerto! Ahora sí que estaba perdido. Todos los que podían arrojar alguna luz en el caso habían sido silenciados.

–¿Cómo... cómo fue? –se atrevió a indagar, aun a sabiendas de lo duro que a la señora le tenía que resultar hablar de aquello.

Aurora Blanco le miró muy extrañada.

–¿De verdad no sabe nada? –sacó un pañuelo de uno de sus bolsillos, en previsión del caudal de lágrimas que crecía a punto de desbordar sus ojos–. Mi marido... se suicidó ayer por la noche.

Transcurrieron unos segundos de mutismo total, durante los cuales el estupefacto cerebro de Garcés sufría otro impacto. ¡Hacía menos de veinticuatro horas del fallecimiento de Ramón Alonso, y tampoco se había tratado de una muerte natural! ¡Los dos autores del único plano existente de los túneles romanos y Balmes, que colaboró con ellos, habían muerto en misteriosas circunstancias! Y todo en pocos días, coincidiendo con la reapertura del expediente de Álex Urbina gracias a la insistencia de sus amigos...

Aunque ahora había un matiz importante: Garcés era consciente, de manera definitiva, de que en aquel caso había de todo menos casualidades; aquellos hombres habían sido asesinados, estaba dispuesto a jurarlo, porque alguien sabía que él los buscaba para interrogarlos.

Tenía que tratarse de eso. Habían muerto por lo que sabían. Suspiró. Por suerte, había demasiado en juego como para que el inspector se sintiese culpable.

Desaparecidos Balmes, Valls y Alonso, ya no quedaba vivo ningún conocedor del subsuelo romano de Zaragoza. Mejor dicho, solo quedaba uno: el que los había matado. Pero ¿quién podía ser, si se descartaba a los artífices del proyecto arqueológico y a su único ayudante?

–Debían de ser las ocho o las nueve –continuaba la mujer con la mirada perdida, ajena a la erupción de conclusiones que había provocado en la cabeza de su oyente–, según el forense que ha llevado a cabo la autopsia. Ramón se tiró por la ventana del último piso... Yo me encontré con su cuerpo ahí fuera al llegar a casa... Nunca me recuperaré...

La señora no pudo continuar, ahogadas sus palabras por un llanto que ya no podía contener. Garcés se sintió fatal. Jamás había sabido comportarse en situaciones como aquella.

–Señora, yo... –titubeó– lo lamento mucho. Los suicidios los lleva una unidad distinta, y yo llevo varios días enfrascado en otra investigación... Por eso no sabía nada. Lo siento.

—No se preocupe —secándose los ojos, recuperó algo la compostura—. Ahora que el forense ha terminado, podremos enterrarle. Mis hijos llegan esta noche. Mañana será el funeral.

—No es mi intención remover tan doloroso episodio —se disculpó el inspector—, y supongo que lo que deseará ahora es estar sola. Sin embargo, me temo que debo hacerle algunas preguntas.

Garcés, que no podía justificar aquella indagación paralela, contaba con un apoyo inesperado: el ánimo hundido de Aurora Blanco la había convertido en un ser sumiso, que en ningún momento se planteó el porqué de aquel improvisado interrogatorio.

—Adelante, inspector. ¿Qué quiere saber?

El detective inició las cuestiones que le interesaban, todas enfocadas hacia el nuevo y vital enigma: ¿quién conocía el plano de los túneles, aparte de sus autores? Si lograba averiguar aquel ansiado nombre, tendría en sus manos la identidad de la mente criminal responsable del colosal entramado delictivo que iba saliendo a la luz conforme avanzaban sus pesquisas.

En el fondo, Garcés se dio cuenta de que aquel cerebro asesino que buscaba se había comportado igual que los faraones del antiguo Egipto, hombres poderosos que, una vez diseñadas y construidas sus pirámides, ordenaban ejecutar a los arquitectos y demás empleados poseedores de la información necesaria para acceder a las cámaras secretas. Así, aquellos valiosos conocimientos morían con el faraón, y los misterios y tesoros que albergaban los espectaculares mausoleos quedaban a salvo de profanadores. Miles de años de monumentos intactos dan fe de la poderosa eficacia de tan sangrientas estrategias.

Lo cierto era que el asesino al que seguía la pista el inspector había llevado a cabo una dinámica casi idéntica a la egipcia, pero más pausada, pues había tardado bastantes años en acabar con sus colaboradores. De hecho, parecía como si solo se hubiese decidido a culminarla presionado por los avances de Garcés.

En cualquier caso, la similitud encontrada con aquella vieja civilización del Nilo acababa de facilitar a Garcés una pista esencial para su caso, que la intuición del policía supo ver a tiempo: el faraón era quien encargaba y financiaba la construcción del monumento mortuorio, para luego aniquilar a los autores elegidos.

¡Ahí estaba la clave! ¿Cómo no se le había ocurrido antes? Ni Balmes ni Valls ni Alonso fueron los auténticos promotores del proyecto, sino los escogidos para llevarlo a cabo. ¡Alguien les encargó el plano de los túneles antes de que se tapiasen!

Y esa persona que los contrató cumplía todos los requisitos que exigía el perfil del psicópata que buscaba el inspector: sabía lo que se ocultaba bajo las calles de Zaragoza, estuvo en su mano impedir la publicación del trabajo y que trascendiese la información que contenía. Además, tenía localizados los escasos ejemplares de planos que existían y a las únicas personas que podían irse de la lengua, dados sus conocimientos.

Estaba claro. El inspector habría apostado su mano derecha a que aquel último «protagonista», que surgía con asfixiante magnetismo en el escenario del crimen, era también quien había robado el ejemplar del plano subterráneo de la biblioteca de la Facultad de Filosofía y Letras.

Garcés sintió un cosquilleo en la espalda al reparar en que, con aquella renovadora hipótesis, apenas quedaban cabos sueltos excepto, por supuesto, la identidad del maligno mecenas que había financiado el estudio de los túneles romanos años atrás. Con una desconocida solemnidad, interrumpió las preguntas que dirigía a Aurora Blanco para formularle dos consultas vitales:

—Señora Blanco, ¿recuerda un trabajo que llevó a cabo su marido sobre unos pasadizos romanos de esta ciudad, hará unos treinta años?

La aludida arqueó las cejas, sorprendida de nuevo por aquel policía que aludía a asuntos tan raros teniendo en cuenta la situación.

—Pues... vagamente, señor inspector.

El inspector no podía desperdiciar más tiempo, así que lanzó su órdago:

—¿Recuerda quién contrató a su marido para ese proyecto?

* * *

Lucía, de forma inconsciente, adoptó una pose defensiva y retrocedió hasta sentir la pared contra su espalda, de pie sobre el mugriento colchón. Acababan de entrar dos tipos en su celda, que la observaban en silencio desde la puerta. La informática, inquieta, dedujo que sus desconocidos visitantes ostentaban cargos importantes dentro de la organización que había montado lo de los túneles. Sus túnicas negras, de apariencia aterciopelada, eran más lujosas que las que utilizaban los seres oscuros que la habían capturado, al igual que las prendas que cubrían sus rostros, una especie de capuchas cerradas por delante que contaban con una delgada ranura para los ojos. Además, llevaban colgando del cuello unas gruesas cadenas de oro, cuyos eslabones terminaban enganchándose en sendos medallones del mismo metal. En ellos estaba grabada una palabra que no lograba distinguir. La idea de que se encontraba en las instalaciones de una especie de hermandad criminal cobró fuerza dentro de su mente; en el seno de aquel submundo estaba descubriendo una sociedad, un colectivo dotado de jerarquía interna. Y semejante realidad le daba mucho más miedo que un simple enfrentamiento con secuestradores.

—Así que tú eres Lucía —comentó en un tono neutro el individuo que había entrado primero—. Vaya, vaya. Me presentaré: aquí puedes llamarme Dahmer.

Lucía no podía saber que aquel nombre extranjero pertenecía a un conocido caníbal y asesino en serie americano, más conocido como *el Carnicero de Milwaukee*. Por una vez, le vino bien su ignorancia al respecto. No era cuestión de asustarse todavía más.

La voz de quien acababa de hablar, a pesar de su frialdad, delataba una edad avanzada. A la informática, que prefirió mantener su mutismo, no le sorprendió que conociesen su nombre. Por lo menos no daban muestras de haberse enterado del diálogo de golpes que había estado manteniendo con el desconocido o desconocida de al lado.

—Mucho nos habéis complicado la vida —reanudó el tipo mayor haciendo un gesto al otro, de complexión mucho más fuerte, que se aproximó a la chica—. Peor para vosotros; nuestra paciencia tiene un límite. Además, gracias a vuestros movimientos va a ser muy fácil eliminaros: nadie sabe dónde estáis.

Sin duda, quien hablaba era el jefe; la obediencia del otro era evidente para Lucía. Un segundo ademán del primero provocó que el subordinado lanzase como un arpón uno de sus brazos, que la informática no pudo esquivar. La mano del tipo le alcanzó el cuello y ella notó, gimiendo de dolor, unos dedos que se aferraban a su garganta con brutalidad.

Lucía, cuyo rostro enrojecido empezaba a mostrar una tonalidad intensa, procuraba sin éxito separarse de aquella mano que la estrangulaba.

—Solamente hay una cosa que me intriga —reconoció Dahmer—: ¿Cómo habéis averiguado lo de los túneles romanos? Supongo que para vosotros dar así en el blanco habrá sido una cuestión de suerte, ¿no?

Lucía no respondió, negándose a darle el placer de admitir que sí había sido pura casualidad.

—Eres afortunada —comunicó el jefe, que no se había apartado de la puerta, viendo que no obtendría ninguna contestación—. Ahora no podemos dedicarnos a ti, pues hay que preparar el recibimiento a tus amigos. Ellos ya están cerca. Pronto dispondrás de tu tiempo de gloria como mártir, y entonces tendrás ocasión de experimentar una nueva dimensión del sufrimiento. Muy pronto. Uno a uno —la voz del individuo adquiría ahora una inflexión tan dramática que casi resultaba teatral—, todos os arrepentiréis de haber cruzado el umbral que separa la luz de la oscuridad. Y descubriréis lo lenta que puede resultar la muerte. Aprenderéis a desearla, la llamaréis a gritos. Aunque aquí ni siquiera la muerte puede oíros.

Un impacto de cierta fuerza se dejó oír en una de las paredes, marcando el final de la escalofriante profecía. Lucía, enganchada todavía por el sicario de oscuro, se dio cuenta de que la persona con la que había entablado comunicación mediante golpes en el tabique no sabía que ella tenía visita, y por eso intentaba reanudar los mensajes.

—Vaya —Dahmer esbozó una sonrisa que rezumaba maldad—, veo que no perdéis el tiempo. Seguid, seguid jugando. El desenlace promete ser de lo más apasionante.

Después de pronunciar aquellas palabras, el misterioso tipo se dio la vuelta y abandonó la celda haciendo una última señal al subordinado. Este, obediente, abandonó la presión de sus dedos sobre el cuello amoratado de la chica, que cayó al colchón entre toses, y salió también de la reducida estancia. Una vez fuera, cerró la puerta con llave. Lucía, de rodillas, escuchó sus pasos alejándose mientras se acariciaba la zona de piel marcada e intentaba reunir los últimos restos de sus fuerzas. El miedo bloqueaba su mente.

Le llevó tiempo apaciguar su angustia; su cabeza se estabilizó, pero el pánico seguía envolviéndola como un sudario de telarañas espesas, agobiándola, impidiéndole cualquier movimiento con su tacto pegajoso.

Cuando se hubo repuesto un poco, sin perder de vista la mirilla desde la que podía ser vigilada, se apresuró a preparar un nuevo diálogo de golpes. Entre el suelo terroso encontró una piedra de cierto tamaño que le resultaría muy útil; golpear con las piernas no solo era lento, sino también agotador. Luego calculó las cifras de impactos que requerían las dos palabras que pretendía transmitir: 21, 17, 27 era la primera serie, y la segunda, 12, 23, 3, 9, 1. Mensaje completo: «Soy Lucía».

No obstante, comenzó con la conocida serie que significaba «hola», para confirmar si con la piedra se escuchaban sus golpes desde el otro lado y si su oyente estaba atento. Lucía comprobó lo enervante que era la lentitud de aquel sistema, aunque tenía claro que no contaba con otras alternativas. Golpe a golpe, con paciencia, terminó su comunicación.

La pared le devolvió enseguida un mensaje idéntico de toques, lo que la animó a continuar con la breve frase que había preparado. Al menos, cuando recibiese la contestación sabría si quien permanecía tras la pared era chico o chica y su nombre, lo que humanizaba aquella insospechada relación vecinal. No tardó en terminar su segunda serie de golpes, y se dispuso a aguardar, nerviosa, el comienzo de la réplica.

A los pocos segundos, los impactos de respuesta comenzaron a llegar con claridad a través del tabique, conformando dos series que Lucía tradujo a gran velocidad: «Lucía qué».

La informática se quedó perpleja: ¿le estaban preguntando el apellido? ¿No se trataba de una cuestión absurda, dadas las circunstancias? A pesar de pensarlo así, transmitió los números que simbolizaban la palabra «Laín». En un chispazo de humor, agradeció no apellidarse, por ejemplo, «Pérez de la Torre y Goicoechea», como solía ocurrir con las familias de rancio abolengo.

Al cabo de unos segundos –el tiempo que su interlocutor invirtió en interpretar su respuesta–, a Lucía le llegó un breve montón inconexo de golpes, un fugaz jaleo que dio paso a una contestación consistente en una única serie de cifras: 1, 12, 5, 26.

Lucía convirtió aquellos números en letras y su corazón se disparó: estaba hablando con Álex.

* * *

Mateo bebía ávido de su cantimplora y Gabriel, con la imagen de Lucía en su cabeza, permanecía en cuclillas sin la mochila. Dada la desproporción existente entre sus fuerzas y las del enemigo al que asediaban con optimismo de soñadores, casi se sentían en aquellas catacumbas como una especie de versión moderna de caballeros medievales. Princesa raptada tenían, también un compañero cautivo –esperaban que aún con vida–, y respecto al dragón, figura imprescindible en todas esas historias, seguro que monstruos acechándolos no faltaban en aquellos tenebrosos pasadizos. Asumiendo su posición en aquel contexto, Gabriel se dijo, no sin cierta sorna, que, a su lado, el Quijote tuvo muchas más posibilidades de éxito en su enfrentamiento contra los molinos.

Los dos chicos no pudieron acabar de disfrutar de un pequeño descanso en el tercer corredor que inspeccionaban. De improviso, dos siluetas de negro, provenientes de un túnel próximo, se abalanzaron sobre ellos. Cuando reaccionaron, sus atacantes ya estaban encima. Gabriel agradeció que por fin los seres de oscuro se dejasen ver; el sentirse espiados cuando resultaba evidente que hacía rato que habían sido detectados les generaba un agobio insoportable, siempre preguntándose cuándo se decidiría el adversario a intervenir, a bloquear su avance.

Mateo, con su agilidad acostumbrada, tiró la cantimplora al suelo al tiempo que se giraba blandiendo su cuchillo. Gabriel, por su parte, no tuvo tiempo de lanzar con su machete ninguna estocada, pues uno de los tipos de negro se lanzó sobre él, exhibiendo una daga de corta longitud. Los dos rodaron por el suelo en una confusión de piernas y brazos entre los que brillaban de vez en cuando las hojas de las armas. El pijo, mientras, al estilo de un boxeador, había comenzado a moverse en círculo frente a su particular contrincante, que hizo lo propio sin decidirse a tomar la iniciativa. Cuchillos en ristre, se miraban a los ojos calibrándose mutuamente.

El intelectual, entretanto, se revolvió con una energía que no habría imaginado que albergaba, consecuencia del terror puro que le había invadido; terror a la muerte, pero también a morir allí. Gracias a aquellos movimientos enloquecidos, el individuo de negro fue incapaz de controlarlo y Gabriel, sin proponérselo, le dio un fuerte golpe en el ojo con el mango del puñal. Tal impacto desestabilizó al oscuro atacante, dejándolo vulnerable durante unos segundos. Ahora sí, el intelectual aprovechó ese momento para golpearle en la cara con una piedra próxima. Usó tal potencia para su agresión que el pasamontañas se escapó de la cabeza ensangrentada del tétrico oponente. Este, soltando un grito, cayó inconsciente al suelo.

El contrario de Mateo volvió un instante la cabeza al escuchar el alarido de su compañero. Esto permitió al pijo acercar el extremo cortante de su arma hasta rozar el cuerpo del otro, que al percibirlo se quedó paralizado.

–No te muevas –le advirtió Mateo, respirando de forma entrecortada–. O acabo contigo.

El tipo de oscuro asintió con lentitud, pero cuando quien le amenazaba exigió que soltase el puñal, intentó una última maniobra estirando su brazo armado en una estocada que habría resultado mortal si el pijo no la hubiese esquivado gracias a su preparación deportiva. Más por reflejo al ejecutar aquel movimiento protector que por decisión propia, el cuchillo de Mateo se acabó introduciendo en el vientre del sicario. El pijo, sintiendo un profundo asco, percibió cómo, bajo la túnica desgarrada, la hoja metálica penetraba bastantes centímetros en aquel cuerpo enemigo. «Son mortales», acertó a susurrar sufriendo un repentino mareo.

Abundante sangre resbaló bajo la ropa del individuo malherido, manchando su calzado negro. Mateo, horrorizado, se separó de aquel cuerpo tambaleante dejando el arma clavada, hasta que solo quedó ante él un individuo gimiendo de dolor en el suelo. Estaba llorando. ¿Moriría aquel hombre? Prefirió no pensarlo.

Gabriel, todavía muy nervioso, se acercaba a su amigo comprendiendo la verdadera dimensión de lo que acababa de ocurrir. Sobre el mutismo de aquel mundo en perpetuas tinieblas se alzaba ahora un silencio todavía mayor, extenuante.

–Estoy... estoy manchado de sangre –balbuceó Mateo, que mostraba una visible conmoción.

El intelectual supo que no lo decía en sentido físico; se refería a que había dejado a una persona con una herida muy grave. Él, un chaval joven, sano, que jamás había hecho daño a nadie. Quizá ese Mateo, experimentando por vez primera el lastre de la agresión, también se sentía lesionado. Gabriel rogó por que lo superara pronto; la integridad del grupo por la que arriesgaban sus vidas tampoco se podía permitir ese tipo de daños. Mateo tenía que seguir siendo tan frívolo, tan risueño y tan encantadoramente pusilánime como siempre.

–No has tenido otro remedio –procuró suavizar el intelectual, abrazándolo–. Ha sido en defensa propia. Le has dado la posibilidad de rendirse y aun así ha intentado matarte.

–Gracias –la voz de Mateo sonaba apagada, triste–. Ahora no es fácil verlo de ese modo. Pero gracias. Quizá haya sido mejor así –Gabriel le miró de forma interrogadora–. Prefiero haberlo tenido que hacer yo. Tú eres menos fuerte para estas cosas.

El intelectual, abrumado, tuvo que admitir que dentro del delgado cuerpo de su amigo cabía mucha generosidad. Aquellas palabras habían sido certeras.

–Ya me recuperaré –añadía el pijo con semblante herido y unos labios temblorosos que fracasaron al procurar sonreír–. Ahora Álex y Lucía nos necesitan al cien por cien. Vamos. ¿Qué hacemos con ese asesino que has dejado inconsciente?

11
EN LA MADRIGUERA

Garcés se encontraba dentro de su despacho, en el que solía encerrarse para meditar cuando las cosas no marchaban bien. Mostrando un aire grave, volvía a experimentar sobre cada centímetro de su cuerpo la carga de aquellos expedientes que continuaban abiertos sobre su mesa: los chicos desaparecidos. Sentía un aplastamiento de toneladas. ¿Cómo podían pesar tanto unos folios?

Aurora Blanco había sido incapaz de recordar quién encargó a su marido y a Valls el proyecto del plano de los túneles romanos. Víctima de la impotencia, pues sin aquel dato su investigación llegaba a un punto muerto, el inspector incluso se había permitido registrar la casa del último fallecido en presencia de la inconsolable viuda.

Lo que sí había confirmado Garcés, consultando a Endesa, era que la noche del suicidio de Ramón Alonso hubo un apagón en la casa del arquitecto. Una nueva «no casualidad». Los apagones constituían ya una firma inconfundible de los asesinos, que –aparte de Valls, muerto en la calle– solo se había incumplido en el caso de Balmes, a lo mejor porque no vivía en un chalé sino en un bloque de pisos. ¡Qué rabia no poder avanzar más, sabiendo que seguía la pista correcta!

El teléfono dio un inesperado timbrazo que le asustó. Lo descolgó y contestó de forma lacónica.

–¿Paco? –al otro lado de la línea no podían darse cuenta de su estado de ánimo–. Soy Ramos.

–¿Qué pasa?

Con fastidio, Garcés comprobó que su compañero no estaba dispuesto a dejarse intimidar por su patente sequedad.

–Ha llamado un señor preguntando por ti, pero como estabas ocupado he cogido yo el recado.

–Bien hecho –comentó el inspector, dispuesto a terminar la conversación–. Luego me lo das.

–Era el padre de Gabriel Vázquez –continuó el otro, invencible al desaliento–. ¿Te suena?

Al principio, el apellido desorientó a Garcés, pero enseguida cayó en la cuenta de quién era, lo que le hizo despertar de cuajo de su resignado abatimiento.

–¡El padre de Gabriel! –casi gritó–. ¿Y qué quería?

–Por lo visto, su hijo se fue ayer por la noche a una fiesta de cumpleaños, y no ha dado señales de vida desde entonces. Esta tarde le tocaba trabajar en la cafetería de la familia y tampoco ha aparecido, lo que, según el padre, es algo rarísimo. Antes de decidirse a hablar contigo –terminó el policía–, el señor Vázquez y su mujer han intentado localizar a otros amigos que también estaban invitados a la misma fiesta, pero tampoco han dado con ellos. He quedado en que los llamarías pronto. ¿Qué opinas del asunto?

La mente de Garcés se había quedado en blanco, golpeada con furia por el surgir de los nuevos acontecimientos. Aquello se desbordaba cada vez más y él se hundía en el fango removido, como si tuviese los pies anclados en hormigón. «Dios mío».

En un gesto maquinal, aún con Ramos al teléfono, el inspector cogió su móvil y llamó por décima vez a Gabriel. Sus ya moribundas esperanzas de que no hubiese ocurrido nada a los chicos se volatilizaron cuando brotó del minúsculo altavoz junto a su oreja la voz grabada que ya conocía: «El usuario no se encuentra disponible». Con Lucía sucedió lo mismo.

Sin embargo, aquel umbral desde el que se asomaba a un inminente desastre le hizo reaccionar, vencer su humillante rendición prematura. «Si no encontramos nuevos indicios», se dijo, «será mi último movimiento; pero ahora, en marcha». Y es que aquellos jóvenes inquietos, de impresionante fidelidad a un ideal de la amistad, eran responsabilidad suya. Además, no podía permitir que tal testimonio se perdiese. Un ejemplo así para la cruda sociedad en la que se movía a diario tenía que sobrevivir. Él mismo había rejuvenecido desde que investigaba el caso de Álex Urbina junto a ellos. Aquellos chicos habían logrado remover en su corazón valores que él, hacía años, había apartado para dejar paso a un cinismo útil pero, en el fondo, desolador. Tenía que encontrarlos.

–Juan –la voz del inspector sonaba ahora enérgica–, ven a mi despacho; ha llegado el momento de que hablemos.

–Voy para allá.

Garcés disponía más o menos de dos minutos para reorganizar sus ideas, antes de que el detective Ramos entrase por la puerta. A su llegada debía sintetizar la situación todo lo posible y ser capaz de tomar las decisiones oportunas para recuperar el rumbo de la investigación. Cualquier fallo podía ser fatal para todos los implicados, que empezaban a ser muchos.

Ramos llegó en el tiempo previsto y Garcés, moviéndose nervioso en su sillón giratorio ante el escritorio, le invitó a sentarse.

–Te veo pálido –observó el detective, que no podía disimular su curiosidad mientras se sentaba–. ¿Qué te ha estado ocurriendo estos días?

Garcés resopló y, abrazando los montones de carpetas que colapsaban su mesa, los empujó hacia Ramos.

–¿Te suenan? –le preguntó.

Ramos echó un vistazo a los nombres.

–Algunos, sí. Oye, aquí hay casos viejos. ¿Has estado cotilleando en el archivo por tu cuenta? –el tono del detective se hizo un poco más serio–. Además, son todo desapariciones. ¿Ya empiezas otra vez a meterte en asuntos de mi competencia?

El inspector asintió, sin preocuparle la posibilidad de que todo aquello molestase a su compañero, pues sabía que, en cuanto Ramos supiese lo que había en juego, lo perdonaría todo. Instantes después, relató al otro detective las crispantes circunstancias que estaba viviendo, y que su oyente recibió con significativos gestos de asombro. Cuando hubo acabado, Garcés lanzó un interrogante:

–¿Puedo contar contigo? Lo que te he contado no puede salir de aquí hasta que tengamos algo más sólido.

Ramos, sin indicios de haberse molestado por estar al margen de todo, ya que era su especialidad, no lo tuvo que pensar y asintió convencido.

–Cuenta conmigo. ¿En qué puedo ayudarte?

La extrema urgencia de la situación imponía una actuación inmediata por parte del inspector, y este lo sabía. Había que moverse ya. El único problema residía en que si Garcés empezaba a dedicarse a buscar a Gabriel y a Lucía, no podría terminar de hilvanar los cabos que quedaban sueltos en torno al paradero de Álex. Y esta información era prioritaria, sobre todo porque constituía el otro camino para, casi con toda seguridad, dar con los dos amigos de Urbina. No, él no podía moverse de allí todavía.

—Juan —comenzó el inspector, muy serio—, estoy a punto de lograr desentrañar todo lo que está ocurriendo, lo que también me conducirá a Gabriel y Lucía. Por si acaso no lo consigo o voy demasiado lento, tienes que salir ahora a encontrarlos. Quiera Dios que no les haya pasado nada. Nunca me lo perdonaría. Mira que les advertí que se mantuvieran al margen...

—De acuerdo, Paco —el detective exhibía una impaciencia conmovedora—. ¿Tienes alguna idea de por dónde pueden estar?

El inspector se echó para atrás en su sillón, frotándose la cara con las manos.

—Se marcharon de sus casas ayer noche, pocas horas después de que me contaran lo de las tapas especiales de algunas alcantarillas —reflexionó en voz alta—. Y se debieron de ir de madrugada, conforme a lo que te ha dicho el padre de Gabriel. Lo único que se me ocurre —concluyó— es que hayan bajado por alguno de los pozos de la red antigua de alcantarillado, la que recorre parte del casco viejo, buscando rastros de su amigo Álex.

—La leche. Esto va a ser como buscar una aguja en un pajar, inspector. Además, me hará falta un equipo especial: no se pueden recorrer esos túneles subterráneos como quien va de paseo; hay gases —Ramos movió la cabeza hacia los lados—. No es por ser agorero, pero si se metieron allí y no han salido todavía...

Garcés descartó con un gesto la posibilidad de la muerte de los chicos por inhalación de gases tóxicos. La propia idea, además, se le hacía intolerable.

—No —insistió el inspector—, son demasiado listos para terminar así. Imposible. De ser cierto que bajaron a las cloacas de la ciudad, el hecho de que no hayan vuelto a salir casi veinticuatro horas después es el más claro anuncio que nos podrían ofrecer de que han encontrado algo. Algo que quizá los retiene. Por eso hay que actuar ya, Juan. Es tan importante el tiempo que me concedo tan solo un par de horas más para sacar algo en limpio del expediente de Álex. Si en ese tiempo no averiguo nada más, te seguiré en la búsqueda.

—De acuerdo, Paco. Voy ya a prepararme. ¿Alguna sugerencia sobre por qué lugar concreto empezar?

Garcés meditó unos instantes, repasando la libreta donde había ido apuntando la información obtenida en sus diferentes entrevistas.

–Según me dijeron en el Ayuntamiento –explicó a Ramos–, en un túnel próximo al pozo que hay en el callejón de las Once Esquinas se está llevando a cabo una reparación. Justo en ese sector es donde Balmes, el trabajador de mantenimiento que presuntamente se suicidó, oía los gritos antes de jubilarse. Yo comenzaría por ahí. Además, Gabriel, Lucía y Mateo tuvieron que elegir una zona discreta para meterse en las alcantarillas, si es que ha sido eso lo que han hecho, y el pozo del callejón de las Once Esquinas lo es.

–De acuerdo, me voy ya.

–Espera –Garcés se levantó del sillón y llegó hasta un armario situado en una pared lateral, del que sacó un par de transmisores–. Toma uno de estos; a partir de ahora, nos comunicaremos a través de ellos. Llevan GPS incorporado, así que podré ubicarte en cualquier momento. A la mínima pide ayuda, no te cortes. Aunque me juegue el puesto, estoy dispuesto a movilizar a toda la comisaría si hace falta. Solo necesito un ligero empujón más. A ver si eres capaz de dármelo, Juan.

–Cuenta con ello. Pero no montes ningún espectáculo aquí hasta que te comunique si he descubierto algo; no se trata de arruinar tu carrera por nada.

–Claro, me contendré.

El inspector, viendo cómo su compañero abandonaba la habitación, resistió como pudo sus propias ganas de acompañarle, agobiado por la incertidumbre y la lacerante sensación de que estaba a punto de perder la partida en aquel caso. Tenso, se puso a dar zancadas en círculo frente a su escritorio.

–Me concedo ciento veinte minutos para descubrir algo nuevo –se prometió–. Si no consigo nada, me voy detrás de Ramos. Al menos no perderemos a Gabriel, Mateo y Lucía. Espero.

Tras unos minutos respirando con fuerza y asomado a la única ventana de aquella habitación, donde el frío del atardecer le entumeció la cara, logró serenarse. Acto seguido volvió a su asiento, desde el que atrapó con los brazos una de las irregulares columnas de expedientes. Seguro que entre aquellos papeles había muchos detalles que se le habían escapado, pero... ¿cómo verlos ahora? Fue releyendo apartados, dejó pasear sus ojos de forma aleatoria por fechas, nombres, descripciones... El truco estaba en mantenerse abierto a corazonadas, a ideas absurdas, a teorías nacidas de una improvisación desesperada.

Su mirada se detuvo en un nombre: Raquel Jiménez. «Pobrecilla». El inspector recordaba a la chica, la novia algo mayor –tenía veintitrés años– de Álex Urbina. «A veces la vida se ceba en algunos», pensó el policía.

Lo poco que recordaba de aquella chica que había perdido a su novio de una forma tan drástica era que también había sufrido una adolescencia muy problemática, en orfanatos y familias de acogida. Una terrible historia personal a la que parecía condenada, visto el final de su relación con Álex.

Garcés desechó aquel expediente porque lo conocía demasiado bien. Necesitaba jugar con otras desapariciones aparte de la de Álex. No obstante, cuando ya aquella carpeta se deslizaba por la superficie de la mesa alejándose del resto, la etiqueta de la portada quedó ante su vista, ofreciendo algo que el inspector, extrañado, tuvo que verificar volviendo a leer: Javier Murillo.

En la mente del policía surgió la obviedad: «El nombre escrito no es el de Álex Urbina». ¿Cómo era posible? ¿Pero no se mencionaba en su documentación interior a Raquel Jiménez, afectada en el caso de Álex? ¿Se habría traspapelado alguna hoja, por culpa del jaleo de los últimos días? ¿Sería otra Raquel, que por coincidencia se llamaba igual?

Coincidencia. El detective sintió la garganta seca mientras se repetía la frase que había consagrado como principio motor de la investigación: «En este caso no hay casualidades». Cada vez que se percataba de alguna coincidencia, acababa distinguiendo en ella la inconfundible firma de una mente criminal. «En este caso no hay casualidades, solo maniobras muy calculadas».

Pero aquel último hallazgo era demasiado retorcido. El inspector, escéptico a pesar de su apetito de pistas, estudió aquel expediente para salir de dudas. Javier Murillo era un chico desaparecido en el año dos mil, hacía cinco años. Las circunstancias eran idénticas a las de Urbina: dejó carta de despedida –cuya autenticidad fue comprobada por expertos–, era mayor de edad, aprovechó una noche en la que estaba solo en casa... Y, así como de pasada, se mencionaba que tenía una novia llamada Raquel Jiménez.

O sea, que no se trataba de una confusión entre expedientes. Garcés estaba perplejo. Por aquella época, el año dos mil, la novia de Álex habría cumplido los dieciocho. Podía cuadrar. Por desgracia, en ninguna de las dos carpetas había fotos de las chicas, y en el ordenador, digitalizadas, tampoco. La pregunta volvió a resonar en su cabeza: ¿se trataba de una coincidencia?

Lo primero que hizo el inspector fue revisar los otros expedientes, sin apreciar nuevas sorpresas: algunos de los presuntos fugados no tenían novia, las de otros tenían diferente nombre... y, en algunos expedientes, ni siquiera se había recogido esa información. De todos modos, tenía que cerciorarse de que aquel descubrimiento era inofensivo, así que descolgó el auricular del teléfono y pulsó el número que figuraba en los papeles como el de la familia de Javier Murillo. Al tercer timbrazo respondió una voz masculina joven que, de acuerdo con la ficha del desaparecido, tenía que ser un hermano que ahora debía de rondar los veinte años.

–Buenas tardes –saludó Garcés–. Soy el inspector de policía Francisco Garcés. ¿Eres hermano de Javier?

–¡Sí! –respondió con énfasis el chico–. Soy Luis. ¿Le han encontrado?

Al inspector le emocionó ver lo fuerte que se mantenía la esperanza en aquella familia, cinco años después. Por ello le resultó desagradable desengañar al joven, aunque era inevitable:

–No, Luis, pero seguimos investigando. ¿Conserváis alguna foto de su novia?

–¿De Raquel? Pues sí, ¿por qué?

–Estamos completando el expediente –disimuló Garcés–. Con todo el material se investiga mejor. ¿Sería mucho pedir que me enviaras por fax una foto de ella, donde se vea bien su cara?

–¿Por fax? –preguntó el chico, asombrado–. No tenemos en casa. Bueno, con el ordenador creo que se puede hacer, pero no sé cómo.

–No pasa nada –animó el inspector–. Seguro que tienes una copistería cerca de casa, ¿verdad? Es que es muy urgente... Me harías un gran favor, Luis.

–Bueno –aceptó el aludido, algo confuso por aquella petición–, está bien. Dígame el número.

Garcés así lo hizo, dándole las gracias a continuación. En cuanto colgó el teléfono, salió a toda velocidad del despacho, quedándose en plan vigilante junto al fax que, en pocos minutos, le ofrecería una imagen en blanco y negro de la novia de Javier Murillo. Menos mal que, a grandes rasgos, se acordaba de cómo era la chica de Álex Urbina. En el fondo, el inspector se sentía un poco ridículo aferrándose a una coincidencia tan pobre como aquella, pero es que no tenía nada más y el tiempo que se había impuesto se iba agotando.

Los minutos transcurrieron sin que la máquina que tenía al lado despertase de su estado inactivo. Después comenzó a vomitar papel a trompicones, pero, para decepción del policía, solo era un comunicado de otra comisaría. Garcés soltó un taco, pero no se movió de su puesto. Cuántos casos se habían resuelto por paciencia.

El siguiente aviso del fax sí resultó ser el que el inspector esperaba. Aguardó a que el folio terminase de salir y fuese soltado por el aparato, y con él en las manos, sin atreverse a estudiarlo, volvió a su despacho y cerró la puerta a su espalda. Ya estaba solo otra vez.

Su lámpara seguía encendida, así que lo único que tuvo que hacer fue situar la anhelada hoja de papel bajo ella y someterla al riguroso examen de sus pupilas.

Aquella impresión, a pesar de su dudosa calidad, supuso una respuesta contundente al interrogante del detective: la novia de Javier Murillo y la de Álex Urbina... eran la misma persona. Observó los ojos grandes, el pelo rizado, el gesto algo hostil en un rostro bello. Sí, estaba seguro. Era ella.

«Joder», fue lo único que Garcés se atrevió a pronunciar. El simple hecho de que la chica no hubiese comentado nada de su pasado como pareja de Murillo, cuando la interrogaron sobre la marcha de Álex, bastaba por sí solo para involucrarla en aquella historia macabra que no dejaba de asombrar al inspector a cada paso. Por muy increíble que pareciera, de algún modo, ella estaba implicada. Además, tal afirmación encajaba con el dato de que Álex, minutos antes de desaparecer aquella fatídica noche del ocho de octubre, llamase a Gabriel por el móvil y no a su novia, como hubiera sido natural. ¿Sabía ya, entonces, que Raquel Jiménez no le ayudaría? ¿Acaso, incluso, estuvo ella presente en la casa mientras se llevaban al chico? «¡Calma!», se gritó el inspector. «No te lances».

Garcés volvió la cabeza hacia las demás carpetas de desaparecidos. De improviso le asaltó una duda: ¿cuántos de aquellos desgraciados chicos que nunca volvieron conocieron en el último tramo de sus vidas a Raquel Jiménez? Como novia, amiga o compañera del chat. Qué más daba. ¿Acaso era ella el cebo que conducía a las potenciales víctimas a su perdición?

Con un escalofrío, Garcés comprendió que, viéndola bajo una perspectiva general, ella encajaba en tan siniestro perfil: solitaria, con una importante carencia de cariño sufrida desde pequeña, arrastrando una juventud repleta de episodios problemáticos... ¿Qué trastornada personalidad podía derivar de una trayectoria así?

* * *

Gabriel y Mateo caminaban detrás del prisionero herido rozándole la espalda con sus armas. La idea de utilizarlo como rehén había sido del intelectual, pero al pijo no le hacía ninguna gracia la oscura compañía de aquel tipo agresivo que todavía lucía su túnica negra. Le recordaba la reciente muerte del otro asesino.

—Piensa que el ataque que hemos sufrido no ha sido casual —argumentó Gabriel a su amigo—. Venían a por nosotros. Ya saben que estamos aquí. Por eso necesitamos a este hombre.

—Entonces, ¿por qué no han enviado a más gente? —Mateo se mostraba desconfiado—. No me dirás que aquí tienen problemas de personal...

—No, lo único que ha debido de ocurrir es que nos han subestimado. A fin de cuentas, para ellos solo somos un par de críos un poco ilusos. Han pensado que con dos sicarios sería suficiente para detenernos.

—Ya.

—Además, este tío sabe el camino para llegar a la salida; sin él nunca lograremos escapar y avisar a la policía. Lo necesitamos.

Gabriel adelantó su brazo armado con la intención de que el prisionero sintiese el filo de su machete cerca del cuello.

—Más vale que no te equivoques de camino —le advirtió, amenazador—. Estamos muy nerviosos y podríamos reaccionar mal...

El tipo de negro asintió de forma vehemente con la cabeza, acelerando el paso. El intelectual, al comprobar que el aviso había resultado creíble, suspiró aliviado a su espalda. En realidad, Gabriel acababa de hacer un verdadero esfuerzo de interpretación, pues se sabía incapaz de cumplir su amenaza si la situación acababa requiriéndolo. Confió, abrumado por el miedo, en que tales circunstancias no se produjesen.

Ninguno de los tres caminantes volvió a hablar durante el resto de la intrincada ruta. A cada paso, la tensión aumentaba en aquella atmósfera comprimida bajo tierra, alimentando una claustrofobia que atosigaba a los chicos. En esas duras condiciones, tardaron todavía un buen rato en llegar hasta el corredor en cuyo extremo se distinguía el portón de madera que ya conocían, y que debía conducirlos a los túneles no dotados de luz eléctrica. El recorrido se les estaba haciendo eterno, pero la fase más peligrosa parecía, al fin, terminar. Gabriel y Mateo, frente a la puerta, emitieron al unísono un sonoro suspiro, sin suficientes ánimos como para disimularlo. El prisionero, entretanto, se había quedado a un lado, cabizbajo y mudo.

—Oye —Mateo aproximó su rostro hasta casi rozar la madera, víctima de una repentina suspicacia—. ¿Seguro que es esta la puerta donde encontramos la pulsera de Lucía?

El creciente optimismo del intelectual se cortó de golpe, mientras dirigía una mirada severa al prisionero. Este se mantuvo en su postura inmóvil, sin hacer comentarios.

—¿Por qué dices eso? —quiso saber Gabriel, alzando su arma—. A mí me parece igual. En cuanto la abramos, veremos al otro lado la tela que la oculta, y...

—No me preguntes por qué —cortó el pijo—, pero el marco no me suena nada, de verdad. Ya sé que es raro que yo preste atención a estas cosas, pero...

Gabriel se fijó en lo que le decía su amigo; no era cosa de cometer imprudencias a aquellas alturas. En efecto, los listones que cubrían los laterales donde encajaba el portón aparecían cuajados de calaveras labradas en la madera. Era muy tétrico y llamativo, pero el intelectual no habría podido asegurar que semejantes ornamentos no decorasen también la puerta que cruzaran un rato antes para acceder a la zona iluminada.

—No sé, Mateo —se encogió de hombros—. No me acuerdo bien de cómo era la otra puerta. Esto es la leche.

—Yo tampoco me acuerdo —coincidió el pijo—, pero seguro que reconocería esas calaveras. Este tío nos está llevando por otro camino, hay que joderse.

Gabriel apostó por su amigo, no dudó más. Se dirigió hacia el rehén blandiendo su arma. El tipo oscuro alzó la cara, atemorizado.

—Creo que tienes que comentarnos algo, ¿no? —le preguntó, cortante.

El prisionero titubeó:

–Yo... yo... Me dijeron que querían llegar a la salida, y yo los he llevado por la vía más rápida, eso es todo. De verdad. No quiero morir...

Aquel hombre tenía una pinta tan débil en aquellas circunstancias que la tentación de creerle era fuerte. No obstante, el miedo que sentían los chicos se mostraba aún más poderoso.

–¿Qué hacemos? –inquirió Gabriel a Mateo, sin querer asumir la responsabilidad de la decisión.

El pijo dudaba, consciente de que el tiempo, implacable, seguía transcurriendo.

El rehén levantó entonces, poco a poco, uno de sus brazos hasta media altura. Con gesto sumiso, abrió la mano alzada, de entre cuyos dedos colgaba un juego de llaves.

–¿Por qué... por qué no comprueban que lo que les digo es cierto? –propuso–. Ya que no me creen...

El prisionero, agachándose, depositó las llaves en el suelo con suavidad y se alejó un par de pasos hacia la pared derecha, una posición que hacía imposible su fuga. Era evidente que no quería ponerlos nerviosos.

Las miradas de los jóvenes se cruzaron un instante, aún más indecisos. ¿Sería una trampa?

–Tú seguirás yendo el primero –acabó determinando Gabriel a los pocos segundos, con los ojos clavados en el rehén–. Así que recoge las llaves y ponte a abrir la puerta. Al menor problema te la cargas.

Mateo observó a su amigo, casi sin reconocerlo ante aquella actitud estricta que mostraba. El intelectual, por su parte, se daba perfecta cuenta de que lo único que hacía era insistir en su ya casi agotada capacidad de interpretación. No habría sido capaz de matar a aquel individuo, se dijo una vez más, salvo en la más cruda defensa propia.

Al tipo de negro, mientras, no le hacía demasiada gracia que le obligaran a abrir aquella puerta y pasar primero. De hecho, su rostro, bajo aquel nuevo giro de la situación, adoptó un fugaz gesto de miedo que no pasó desapercibido para Mateo y Gabriel. Ambos tuvieron claro que no se habían equivocado con aquella prudente maniobra. No obstante, la cuestión clave volvía a cobrar fuerza: ¿se ocultaba algún peligro tras la puerta?

El prisionero, llaves en mano, ya había alcanzado el sospechoso acceso de las calaveras, pero no parecía decidirse a acatar la orden del intelectual. Se mantenía quieto, como luchando contra algún recelo interior que le impedía introducir la llave en la cerradura.

–¿Nos ocultas algo? –le interrogó Mateo desde más atrás, con una voz poco firme.

El interpelado rechazó tal posibilidad moviendo la cabeza hacia los lados. Metió por fin la llave en su agujero, e inició el giro correspondiente. Hasta los jóvenes llegó el chasquido del engranaje, que provocó en ellos un espectacular aumento en el ritmo de las pulsaciones. ¿Qué les aguardaba más allá de aquella lúgubre entrada?

El prisionero los miró una última vez y, con una solemnidad que se asemejaba demasiado al miedo, empezó a empujar la hoja de madera maciza. Más allá del halo blanquecino del tramo de corredor iluminado, la oscuridad daba la impresión de crecer, de aproximarse a ellos.

* * *

Lucía casi no podía creer que Álex estuviera vivo todavía, pero no se le ocurrió ninguna razón por la que quisieran engañarla. Además, estaba la reacción de su vecino cautivo –al menos, presunto cautivo– tras comunicarle su nombre. ¡Solo un tabique de piedra la separaba de su amigo desaparecido! ¡Increíble!

Ya se disponía a golpear la pared para iniciar un nuevo mensaje, cuando volvió a llegar a la celda el sonido de unos pasos cuya resonancia iba creciendo. Alguien se aproximaba a ella desde los corredores. La informática maldijo en susurros. ¡Ni siquiera había tenido tiempo de preguntarle a Álex si se encontraba bien!

Se oyó un tintineo metálico justo detrás de su puerta, y la invadió un temor agrio. «Tendrás ocasión de experimentar una nueva dimensión del sufrimiento», le había anunciado como un veredicto el jefe de aquellos sádicos. ¿Llegaba ya el momento de cumplir la terrible amenaza? ¿No dejarían, al menos, que viese a Álex una última vez? Mientras colapsaba su mente un carrusel de imágenes inconexas sobre sus recuerdos y su familia, se planteó pedirles, llegado el caso, una última voluntad: abrazar a su amigo.

Acababa de entrar la reconocible figura encapuchada del jefe, seguida de su ayudante.

–Hola de nuevo, Lucía –saludó Dahmer–. Vengo a invitarte a un espectáculo que no te defraudará. Acompáñanos.

«Bueno», pensó la informática, «no parece que por el momento me vayan a llevar a mi ejecución». La chica, procurando serenarse, se levantó del castigado colchón y siguió a aquel peligroso líder, sintiendo en su nuca el aliento caliente del otro individuo de negro. La fuga seguía siendo imposible.

Tras recorrer varios pasadizos que subían hacia la superficie, llegaron hasta una compuerta metálica de la que sobresalía un diminuto cuadro de botones. Dahmer, sin mediar palabra, tecleó un código de cuatro cifras y empujó la hoja color acero, que se abrió de forma silenciosa. Ahora el jefe sí se volvió hacia su cautiva:

–Puedes pasar –invitó a Lucía, en un tono ceremonioso cargado de ironía.

La chica obedeció, sin lograr despegarse de su atento vigilante. Una vez dentro, lo que quedó ante ella resucitó su pasión por lo tecnológico, haciéndole olvidar por un instante la terrible situación en la que se encontraba: aquella estancia constituía una especie de avanzado puesto de control de unos veinte metros cuadrados, presidido por una inmensa pantalla plana de TFT de más de un metro de anchura que abarcaba la parte central de la única pared libre de ordenadores. Aquel espectacular monitor estaba apagado.

–Vaya –susurró ella, impresionada, recorriendo todo con su mirada–. Ni la NASA debe de tener estos equipos.

Lucía distinguió, entre las múltiples torretas de CPU que quedaban ante su vista, un potente procesador, medio oculto por un denso entramado de cables, un bosque de hilos bajo el resplandor de diminutas luces piloto parpadeantes. Identificó aquella máquina al momento.

–Así que aquí está el servidor del programa de los túneles –dedujo.

Dahmer asintió, complacido.

–Veo que nuestras informaciones sobre ti eran ciertas –afirmó–. Me gustan las chicas inteligentes –sonrió–. Dan más juego, nunca mejor dicho.

Lucía, intentando no hacerle caso, siguió paseando sus ojos por toda aquella habitación. Allí hacía frío, y se oía un permanente ruido de fondo como de refrigerador, algo lógico, pues todos los aparatos tenían en marcha sus ventiladores internos. Varias sillas de ordenador estaban colocadas junto a una mesa donde descansaba una caja con programas informáticos muy sofisticados. Monitores planos se distinguían aquí y allá, siempre acompañados de los correspondientes teclados. En aquel montaje se habían dejado muchísimo dinero, pero eso era algo que ya no sorprendía a Lucía: hacía horas que conocía el poder de aquella organización. ¿Cómo se financiarían? Supuso que los clientes pagaban enormes cantidades por ver a las víctimas morir poco a poco. Se le puso la piel de gallina, y no fue precisamente por la baja temperatura. Y es que su mente acababa de aterrizar, volvía a acordarse de dónde se encontraba. Y estar allí, ver aquello, equivalía a estar muerta. Jamás dejarían que saliera viva de aquellas profundidades, ahora no le cabía ninguna duda.

–¿Por qué Álex? –se atrevió a indagar, ahora que ya nada importaba–. ¿Por qué le elegisteis a él? No era usuario del juego de los túneles, ¿verdad?

Dahmer rechazó también aquella hipótesis:

–No, no lo era. Lo de tu amigo fue casualidad; por un cruce accidental de *nick*s, Álex Urbina recibió información confidencial sobre nuestro programa. Su error –el hombre paladeó aquella última palabra, emitiendo un chasquido con la lengua– fue que hizo uso de esa información que no le correspondía. Se metió en el juego. Y, por supuesto, fue detectado, como os ocurrió a vosotros. Dejarlo libre habría resultado demasiado arriesgado, así que, como sabíamos que estaba solo en casa, lo secuestramos esa misma noche.

A Lucía empezó a cuadrarle todo. Por eso llamó a Gabriel desesperado, de ahí su insistencia. Álex se dio cuenta de que venían a por él, pero no tuvo tiempo de escapar.

–¿Cómo podíais saber que sus padres no estaban en la casa? –la informática aún veía cabos sueltos–. ¿Le conocíais de antes?

Dahmer esbozó una sonrisa malévola.

–Lo cierto es que sí. Llevábamos tiempo estudiándolo como posible *candidato* para el juego. No sé si lo hubiéramos elegido al final. Quizá habría podido salvarse si no hubiera sido tan... curioso. Él vino a nosotros, en cierto modo.

–Supongo que casi todos sus «candidatos» viven por el casco antiguo...

–Sí, procuramos que así sea. Es más seguro tener cerca la red antigua de alcantarillado para garantizar que el secuestro sea un éxito. Cuanto menos se esté en la superficie, mejor.

Lucía unió aquello con lo de las tapas especiales de alcantarillas que encontraron en las proximidades de los domicilios de los desaparecidos. Todo tenía sentido.

–¿Y la carta de despedida? –ella, en su celo por la verdad, insistía en pedir explicaciones–. Era su letra...

Dahmer volvió a sonreír:

–Eso forma parte de nuestro particular método de secuestro. Los obligamos a escribir las notas para reducir las investigaciones posteriores. Podemos llegar a ser muy persuasivos, créeme. Luego cotejamos lo escrito con papeles verdaderos de la víctima, para evitar conductas... picarescas. Las víctimas acaban haciendo bien lo que les pedimos.

Lucía comprobaba que se enfrentaban a profesionales. Aunque, para animarse, se recordó a sí misma que todo el mundo comete errores. Tarde o temprano, pero se cometen.

La informática formuló un último interrogante:

–¿Y por qué Álex sigue con vida? Cuando entramos por primera vez al juego –Lucía se resistía a recordar aquellas imágenes, en el ordenador de Mateo–, ya estaba herido y rodeado de ratas.

–En eso sí ha tenido suerte el chico. Vuestros movimientos nos han mantenido tan ocupados que tuvimos que postergar su desenlace final. Qué irónico resulta que vayáis a morir vosotros primero.

* * *

A Garcés le costó poco obtener información sobre dónde vivía Raquel, y el resultado no le supuso ninguna sorpresa: la que fuera novia de Álex tenía un piso en la calle de San Pablo, en pleno casco antiguo. ¿Quizá para estar cerca de sus... amigos del subsuelo, cerca de la red de túneles romanos? ¡Necesitaba más información! Confió en que, como eran casi las ocho y media de la tarde, Raquel estuviera en casa.

Mientras se dirigía al domicilio de la joven sospechosa acompañado de su amigo Julio, el informático, recibió la llamada del detective Ramos a través del transmisor con GPS, en la que le comunicaba que ya estaba rastreando las alcantarillas próximas al pozo del callejón de las Once Esquinas. El inspector tenía la esperanza de que su compañero hubiera encontrado indicios de los chicos, pero Ramos le desengañó enseguida: ningún hallazgo que notificar.

–¿Y algo que te haya llamado la atención? –probó Garcés.

–Nada. Aquí abajo todo está normal.

–Por lo que más quieras, sigue buscando –le pidió, pisando el acelerador de su vehículo de forma inconsciente–. Y recuerda que nos enfrentamos a tipos peligrosos. No cometas imprudencias.

Al estar conduciendo, el inspector no pudo comprobar la ubicación del otro detective en la pantalla del GPS, pero lo hizo en cuanto tuvo que esperar a que un semáforo se pusiera en verde. Le sorprendió la distancia que separaba a Ramos del callejón de las Once Esquinas. ¿Tanto se estaba moviendo el policía en su búsqueda? Prefirió no añadir una nueva preocupación más a su crispada mente. Que su compañero hiciera lo que considerase oportuno. Pero que diese con los chicos.

Un cuarto de hora más tarde, tras dejar el coche mal aparcado junto al portal que les interesaba, les abría la puerta del piso Raquel en persona. Garcés comprobó que la chica no se molestaba en disimular el asombro que le producía aquella visita.

–Buenas tardes, inspector –saludó ella sin excesivo calor–. Imagino que no viene para decirme que han encontrado a ese capullo de Álex, ¿verdad? Ya paso de él. Me hizo mucho daño y solo quiero olvidarlo. Estoy superándolo. No quiero hablar de él.

«Espectacular interpretación», pensó Garcés sin modificar su gesto ingenuo. «Claro, ahora lo que le interesa es que dejemos el caso, que lo cerremos como una simple marcha de casa».

De todos modos, Garcés no podía ignorar que todavía no había confirmado su conjetura sobre Raquel. ¿Y si se había equivocado y ella era inocente?

–Hola, Raquel –la saludó–. Me alegro de que te acuerdes de mí. Vengo con mi amigo Julio, que a veces colabora con nosotros. ¿Te importa si pasamos? –Garcés sonreía procurando ofrecer un aspecto afable–. Tengo que hablar contigo.

Raquel dudó un instante.

–Es que estoy agotada –justificó su ligera hostilidad–. ¿Y si le voy a ver mañana a la comisaría?

Del interior de Garcés emergió un rotundo «no» que apenas logró reprimir.

–Me temo que mañana no puedo –mintió–. Tengo otros expedientes más importantes que hay que resolver.

Con aquella contestación, el inspector no solo impedía retrasar el interrogatorio, sino que además tranquilizaba a Raquel: acababa de insinuar que lo de Álex no era demasiado relevante. En efecto, el gesto de la chica se relajó un poco ante esas palabras.

–Está bien –concedió–, pasen. No durará mucho, ¿verdad?

Como ya estaba en el interior del apartamento, Garcés se permitió el lujo de empezar a ponerse serio:

–Dependerá de ti, Raquel.

La aludida, que los guiaba por el pasillo hacia el salón, se volvió y le lanzó una escrutadora mirada. Debió de apreciar el cambio de semblante del policía, porque al final no dijo nada y terminó de llevarlos hasta la habitación donde iban a conversar.

«Caray con esa mirada», reflexionaba Garcés, recuperándose del impacto. «Me ha atravesado todas las capas del cuerpo». Inquieto, se tanteó la culata de la pistola que llevaba bajo la axila izquierda, camuflado el bulto por la americana y el abrigo. No sabía qué se ocultaba bajo la suave apariencia femenina de aquella joven, qué peligrosas tendencias se agazapaban en su mente.

La chica los invitó a sentarse en un sofá, mientras ella se acomodaba en un sillón frente a ellos. El informático no había abierto la boca desde que llegaran a la casa y siguió sin hacerlo, pero es que así se lo había pedido Garcés, ya que su función era otra: cotillear los posibles ordenadores que pudieran encontrar.

–Ustedes dirán –comenzó Raquel–. ¿Qué necesitan de mí?

El inspector se había fijado en los detalles mientras se dirigían a la sala de estar.

–Tienes un bonito apartamento –comentó para romper el hielo–: parqué, bien situado, veo que también te has instalado un *home cinema*. ¿La casa es tuya?

Raquel suspiró de forma exagerada.

–Ya les he dicho que estoy agotada. ¿Les importaría ahorrarme las introducciones?

Garcés sonrió; qué lista era. Raquel había detectado al momento que aquella no era una simple cuestión introductoria, sino que el policía deseaba averiguar de verdad cuál era su nivel de vida.

El inspector volvió a la pose seria.

–Tienes razón, iré al grano: el piso es tuyo?

Raquel abrió un poco más los ojos; fue algo casi imperceptible, pero suficiente como para que el policía se percatara. La audacia de Garcés al insistir la estaba poniendo en guardia.

–Sí, inspector. Es mío. Bueno, aún no he acabado de pagarlo.

–¿Cuántos metros cuadrados tiene?

–Noventa. ¿Han venido hasta aquí para preguntarme cómo es mi casa?

El inspector ya se esperaba esa resistencia.

–No –respondió–, pero puede ser una información útil para nosotros.

Ella no se sintió satisfecha con esa contestación.

–¿Y en qué clase de investigación están metidos, para que les sea útil la descripción de este piso?

Garcés no la dejó avanzar más:

–Todo a su tiempo, Raquel –la contuvo–. Por el momento pregunto yo, ¿de acuerdo?

La joven asintió, no sin cierta prepotencia. Su propio aspecto insolente parecía decirle al policía que no iba a sacar nada en limpio. Julio se removió en su asiento, incómodo ante la situación. Él no estaba acostumbrado a atmósferas tan tensas.

–¿A qué te dedicas, Raquel? –siguió indagando Garcés, procurando ignorar la pose impertinente de la interrogada.

–Tengo un cibercafé.

Desde luego, semejante ocupación encajaba a la perfección con la hipótesis de Garcés. El inspector sacó su libreta y comenzó a apuntar cosas. Sin despegar los ojos de su papel, lanzó el primer dardo, destinado a poner nerviosa a su presa:

–¡Vaya, debes de sacar mucha pasta si ya te has comprado un piso de noventa metros cuadrados en pleno centro de Zaragoza!

Raquel no se dejó intimidar:

–Es que soy muy ahorradora, inspector. Y los juegos de ordenador en red atraen a muchos chicos, como sabrá.

Aquella observación dejó helado a Garcés. «Atraen a muchos chicos». El verbo que acababa de emplear Raquel –seguro que con toda intención– sonaba a trampa, a caza, a emboscada. Era probable que más de un desaparecido de los que investigaba hubiera jugado en aquel lugar alguna vez. El *ciber* camuflaba una trampa mortal. La osadía de aquella joven, que se permitía hablar con tal libertad en presencia de la policía, era inconcebible.

—Espero que, llegado el caso, puedas justificar tus ingresos a Hacienda.

La chica sonrió.

—Ya sabe cómo se curra en mi sector. Es normal contabilizar en negro. ¿Me va a denunciar?

«La muy rastrera mantiene la compostura. Lo que le preocupa no es que Hacienda le ponga una multa. Ahora sí me he convencido de que tiene secretos mucho peores. Secretos inconfesables».

—¿Vives sola?

—Sí. Ya disculpará que Álex, mi antiguo novio, no haya podido estar aquí para recibirle. ¿No le habrá visto, por casualidad?

El sarcasmo había sido brutal. Sobre todo si, en efecto, ella estaba implicada en su desaparición. Garcés estaba comprobando que su contrincante no iba a ser fácil. Y no disponía de mucho más tiempo. ¡Tenía que lograr que «cantase» todo lo que sabía!

—Si evitas las ironías, seguro que acabamos antes —le advirtió Garcés.

—Supongo que han venido a hablar de Álex, y ya les he dicho que no me apetece. No pienso ser más agradable. ¿O es que ya ha olvidado que pasó de mí y se largó?

—Bueno. Al menos, gracias por tu franqueza. Espero que sigas igual de sincera conforme avance el interrogatorio.

El inspector se quiso morder la lengua, pero ya era tarde. Aquella mujer le crispaba a pesar de sus años de servicio. Raquel esbozó una sonrisa.

—¿Así que esto es un interrogatorio? —le atacó—. ¿De qué me pueden interrogar a mí? Además, no creo que sea legal hacerlo sin que esté presente mi abogado, ¿no?

—Tampoco es que sea un interrogatorio exactamente... —se defendió Garcés, a punto de perder las riendas—. Bueno, ¡basta ya! Déjate de gilipolleces, ¿vale?

—Vale, vale. Tranquilo.

Ella no alteraba su gesto divertido, lo que descompuso al inspector. No obstante, este no dejó traslucir su malestar. Allí el más profesional era él, y estaba dispuesto a demostrarlo. Sobre todo ante esa cría de veinticuatro años, por muy monstruosa que fuese por dentro.

—¿Me va a contar ya de qué va este rollo, inspector? —concluyó ella—. O seguimos jugando...

El aludido aceptó el órdago:

—De acuerdo, yo también me voy a dejar de rodeos: sabemos que estás involucrada en la desaparición de Álex Urbina, y he venido como avanzadilla para ofrecerte la posibilidad de que cooperes, con lo que saldrás mejor parada cuando todo esto acabe. Y esto acabará muy pronto, Raquel. Te lo garantizo.

La joven soltó una breve carcajada.

—¿Pero de qué está hablando?

El informático se mantenía al margen, sus ojos centrados en la ventana de la habitación. Solo deseaba que aquello terminase. Y no terminaba.

—Lo sabes muy bien, déjate de disimulos —la acusó Garcés—. Te advierto que si no colaboras ahora, luego será tarde...

—No entiendo nada de lo que dice, de verdad...

El inspector ya contaba con que la chica no se derrumbaría tan pronto, aunque tenía que reconocer que era mucho más dura de lo que había imaginado. Menuda pieza. Garcés se fijó en un extraño medallón, bastante grande, que colgaba de su cuello.

—¿Y ese colgante? —le preguntó, cambiando de táctica.

Raquel se encogió de hombros.

—Me lo compré en un mercadillo.

El inspector alargó el brazo para tocar el adorno.

—¿En un mercadillo? —insistió—. Pues es de oro, y con ese tamaño...

—En esos sitios se puede encontrar de todo, no solo lo barato. ¿Tan paranoico está que incluso esta medalla le parece sospechosa? ¿No se le está yendo la cabeza?

El policía hizo caso omiso de aquel comentario.

—¿Puedo verlo de cerca?

Raquel se lo pensó un momento pero accedió, quitándoselo del cuello y depositándolo sobre la palma abierta de una de las manos de Garcés. Este estudió la joya unos segundos: por un lado no había nada, pero por el otro aparecía inscrita la palabra *Obscuritas*, y debajo un minucioso grabado en forma de guadaña.

—¿Obscuritas? —indagó Garcés—. Eso es latín, ¿no? Significa «oscuridad», supongo.

—Muy bien, inspector. Aunque la traducción no tiene mucho mérito.

–Y luego la guadaña, un clásico símbolo de la muerte. Te va lo siniestro, por lo que veo.

–Un poco.

Garcés vio que solo lograría vencerla si la convencía de que sabía más de lo que en realidad sabía, así que lanzó el farol:

–Oscuridad. Como la de los túneles romanos que hay bajo Zaragoza, ¿verdad, Raquel? ¿Te suena eso de algo?

Ahora la cara de la chica mostró una confusión sincera.

–Cada vez le entiendo menos, inspector. Creo que se equivoca de persona.

Ahora Garcés perdió el control, atormentado por la impaciencia, y la acusó a gritos:

–¡Tú sabes quién encargó el plano que elaboraron Valls, Alonso y Balmes, así que dímelo!

–Lo lamento –la cantinela de la chica se repetía–. No sé de qué habla, de verdad.

Por primera vez, Garcés se planteó la opción de que la chica no estuviese informada de lo que se hacía con las víctimas tras atraparlas, que tan solo tuviese como misión seleccionar a los elegidos y facilitar su rapto. De ese modo, el sistema de aquella organización criminal era mucho más seguro: si Raquel cometía un error, la policía nunca daría con el cerebro de la banda ni con las instalaciones donde se llevaba a cabo la sanguinaria actividad delictiva, dando tiempo a que los peces gordos se escabullesen. Perfecto.

Vaya. Aquello complicaba todavía más las cosas.

–Mira, Raquel –reanudó Garcés–, será mejor que nos cuentes todo lo que sabes. A mí no me vas a engañar. Tú te encargas desde el *ciber* de elegir a los chicos para el juego de los túneles. Falta muy poco para que todo salga a la luz. Y entonces, ya no podré hacer nada por ti. ¿No te parece que eres muy joven para renunciar a tu libertad? Si te caen treinta años de cárcel, ¿a qué edad reharás tu vida? En cambio, los tipos importantes para los que trabajas se saldrán con la suya. Tú pagarás los platos rotos. Siempre pasa.

Aquellas palabras sí parecieron hacer mella en la chica, que empezó a mostrar una leve inseguridad. Garcés intuyó que faltaba poco para que se decidiese a hablar. Tenía que seguir minando su fortaleza, y así se apresuró a intentarlo:

—Apenas queda tiempo —avisó—. Ahora mismo el detective Ramos, un compañero de la policía, está ya en las alcantarillas de esta zona. ¿Te dice algo el callejón de las Once Esquinas? ¡No te cortes, Raquel, confiesa y acabemos ya!

—¿Ramos? ¿Han enviado al detective Ramos?

El inspector cayó en la cuenta de que seguro que Raquel conocía al policía, pues era el que se había encargado de buena parte de todas aquellas desapariciones. Lo que le pilló por sorpresa fue la repentina carcajada que soltó ella. Después volvió a serenarse, de una forma tan brusca como la que había protagonizado su violenta risa.

—Raquel, creo que no te estás dando cuenta de lo que hay en juego —diagnosticó el inspector, sin entender su actitud—. No es momento para que te comportes como una cría.

—Tiene razón —concedió ella, de improviso dócil—. Perdone.

Garcés se la quedó mirando: sí, era ella, pero algo acababa de cambiar aparte de su tono. No pudo precisar qué era. Estudió su rostro, su postura, sus poderosos ojos... Eran sus ojos, en aquel instante lo percibió. Le enfocaban de otra manera, habían recuperado su fuerza. Por alguna misteriosa razón, Raquel volvía a exhibirse blindada frente a las presiones. El inspector había desperdiciado sus fugaces minutos de debilidad y ahora ella surgía con energías renovadas. Era otra vez el inaccesible adversario del principio.

Garcés maldijo en su interior. La chica, mientras tanto, se erguía sobre el sillón, en una insultante actitud controladora. Sus labios esbozaban de nuevo la insoportable sonrisa desafiante. Raquel aguardaba, ya sin temor, la siguiente maniobra del inspector. Este supo, en definitiva, que su farol había sido descubierto: ella albergaba ahora la convicción de que la policía no sabía nada de lo de Álex. Todo el rollo anterior no había servido para nada.

Garcés se veía incapaz de concretar el fallo cometido que había provocado el cambio de papeles, pero debía continuar; el tiempo apremiaba más que nunca.

—Enséñanos tu ordenador —exigió a la joven, con el tono más seco que pudo encontrar.

—Aquí no tengo, inspector —ella adoptaba ahora una imagen inocente que no le pegaba nada. Sin duda podía interpretar muchos papeles, pero los ojos la traicionaban: no era trigo limpio.

—¿No tienes ordenador en casa?

–No, utilizo los del *ciber*.

Garcés se levantó del sofá y se puso a pasear, frenético. ¿Por qué absolutamente nada de aquel caso estaba resultando fácil? Ya se disponía a pedirle a Raquel que los llevara a su cibercafé, cuando el recuerdo de la última carcajada de la chica le taladró el cerebro, provocando que sus neuronas trabajasen con especial claridad. Gracias a aquel detonante, el inspector vio a distancia, por primera vez, el rompecabezas al que se enfrentaba. Solo entonces pudo relacionar las piezas que todavía permanecían sueltas.

Y entre aquellas piezas también estaba el detective Ramos. Alucinante, pero cierto. Fue como un chispazo, una llamarada en su mente que iluminó por un segundo las zonas que todavía se mantenían oscuras. Y vio a Ramos, lo reconoció. Y resultó que, con el detective, el rompecabezas encajaba. Así de simple. Garcés entendió entonces por qué su compañero se empeñaba en encargarse de casi todas las desapariciones de la zona, por qué se había cabreado tanto cuando él se ocupó del caso de Álex Urbina. Y por qué no había fotos ni información de las novias de los desaparecidos, lo que había impedido hasta el último momento que se detectase la implicación de Raquel en todo aquel infierno. Ramos había sido meticuloso en sus turbias funciones.

Al principio, el inspector rechazó todos aquellos pensamientos, pero poco a poco se vio forzado a aceptarlos. Le invadió una tristeza brutal. Su propio compañero era un corrupto, estaba manchado de sangre joven e inocente. Un asesino más, al fin y al cabo, aunque no hubiese empuñado ningún instrumento con los que se había torturado a los chicos secuestrados. A saber la enorme cantidad de dinero que se habría embolsado por orientar las pesquisas policiales hacia puntos muertos. ¿Cómo podía dormir tranquilo, conociendo el horror que protegía? En la ciudad caminan monstruos.

Con razón Ramos le insistió para que abandonase sus investigaciones sobre Urbina, recordó Garcés. Y por eso había accedido tan pronto a ayudarle para buscar a los chicos cuando se lo había pedido en su despacho. La cara de sorpresa que mostraba el detective mientras hablaban no era, ahora lo entendía, por lo que le estaba contando; Ramos, en realidad, se había quedado de piedra al comprobar todo lo que había averiguado ya Garcés. ¡Y vaya prisa se había dado para comenzar su búsqueda! «Hijo de puta».

El inspector ya comprendía la carcajada de Raquel. Horrorizado, se dio cuenta de que, para intentar salvar a Gabriel, Mateo y Lucía, había enviado tras ellos a un cómplice de los secuestradores de Álex. Una maniobra surrealista muy divertida a los ojos de Raquel, claro. Con razón las amenazas que había lanzado contra ella no habían surtido efecto alguno. Sin interrumpir sus pasos por el pasillo de la casa de la sospechosa, el inspector se tiró de los pelos, abrumado. Todo se había convertido en un despropósito. Volvió al salón, donde ni Raquel ni el informático se decidían a romper el silencio que se había impuesto. Qué solo se sentía en aquellos agónicos instantes.

Garcés utilizó su móvil para hacer una comprobación. Tal como imaginaba, Ramos no había cogido ningún equipo antigás para bajar a las alcantarillas. Ojalá hubiera sido un gesto noble para ganar tiempo incluso arriesgando su vida, pero no se trataba de eso. Y es que el detective Ramos sabía que no necesitaría el equipo en los túneles a los que se dirigía a toda prisa. Conocía su destino, y su auténtico objetivo encubierto bajo la misión policial: encontrar a los chicos y hacerlos desaparecer para siempre.

Claro. El inspector ya sabía, por otra parte, de dónde salía toda la información que parecía tener la organización criminal a la que se enfrentaban, una pregunta que se había formulado hasta la saciedad durante los últimos días: ¡tenía un topo en la propia comisaría!

—En pie, nos vamos —anunció en el salón.

—¿De qué va? —se rebeló Raquel, agresiva—. Se supone que esto solo iba a durar un rato. Yo no voy a ninguna parte.

Garcés no estaba para impertinencias, así que optó por el argumento de mayor peso del que disponía para convencerla: sacó la pistola y la apuntó.

—No te he preguntado lo que te apetece hacer —aclaró, ante el gesto asustado de Julio—. He dicho lo que vas a hacer. Andando. Y dame tu móvil, no me fío ni un pelo de ti. Ya estudiaremos qué números tienes en la agenda; algo encontraré por lo que te pueda pillar. De eso estate segura.

—¿Adónde vamos? —quiso saber ella, ahora más nerviosa.

—A casa de Ramos, guapa. Seguro que ya has estado allí, ¿verdad? El círculo se cierra. Y tú estás en medio.

Raquel guardó silencio, pero su creciente inquietud era muy visible. Garcés paladeó aquel pequeño triunfo sobre ella, al tiempo que la registraba para evitar futuros sustos. Ya no se fiaba de nadie. Le encargó al informático que no la perdiese de vista en todo el trayecto, e incluso estuvo tentado de esposarla.

Con respecto a los ordenadores del *ciber* de la chica, no merecía la pena revisarlos; estarían limpios. Sin embargo, en el domicilio de Ramos –que también vivía en el casco antiguo, por supuesto– seguro que encontraban algo, pues este no habría previsto jamás un registro en su propia casa. Muy preocupado por la suerte de Gabriel, Lucía y Mateo, el inspector intentó una última maniobra antes de meterse en el coche: detener el avance de Ramos, al que llamó por el transmisor GPS. Si su compañero aún no había localizado a los chicos...

–Hola, Paco –contestó el detective a los pocos segundos.

Aquella voz se le hizo odiosa a Garcés, pero mantuvo la compostura. El mínimo titubeo arruinaría su intento:

–Hola. Oye, supongo que no habrás encontrado nada, ¿verdad?

–Todavía no.

Garcés rogó por que fuera cierto, y que Ramos no estuviera hablándole apoyado sobre los cadáveres de los jóvenes.

–¿Tú has averiguado algo? –preguntó el detective.

Llegaba el momento de mentir:

–Pues no –respondió Garcés–. Pero, según los últimos indicios, no creo que los chavales se hayan metido por ahí, así que ya puedes volver. Te necesito conmigo. Esto está muy complicado.

Al otro lado de la comunicación se hizo un breve silencio. Ramos estaba valorando el verdadero sentido de las palabras del inspector. Recelaba.

–Bueno, echaré una última ojeada y vuelvo, Paco. Te aviso en cuanto llegue, ¿de acuerdo?

–Vale.

Garcés había contestado de mala gana, disgustado. No había colado su mentira. Ramos, de forma elegante, había logrado justificar que continuaba su persecución sin darle al inspector ninguna posibilidad de insistir. «Mierda».

Sí, ya no cabía la más mínima duda: Ramos era uno de los malos de aquella terrible película que estaban viviendo. ¡Cuadraban tantas piezas gracias a él! Ahora Garcés entendía por qué su compañero se había encargado de investigar la muerte de Valls. Incluso cabía la posibilidad de que lo hubiera matado él. Y el truquito de dejar una bolsa de droga junto a su cadáver, para falsear el móvil del asesinato, seguro que era idea suya.

«No montes ningún espectáculo aquí hasta que te comunique si he descubierto algo; no se trata de arruinar tu carrera por nada», habían sido las últimas palabras de Ramos antes de salir a buscar a los chicos. Menudo cabrón; lo que de verdad pretendía no era que Garcés conservase su trabajo, sino tener tiempo para eliminar cualquier rastro comprometedor antes de que apareciesen todos sus compañeros.

–Ahora sí que hay que correr –anunció a los ocupantes de su vehículo mientras se acomodaba frente al volante–. A toda leche.

El inspector colocó la sirena a su coche, la conectó y salió disparado. Como ya todo estaba en juego, avisó por radio a la comisaría y pidió que mandaran refuerzos a la zona de alcantarillado donde se encontraba Ramos, según el GPS. Les indicó el pozo de acceso más próximo a aquel enclave y les mencionó también la entrada del callejón de las Once Esquinas. Solo aclaró que había varios jóvenes desaparecidos que corrían peligro en aquella zona. Confiaba en que si Ramos veía compañeros suyos cerca, no se atrevería a hacer nada a los chicos.

Mientras volaba por las calles, se percató de que la ubicación de Ramos que señalaba el GPS no se correspondía con ningún tramo existente de alcantarillado. En teoría, en el punto señalado solo tendrían que estar las más superficiales entrañas de la Tierra. Supo así que Ramos se encontraba ya en la misteriosa red de túneles romanos.

De lo que no se dio cuenta el inspector fue de que la localización del detective en la pantalla se mantenía fija desde la llamada por el transmisor. Ramos había decidido deshacerse del comunicador GPS, para reanudar su caza con rumbo desconocido. Ya pertenecía por completo al reino de la oscuridad, nadie podía seguir su rastro.

12
OBSCURITAS

La enorme pantalla plana emitió un zumbido cuando Dahmer se puso ante el teclado y presionó los botones correspondientes a la clave. Mientras su ordenador procesaba la orden, se volvió hacia Lucía, sentada a la fuerza cerca de él:

–Ahora prepárate y observa. Va a ser divertido.

La joven informática apreció en la sonrisa que le dirigía Dahmer un grado extremo de sadismo. Solo le faltaba relamerse ante las imágenes que iban a surgir frente a ellos. ¿Qué se disponían a ver?

Lo primero que apareció en el monitor gigante fue un tramo de corredor muy similar a los que ya conocía Lucía, con la salvedad de que contaba con puertas en sus extremos. Ambos accesos estaban cerrados, y a la luz tenue de las antorchas que permanecían enganchadas en las paredes de piedra, la chica distinguió el movimiento impaciente de un animal. Se trataba de un perro, aunque era un ejemplar muy grande.

–Es un espléndido rottweiler de cincuenta kilos –informó Dahmer, orgulloso–. Los criamos nosotros y están adiestrados para destrozar a cualquier ser vivo con el que se encuentren. Incluyendo los seres humanos, que son, de hecho, su especialidad.

–¡Están locos! ¿Para qué quieren bestias así? –Lucía estaba harta de tanto horror–. ¿Es que nada les parece suficientemente malo?

Dahmer soltó una carcajada.

–El miedo es una sensación sublime –afirmó, casi en éxtasis–, que convierte la capacidad de generarlo en un arte. A nuestro modo, somos artistas. Aquí conseguimos que la gente experimente sensaciones que ni en sus peores pesadillas lograron concebir. El objetivo es alcanzar el terror en estado puro, una especie de «nirvana del horror» al que se llega... sufriendo. Solo la muerte demuestra que se ha llegado al límite.

Lucía alucinaba con lo que estaba oyendo.

–Pensaba que estaban locos, pero me he quedado corta. Por mucho que quiera adornar sus actividades, son vulgares asesinos. Y la crueldad nunca es una virtud.

El saber que sería sacrificada antes o después la dotaba de una osadía suicida. Por su parte, Dahmer ignoró sus palabras, aunque debieron de molestarle.

–Es un animal precioso, ¿verdad? –él no separaba sus ojos de la pantalla–. Va directo al cuello, y en cuanto saborea la sangre, ya no suelta a la víctima. Es espectacular.

Lucía cerró los ojos, negándose a ver nada más.

–Paso de usted y de su montaje. Me dan asco.

–Peor para ti. Lo que viene a continuación te interesa. ¿Sabes por qué este simpático perrito aguarda inquieto junto a esa puerta? Porque ha olido carne humana. ¿E imaginas a quién pertenece esa carne que le excita?

Llegados a ese punto, Lucía volvió a atender al monitor, espantada ante las posibilidades que se le ocurrían. Se negaba a asumir todo lo que estaba ocurriendo. La voz de Dahmer llegó hasta ella como un hachazo:

–Son Gabriel y Mateo, Lucía. Tú los has conducido a la muerte.

–¡Mentira! ¡Se está inventando todo eso para hacerme sufrir!

–Bueno, eso se comprueba con facilidad.

Dahmer tecleó unos comandos, y en la pantalla surgió la perspectiva ofrecida por una cámara de vídeo situada al otro lado de la puerta asediada por el perro. En efecto, en la nueva escena se veía a uno de los tipos de negro metiendo una llave en la cerradura del acceso, mientras Gabriel y Mateo se mantenían apartados algo más atrás. Lucía pegó un grito.

–¡Por favor, no deje que terminen de abrir la puerta, por lo que más quiera!

–Lo lamento, pero ahora no puedo interferir. Un cliente que permanece conectado está pagando mucho dinero por ver esto. De hecho, él es quien ha dado la orden del ataque canino –se encogió de hombros, adoptando una pose irónica–. Ya sabes cómo son estas cosas, me debo a mi público. Por desgracia, tus amigos no oirán al animal hasta que sea demasiado tarde: nuestros perros no ladran. Han aprendido que el mejor asesino es el silencioso. ¿Te interesa ver un primer plano del animal?

En la pantalla se vio la cabeza del rottweiler, cuyas fauces medio abiertas empezaban a gotear espuma, enseñando unos dientes blanquísimos.

Lucía se echó a llorar, colapsada por las circunstancias.

* * *

El tipo de negro sacó la llave de la cerradura antes de proceder a abrir la puerta. Gabriel y Mateo, tensos, aguardaban a un par de metros.

−¿Y si echa a correr en cuanto cruce la puerta y se escapa? −receló el pijo.

Gabriel negó con la cabeza.

−Mírale, tiene tanto miedo como nosotros. No huirá antes de comprobar bien si hay algo peligroso en el siguiente tramo. Y para entonces ya estaremos otra vez junto a él.

El prisionero, ajeno a aquella conversación en susurros, comenzó a empujar la puerta poco a poco. Detuvo su movimiento cuando el hueco libre que había dejado la gruesa hoja de madera permitió asomar la cabeza, lo que hizo para estudiar el nuevo panorama con mayor protección.

Los chicos, que en aquel momento solo veían el cuerpo de su rehén inclinado hacia delante, y oculto desde los hombros por la puerta, aún se pusieron más nerviosos. ¿Qué estaría viendo?

A partir de aquel instante, todo sucedió a una velocidad vertiginosa: llegó hasta ellos el bronco sonido de un gruñido feroz, se oyó el ritmo ansioso de unas patas pesadas golpeando contra el suelo, y adivinaron cómo su prisionero, gritando, procuraba recuperar su posición inicial y cerrar el acceso del que parecía provenir la bestia que todavía no veían. No lo logró ni ellos tuvieron tiempo de ayudarle. El tipo de negro aulló entonces de dolor. El animal le había alcanzado y la puerta, ya libre de la resistencia de sus brazos, se abrió de golpe dejando a la vista una escena atroz: el prisionero caía de espaldas, empapado de sangre, mientras un enorme perro oscuro, de poderoso tórax y fieras mandíbulas, destrozaba su garganta a dentelladas.

Como era evidente que ya no podían ayudar a aquel desgraciado, echaron a correr alejándose de la puerta, pues no sabían cuánto tiempo dedicaría el perro a su primera víctima. Sin embargo, su fuga acabó enseguida: al final del corredor acababa de surgir una figura humana, lo que les provocó un susto considerable. Nadie que apareciera por allí podía tener buenas intenciones. Para colmo, seguían escuchando tras ellos los nauseabundos ruidos que provocaba la masticación del perro y los gemidos ya casi inaudibles de su presa.

−¡Eh, chicos! −llamó de repente el recién llegado, enseñando una credencial−. ¡Soy el detective Ramos, compañero del inspector Garcés! He venido a ayudaros. ¡Rápido, acercaos y salgamos de aquí!

Mateo emitió un grito de triunfo, y ya echaba a correr en dirección a su salvador, cuando Gabriel le agarró de la ropa, deteniéndolo.

−¿Qué haces? −gritó el pijo, a quien le obsesionaba la idea de alejarse de la bestia que tenían a escasos metros−. ¿Estás loco? ¡El perro vendrá enseguida a por nosotros! ¡Vamos!

−¡Reacciona, Mateo! ¿No has aprendido todavía que no nos podemos fiar de nadie? ¿Cómo coño ha llegado hasta aquí ese tío, y solo? ¡Es imposible!

−Pero...

−Tampoco hemos oído ningún arma, ni luchas... Además, si Garcés hubiera descubierto todo esto, habría venido él, y con bastantes refuerzos. Esto es muy raro...

Un disparo retumbó por todo el túnel hiriéndoles los oídos, como un trueno salvaje que intentase reventarlo, y de una piedra próxima a Gabriel saltaron esquirlas que le arañaron una mejilla. ¡El desconocido, que había oído las palabras del intelectual, les disparaba antes de que pudieran marcharse!

Aquel peligro era aún más serio que el animal, así que echaron a correr hacia la puerta de las calaveras con los cuchillos preparados, por si el perro decidía pasar al segundo plato. La adrenalina daba alas, se movían como dementes, habrían saltado sobre el rottweiler si hubiese hecho falta. Un nuevo tiro volvió a hacer estallar aquella atmósfera, dejándolos sordos durante varios minutos. Por fortuna, el perro también sufría aquellos disparos, y permanecía atontado cuando lo esquivaron para alcanzar el acceso al otro tramo del corredor. El rehén era ya un cadáver decapitado.

Una tercera detonación rebotó en las piedras. Ramos también corría pistola en mano. Mateo sintió cómo algo le quemaba en un hombro, pero debido a su propia ansiedad no experimentó ningún dolor, y eso que llegó a deducir que le había alcanzado una bala. Gabriel y él terminaron de atravesar la puerta de madera y la cerraron a sus espaldas, aunque sin el pestillo: no tenían la llave, que debía de haberse quedado en algún charco de sangre junto al cuerpo de su antiguo prisionero. Siguieron corriendo, sin tiempo para fijarse en el nuevo escenario al que se incorporaban.

Al otro lado de la puerta que dejaban atrás, más disparos y, por primera vez, gemidos del rottweiler, que reaccionaba ya atacando a Ramos. Gabriel lo celebró; eso les daba más segundos de carrera.

* * *

En ese preciso momento, los policías se encontraban en el piso de José María Ramos. Mientras Julio procuraba sortear el obstáculo de la contraseña en el ordenador del detective corrupto, el inspector Garcés buscaba como un poseso entre los papeles de su compañero. El tiempo iba pasando, y ahora ya se había percatado de que Ramos había abandonado el transmisor GPS para moverse sin control. En la cabeza del inspector retumbaba el tictac de un reloj imaginario, gigante, cuyo minutero vertical de varios metros de altura, de canto afilado como la cuchilla de una guillotina, iba cayendo cada sesenta segundos acercándose a su cuello. Ni Dalí habría concebido algo así para retratar la amenaza del transcurso del tiempo. Pero es que hacía días que todo lo vinculaba con la muerte.

Raquel permanecía en el salón del apartamento, esposada a una pesada mesa de mármol. Garcés no quería más sorpresas ni distracciones. Y había llegado a la conclusión de que de ella no podrían sacar más datos. Solo era una pieza insignificante en aquel entramado, a la que habían manipulado a cambio de dinero. Aunque ella hubiera querido, no habría podido conducirlos hasta el epicentro donde nacía el mal que combatían.

–¿Tienes algo? –gritó desde su habitación el inspector, dirigiéndose a Julio.

–¡Nada, sigo en ello! –contestó el otro, en el dormitorio donde había encontrado el portátil de Ramos–. Esto está muy bien protegido. ¿Y tú, cómo vas?

–Tampoco he encontrado nada. No hago más que leer cartas, folios, notas... Pero no veo ningún papel que me llame la atención, que me diga algo. ¡Venga, va, podemos conseguirlo! ¡Solo nos hace falta un poco de suerte!

Garcés localizó una agenda de Ramos, y el corazón se le aceleró. Allí podía haber alguna información interesante. La repasó página por página, pero lo único que vio fueron teléfonos de familiares y amigos, sin ningún comentario añadido que pudiera orientarle. Entonces recordó, consternado, que su compañero siempre llevaba una agenda electrónica, una PDA.

—¡Julio! —llamó—. Ramos tenía una PDA, así que a lo mejor ni aquí ni en el ordenador conserva nada comprometedor. Si es así, estamos listos.

El informático se le acercó desde el dormitorio.

—Dos buenas noticias: primera, ya he conseguido meterme en el ordenador; y segunda noticia: si tu compañero tenía una PDA, seguro que descargaba información de vez en cuando al portátil. Lo suele hacer la gente, porque si todo lo guardas metido en la agenda y un día la pierdes o te quedas sin batería... Por eso puede que tengamos el contenido de la PDA en su portátil.

—¡Genial! —el inspector volvía a concebir esperanzas—. Pues revísalo bien. Yo seguiré cotilleando papeles, a ver si adelanto algo.

Mientras Julio se marchaba a la otra habitación, Garcés empezó a abrir cajones y a examinar su contenido, hasta que el membrete de un documento atrajo su mirada como un imán: era una especie de logotipo en forma de guadaña. ¡Con un diseño idéntico al del medallón de Raquel!

Como Garcés prefería confirmarlo, agarró el papel y, con él en la mano, se acercó hasta la estancia donde continuaba la chica, que mantenía la vista fija en el suelo. ¿Qué estaría pasando ahora por su cabeza?, se preguntó el policía.

—Raquel, enséñame tu colgante otra vez. Por favor.

Ella se lo sacó de debajo del jersey sin soltárselo del cuello, y así pudo el inspector ratificar su suposición. Los diseños coincidían.

—Bueno —pensó Garcés en voz alta—, vamos avanzando.

El contenido del documento era una simple frase: «La reunión tendrá lugar el día veinte de diciembre a las 20:00 h», acompañada de una firma, que más o menos se podía leer: «Arturo...». El inspector no acababa de entender la dudosa caligrafía de la palabra que venía a continuación, y que tenía que referirse al apellido: «Rumas», «Rumos»... ¿Qué coño ponía ahí? Ya iba a llamar a Julio, cuando cayó en la cuenta de que su compañero corrupto tenía un tío empresario del que en ocasiones le había hablado, y que se llamaba Arturo Ramos. «Ramos», esa era la segunda palabra de la firma.

El inspector, perplejo, se tomó unos segundos para sacar la única conclusión posible: «Así que el cerebro de todo aquello era el tío del detective». Tremendo. De esa forma empezaba a entender cómo se había metido Ramos en todo aquel tinglado.

Sí, el tal Arturo Ramos debía de tener unos veinte años más que su sobrino, así que la edad se correspondía con la que Garcés había calculado que tenía el famoso cuarto hombre: el invisible tipo que encargó el plano de los túneles romanos al profesor Valls y al arquitecto Alonso, trabajo para el que colaboró el señor Balmes. A todos los había asesinado Arturo Ramos –él o sus secuaces– para evitar que Garcés llegase hasta él. Claro, tenía un informante de lujo: su mismísimo compañero en la policía.

Además, el tipo estaba forrado, según contaba en ocasiones el sobrino, y sus negocios, de acuerdo siempre con lo que le decía José María, se centraban en el sector de la informática. Sí, todo cuadraba.

–¡Julio! –gritó, al tiempo que se lanzaba a correr hasta el despacho donde se encontraba el aludido–. ¿Has encontrado el contenido de la PDA?

–Sí –contestó el informático, volviéndose–. Pero no veo nada interesante, solo direcciones y...

–¡Eso es justo lo que necesito! Búscame la dirección de un tal Arturo Ramos.

–Sí, aquí está. ¿Tomas nota? Vive...

–Cerca de aquí. Por el casco viejo, ¿verdad?

Julio le miró sorprendido:

–Pues sí. ¿Cómo lo sabes?

* * *

En la pantalla, el presunto policía que había disparado a Gabriel y a Mateo se limpiaba las salpicaduras de sangre que le había provocado el perro que acababa de matar. Le habían hecho falta cuatro balazos para terminar con él, vaya bicho. Tomándose un respiro, volvió a cargar su arma y caminó hasta la puerta de madera. En cuanto la atravesó, salió del alcance de aquella cámara de vídeo. Continuaba la persecución.

–Espectacular, ¿verdad? –comentó Dahmer, satisfecho–. Mis clientes tienen que estar disfrutando mucho. De momento, tus amigos siguen vivos; ya veremos cuánto aguantan. La suerte se acaba, tarde o temprano.

–Por favor –suplicaba Lucía–, ¿es que no ha conseguido bastante? Ya nos tiene a Álex y a mí. Déjelos a ellos libres.

–Conmovedor, niña. Realmente conmovedor. Pero, como ya te he explicado antes, no está en mi mano concederte una petición así. Ahora será mejor que continuemos observando lo que les depara el destino. Otro de mis clientes ha dado una suculenta orden, a cuya ejecución enseguida asistirás.

Dahmer tecleó un código y, al momento, Gabriel y Mateo volvían a aparecer en la gran pantalla de aquel puesto de control. Los dos iban corriendo, pero el pijo se quedaba atrás. Una mancha oscura se iba extendiendo por uno de sus brazos. Lucía vio cómo el jefe, que no se había quitado la indumentaria negra, aplicaba el zoom para ver mejor aquello.

–Vaya, vaya –Dahmer insistía en hacer de comentarista, lo que repugnaba a Lucía–. Pero si nuestro joven amigo está herido... Mal asunto. En la naturaleza, que es sabia, con frecuencia los animales heridos se ven obligados a dejar la manada. Lo que importa es la seguridad del grupo, y proteger a integrantes débiles puede resultar caro, muy caro...

De repente, sonó un pitido que empezó a repetirse aumentando de volumen. Dahmer se levantó de su sillón y, dando unos pasos, alcanzó un pequeño auricular que se puso junto a la oreja.

–¿Sí? Vaya –su cara mostraba ahora preocupación–. Así que hay policías por la red de alcantarillas. Avisadme si se aproximan al acceso; ahora tengo un asunto importante entre manos.

Lucía no hizo ningún comentario, pero acababa de recibir un soplo de aire fresco a un montón de metros de profundidad.

* * *

Gabriel, asistiendo a Mateo, había atado un pañuelo con fuerza alrededor de la zona del bíceps, un improvisado torniquete para que perdiese menos sangre. La herida de bala se veía muy bien en el brazo del pijo, pero no había orificio de salida: el proyectil seguía alojado en su cuerpo. Mateo sudaba.

—Gabriel, me estoy mareando —le susurró a su amigo—. Esto es una mierda.

—Venga, no te puedes rendir ahora. No podemos andar lejos de la salida.

Mateo se echó a reír de puro sarcasmo, lo que aumentó sus molestias por el movimiento.

—Qué mentiroso eres. No tenemos ni idea de dónde estamos.

El intelectual le ayudó a levantarse sin hacer más comentarios, se quedó con su mochila y reanudaron la carrera a una velocidad moderada. En apariencia, habían dado esquinazo a Ramos. Varios pasadizos después, llegaban a una nueva puerta.

—Al menos en esta no hay calaveras grabadas —observó Gabriel—. Probemos a ver si está cerrada.

El intelectual agarró el picaporte y, al empujarlo hacia abajo, notó cómo la pieza de metal de la cerradura retrocedía en el interior de la hoja de madera hasta dejar vía libre. Empujó entonces un poco, y la puerta comenzó a abrirse sin ningún problema. Dada su última experiencia, no se atrevió a continuar para ver lo que les ofrecía el siguiente espacio al que llevaba aquel acceso. ¿A lo mejor otro perro rabioso?

Gabriel solo había impulsado la puerta lo justo para dejar ante su vista una ranura de unos cinco centímetros de grosor, a través de la cual se dedicó a estudiar el nuevo tramo: se trataba de una estancia rectangular de unos diez metros de largo por tres de ancho, con techo muy alto cerca del cual brillaban varias antorchas enganchadas en las paredes. Era la primera vez que las veía colocadas tan altas. Por último, al final de aquel recinto distinguió otra puerta cerrada. En principio, no se veía ningún peligro. Reinaba la calma.

—Parece que todo está en orden —comunicó el intelectual—. ¿Vamos?

Mateo se negó de improviso, sentándose en el suelo:

—Me rajo, tío —afirmó avergonzado—. No puedo más, de verdad. Estoy... estoy muerto de miedo. No aguanto más. Necesito salir de aquí.

—¿Pero qué tonterías estás diciendo? —Gabriel levantó el tono de voz, sin poder evitarlo—. ¡No te rindas ahora y levántate!

–Además, estoy herido... –continuaba el otro, sin escucharle–, y luego podríais venir a recogerme y ya está.

–Y qué, joder. ¿Cómo voy a dejarte aquí? Ni de coña. No habrá más bajas, Mateo. Si tú no te mueves, yo tampoco. Tú sabrás lo que haces.

El pijo volvió a quejarse, pero la actitud de Gabriel no ofrecía muchas salidas, así que se levantó como pudo, intentando ignorar sus temores.

–Tú ganas, ya voy. Pero no sé lo que aguantaré –avisó, muy serio–. Me cuesta hasta pensar.

–Ánimo –Gabriel le obligaba a mirarle a los ojos–, juntos saldremos vivos de aquí. Tienes que creértelo.

Cruzaron el acceso y lo cerraron a sus espaldas; no querían dejar más pistas de su avance que las inevitables. Los dos chicos, con las armas en las manos, recorrieron todo aquel interior con la mirada, mientras caminaban hacia la puerta del fondo. A media altura, en las paredes, se distinguían diminutos agujeros, y una especie de zócalo de metal cubría toda la parte baja de los tabiques y los bordes del techo. Semiesferas oscuras delataban la presencia de cámaras.

–Esta sala da muy mal rollo, tío –cuchicheó Mateo–. Larguémonos rápido.

–Estoy de acuerdo.

Los dos llegaron hasta el otro extremo y, con cautela, el intelectual empezó a abrir aquella puerta. Pero no pudo.

–¡Joder, está cerrada!

–¿Bromeas? Déjame a mí.

Con su brazo sano, Mateo comprobó que su amigo tenía razón. Y en las condiciones en las que se encontraban, no podían aspirar a derribar aquella barrera.

–Volvamos –recomendó Gabriel–, rápido. Si aún no ha aparecido Ramos, podemos tomar otra ruta.

Mateo asintió, presa de una inquietud peor que el aguijón doloroso de su herida. Necesitaba salir de allí con urgencia; un sexto sentido le advertía contra aquel extraño espacio.

–No te lo vas a creer –ya junto al otro acceso, Gabriel hablaba con voz rara–. Esto no se abre. Nos han encerrado..

Mateo tragó saliva, girándose para observar bien toda aquella estancia.

–¡Ahora sí que la hemos cagado! –gimió asustado–. ¡Empuja más fuerte!

El pijo también intentó abrir la puerta, pero obtuvo el mismo resultado que su amigo. Ya no hablaban. Estaba claro que eran vigilados. Con toda probabilidad, desde el principio.

Gabriel sacó sus propias conclusiones:

–Mateo, esto es mucho peor de lo que pensaba. Estamos en el juego.

–No entiendo.

–Nuestro agotamiento nos ha impedido darnos cuenta. Estos pasadizos, esas antorchas... ¿No te suena el decorado?

La imagen de un tipo herido vestido de blanco, que avanza entre corredores, surge como un relámpago en la memoria del pijo. Le llega la imagen del grupo de amigos en su chalé, delante de su ordenador, aquella noche que se le antoja lejana. Luego vino el asalto.

–Estamos... Estamos –titubeó, con los ojos muy abiertos por el espanto– en el juego de los túneles. Estamos... muertos.

–Todavía no, Mateo –Gabriel se esforzaba por no caer en el desánimo, aunque lo veía todo tan crudo como su amigo–. Hay que luchar hasta el final. Recuerda que tenemos que encontrar a Álex y a Lucía. Aún no nos han vencido.

Los dos chicos, sin saber qué se estaba fraguando contra ellos a aquellas profundidades, fueron moviéndose juntos hasta situarse en el centro de aquel rectángulo misterioso. Ahora, los detalles que les llamaran la atención minutos antes les parecían mucho más siniestros.

Pasaban los segundos en el más absoluto silencio. Les sudaban las manos con las que agarraban sus armas, esperando. Aquella situación de incertidumbre era insoportable. Por fin, un leve rumor agudo comenzó a oírse, y muy pronto alcanzó la suficiente potencia como para ser reconocido: eran chillidos. Muchos. De ratas. A aquel ruido delirante se unió la resonancia de cientos de diminutas pisadas sobre firme metálico. A la vez, Gabriel y Mateo bajaron la vista hacia los zócalos plateados, que abrían en aquel momento unas pequeñas compuertas de las que salían cuerpos peludos en tropel.

Un horror mezclado con asco saturó sus mentes: cientos de ratas entraban en la sala donde ellos se encontraban. Estaban histéricas. Lo peor vino a continuación, cuando de los bordes metálicos del techo también empezaron a caer montones de esos repugnantes roedores, procedentes de otros agujeros estratégicos. Gabriel y Mateo gritaban mientras se apartaban para esquivarlas, ya rodeados de una asquerosa alfombra de cuerpecillos grises con largos rabos. Era imposible no pisarlas; sentían cómo algunas reventaban bajo su peso.

Y entonces empezaron a trepar por sus piernas, imparables. Movían los hocicos enseñando sus dientes, buscaban alimento con ansia. Algunas habían detectado ya el apetitoso olor de la herida de Mateo, que no dejaba descansar su cuchillo haciendo caer a todos los bichos que se le subían.

–¡Mateo, rápido, a esa pared! –aulló el intelectual para que su voz superara el estridente murmullo que reinaba–. ¡La antorcha!

Sin dejar de quitarse ratas, el pijo llegó hasta donde le indicaba Gabriel, pero las antorchas estaban colocadas muy alto, y ninguno llegaba a alcanzarlas.

–¡Súbete a mis hombros, rápido! –volvió a gritar Gabriel, al borde del infarto–. ¡Pero deprisa, por lo que más quieras!

El intelectual se agachó un poco, soportando a duras penas la mayor proximidad de las inquietas ratas, y Mateo se le subió. Este se apoyaba en la pared para no perder el equilibrio conforme su amigo volvía a su postura inicial, dando patadas a todo lo que se le acercaba. Ahora el pijo sí pudo atrapar una de las antorchas.

–¡Mateo, me están subiendo por las piernas! –Gabriel, todavía sosteniendo a su amigo, no podía sacudirse de encima los animales. Sentía sus diminutas uñas arañarle el pantalón en la escalada.

Mateo, bajándose de los hombros de su amigo, acercó la cabeza encendida de la antorcha a la cintura de Gabriel, y las ratas saltaron aterradas. Después, los dos corrieron hasta el rincón menos concurrido por los roedores y, mediante barridos con la antorcha, lograron mantener a raya a aquella plaga nerviosa. Lo que no sabían era cuánto tiempo aguantarían así. Daba igual: sus mentes, colapsadas, ya no pensaban.

De improviso, tres detonaciones llegaron hasta ellos, despertándolos de su demencial ensoñación. Aunque el murmullo hambriento era tremendo, los disparos se habían oído muy bien, tanto que incluso los roedores se apartaron de su origen, la puerta por la que los chicos habían entrado a aquella trampa mortal. ¿Qué más faltaba por ocurrir?

Dos tiros más y la puerta, destrozada su cerradura, pudo abrirse. ¡Sorpresa! Se trataba de Ramos, que había llegado siguiendo el rastro de sangre de Mateo. Los chicos notaron en su gesto asqueado que, en el fondo, estaba tan perdido como ellos. Apenas conocía aquel submundo de pesadilla. Solo era un cómplice más de superficie, obligado a bajar a aquel infierno por las circunstancias.

El detective, reponiéndose del impacto que le había provocado aquel repulsivo espectáculo, vio a sus perseguidos al otro extremo de la estancia invadida por las ratas, pero no pudo hacer uso de su arma. Los roedores, atraídos por el olor de los restos de sangre del perro presentes en la ropa de Ramos, se abalanzaron sobre él, que, asqueado, empezó a pisotearlas con furia.

Con lo que Ramos no contaba era con los animales que caían del techo, y que alcanzaron su cabeza provocándole tal susto que, al pretender quitárselas de encima, tropezó y cayó al suelo, quedando invisible a los pocos segundos bajo una capa peluda de ratas hiperactivas. Dos veces intentó levantarse cubierto por completo de ellas, y las dos volvió a caer, incapaz de ver nada por culpa de los roedores que se le agarraban a la cara, mordiendo sin compasión.

El policía gritaba desesperado a varios metros de los cuerpos paralizados de Mateo y Gabriel, incapaces de ayudarle por el pánico. Dos balazos más se estrellaron contra los tabiques de piedra, un tímido intento de Ramos que no consiguió asustar a las pequeñas fieras que le devoraban. Los gritos terminaron pronto.

El intelectual, reponiéndose un poco, reparó en que bastantes ratas salían por la puerta que el detective había dejado abierta, y supo que era su oportunidad para escapar.

—¡Mateo, cuando te avise echamos a correr hacia la puerta con la antorcha por delante! ¿Vale?

El pijo, superado por la repugnancia, no encontró fuerzas para responder; se limitó a asentir con la cabeza. Llegó la señal de su amigo, y ambos se lanzaron como locos hacia la salida, esquivando el bulto inmóvil sepultado de ratas en que se había convertido Ramos. Tardarían bastante en dejar de correr, y aún más en dejar de sentir un cosquilleo de aprensión muy molesto, como si intuyeran que se habían dejado algún animalillo colgando de sus ropas.

* * *

Se trataba de una casa muy vieja de cuatro pisos, que casi amenazaba ruina, en la calle de Boggiero, cerca de la Sala Oasis. Toda ella era propiedad de Arturo Ramos, y poco después el inspector comprobaría que, a pesar de su apariencia, aquel edificio estaba por dentro mucho mejor conservado. Garcés se encontraba a escasos metros del portal, procurando reunir la determinación suficiente para llamar al timbre. Aunque llevaba adherido al pecho un micrófono que permitiría a sus compañeros de la policía escuchar todo lo que ocurría, y ocho agentes aguardaban preparados para la acción en las proximidades, tenía miedo. Con todo lo que había averiguado, casi percibía el poder maligno que emanaba del edificio. Aquella vieja construcción era, en realidad, un templo erigido a la Muerte. Arturo Ramos ejercía de sumo sacerdote, ayudado por servidores. Y el inspector se disponía a entrar... solo.

—Je, je. Igual que cerca de los restaurantes chinos no se suelen ver gatos, porque los utilizan en el menú —intentó bromear Garcés, en voz alta para que le oyeran los compañeros que, dentro de una furgoneta, seguían los sonidos que transmitía su micro—, por aquí no se debe de ver tampoco a chicos jóvenes. Carne fresca para los sacrificios.

El inspector echó una última ojeada a su reloj. No podía retrasarlo más, tenía que lanzarse. El recuerdo de Gabriel, Lucía y Mateo le dio fuerzas.

—Bueno, chicos. Entro ya. Deseadme suerte.

Garcés pulsó el botón del timbre. Aquel primer contacto con el edificio le produjo un escalofrío. Procuró calmarse. Se jugaba el todo por el todo.

El inspector observó unas rejillas en el suelo. Aquellas casas tan antiguas solían contar con viejísimas bodegas en los sótanos. Seguro que los de aquella casa estaban comunicados con la red de túneles romanos, lo que explicaba por qué un tipo tan rico como Arturo Ramos había elegido un domicilio tan humilde. Y para pasar inadvertido, claro.

* * *

—¡Se lo merece, por idiota! —chillaba Dahmer, conmocionado, viendo el final del detective Ramos por la pantalla gigante—. Pensar que es de la familia...

Lucía levantó la cabeza al oír aquellas últimas palabras.

–¿De su familia? ¿Y no ha hecho nada por salvarle? Es usted peor de lo que pensaba.

Ahora Dahmer ya no reía. Ofrecía un aspecto más calmado, aunque sus facciones transmitían una imagen severa.

–No se podía hacer nada, Lucía. Cuando hay alguna partida en marcha, todo el recinto queda bloqueado, por seguridad. No habríamos llegado a tiempo. La culpa es suya, por llegar demasiado lejos en su persecución personal. Ya nos avisó de que se metía en las alcantarillas para intentar detener a tus amigos, pero no tenía autorización para entrar en la zona de juego. Se ha arriesgado demasiado. Y, encima, con su muerte ya no podrá informarme de los movimientos del inspector Garcés, ese amiguito vuestro tan curioso.

–Cuánto lo siento –dijo Lucía, sarcástica.

–Me alegro de que aún tengas ganas de andarte con ironías. He de reconocer que tus chicos están teniendo mucha suerte, pero eso se va a acabar. Aún no sabemos qué ordenará el cliente para la siguiente fase, pero no creo que sobrevivan a ella. Así que vete preparando, porque la siguiente serás tú.

–Al final perderá, Dahmer –se rebeló Lucía, con la vista fija en las ratas que aún aparecían en el monitor–. Seguro que están a punto de localizar estas instalaciones...

El jefe descartó aquella posibilidad con un ademán.

–Por cierto –comentó como de pasada–, que sepas que la policía ya ha dejado de registrar las alcantarillas. No han encontrado nada. Una pena.

La conversación no pudo proseguir, porque el telefonillo de aquel puesto de control comenzó a emitir sus pitidos insistentes. Dahmer, sorprendido, se levantó de su sillón para alcanzar el auricular. Conforme oía lo que le comunicaban, su rostro iba cambiando de color. Lucía, dándose cuenta, deseó con todas sus fuerzas que fueran malas noticias para aquel psicópata.

–Vaya –Dahmer procuraba disimular su inquietud después de colgar–. Ha surgido un imprevisto muy inoportuno. Es increíble. El inspector Garcés acaba de llegar a mi casa. ¿Cómo habrá logrado...?

–Se lo dije –advirtió la informática con cierta insolencia, espoleada por aquella novedad tan prometedora–. Le van a cazar, Dahmer.

–No cantes victoria tan pronto, niñata estúpida –repuso el aludido, a punto de perder la paciencia–. Si yo hubiera estado bien informado durante estas últimas horas por mi sobrino, no me habrían dado esta sorpresa. Esto me pasa por trabajar con incompetentes... No obstante, da igual. Esto lo resuelvo yo enseguida.

Dahmer se dirigió al ayudante que vigilaba a Lucía:

—Vigílala. Vuelvo dentro de cinco minutos para acabar la faena —después se puso a pulsar comandos en el teclado del ordenador—. Lucía, dejo establecido un dispositivo similar al piloto automático de los aviones, para que el juego continué en mi ausencia —soltó una carcajada—. Para que no te aburras mientras me esperas, querida. Y cuidado con despistarse; podrías perderte el final de tus amigos.

A continuación se quitó todos los ropajes negros, incluida la prenda que ocultaba su rostro. Ante Lucía quedó un señor de unos setenta años muy elegante, con pantalón de traje, zapatos brillantes y camisa lisa con corbata. Nadie habría imaginado lo que escondía aquella apariencia tan correcta. La informática, ante aquel perfecto camuflaje, sintió que su ánimo volvía a caer por los suelos. ¿Conseguiría aquel sádico engañar a Garcés?

—Bueno. Dadas las circunstancias, no me importa que intimemos —comentó Dahmer, reparando en la atenta mirada de su prisionera—. Solo eres un cadáver más. Aunque te resistas a aceptarlo.

El jefe abrió un armario, del que extrajo una americana, y se dirigió a la puerta.

—Pues nada, nos vemos en unos minutos. Y no la pierdas de vista —recomendó a su subordinado—. Es muy lista.

* * *

—¿Y ahora, qué? —preguntó Mateo, parándose para descansar—. Es una tontería correr sin saber hacia dónde vamos.

—Sí —estuvo de acuerdo Gabriel—, sobre todo viendo las trampas que hay por aquí. ¿Qué tal llevas la herida?

El pijo observó su manga empapada.

—Me duele. Y sigo perdiendo sangre, aunque la cosa va lenta. Gracias por tu apaño, tío.

—Bah, no hay de qué —Gabriel estaba mirando las semiesferas del techo—. Qué pasada. ¿Te das cuenta de que ahora nos encontramos en pleno juego? ¡Estamos apareciendo en algún monitor, seguro! Y alguien va a dar nuevas órdenes para que no logremos escapar.

–Si se pudiera detener la partida...

Mateo se situó debajo de una de las cámaras y, acompañando sus palabras con gestos, empezó a pedir «tiempo muerto», como si aquello fuera un partido de baloncesto. Necesitaba descansar. Y un médico.

–No creo que te hagan caso.

–Tenía que intentarlo –Mateo se dio cuenta de que su amigo mostraba un gesto ausente y se aproximó a él–. ¿En qué piensas, Gabriel?

–En Lucía. ¿Dónde estará ahora? Lo que siento es que haya sido ella la que se ha quedado sola en este espantoso lugar. Ojalá pudiéramos encontrarla.

–Estoy de acuerdo. ¿Y Álex?

El intelectual resopló:

–Viendo todo esto, no sé si todavía hay esperanzas de que lo encontremos con vida, la verdad. No quiero ser pesimista, pero...

–Ya, yo pienso lo mismo.

–De todos modos, es absurdo que ahora nos preocupemos por eso. Para buscarlos, primero hay que salir de aquí. Así que vamos a movernos ya.

–Sí, será lo mejor –Mateo se volvía hacia uno de los túneles, nervioso–. Me ha parecido oír algo bastante cerca.

Gabriel, antorcha en mano, le hizo una seña y, sin más comentarios, se hundieron en la oscuridad de otro pasadizo. ¿Con qué nuevo ingenio concebido por mentes enfermas se encontrarían?

* * *

Era una oportunidad única, y Lucía se dio cuenta enseguida. Dahmer, sorprendido por la inoportuna visita de Garcés, había cometido la imprudencia de dejar a su prisionera en el centro neurálgico de aquella especie de parque temático del horror, solo custodiada por un vigilante. No habría más ocasiones como aquella; tenía que aprovecharla.

La informática supo, además, que si lograba ponerse ante el ordenador principal, como si fuera el máster del juego, podría ayudar a sus amigos antes de que fuera demasiado tarde. Por otra parte, ¿qué más daba el riesgo, si ya estaba condenada a muerte? Aquella última percepción la animó de forma definitiva.

Lucía estudió el panorama, saboreando la adrenalina en cada partícula de su cuerpo. El guardián había sacado su cuchillo al quedarse solo con ella, y dada su potente constitución física, habría sido absurdo intentar enfrentarse a él cuerpo a cuerpo. Precisamente aquella desproporción de fuerzas hacía que el tipo no estuviese demasiado pendiente de Lucía. A la chica no le extrañó, teniendo en cuenta que, además, se encontraban encerrados en una habitación de acceso blindado.

En cuanto vio el complejo dispositivo del servidor, Lucía supo cuál era su única arma. De aquella máquina cubierta de cables dependía el funcionamiento de todo aquel espectacular montaje, así que si amenazaba con causarle daños tendría algo con lo que negociar. Sobre todo si aquel que la vigilaba era alguien de cierto rango en la organización, como así parecía.

El servidor se encontraba a unos tres metros de ella. ¿Podría llegar hasta él antes de que su vigilante la alcanzase? Si lo pillaba desprevenido, lo cual parecía fácil de conseguir, sí. Se preparó y, sin pensárselo dos veces, se lanzó hacia su objetivo. En efecto, su guardián tardó lo suficiente en reaccionar como para que ella alcanzara la máquina y agarrase con rabia todos los hilos conectados.

Su perseguidor se detuvo en seco cuando se percató de la maniobra de la prisionera. Acababa de perder su seguridad; ahora quien tenía la sartén por el mango era Lucía.

—Creo que es momento de negociar, ¿no? —ofreció ella, al tiempo que cogía con agilidad una botella de agua que había en una mesa cercana—. Imagine lo que ocurriría si arranco los cables y echo el agua por encima de este aparato...

Aunque no podía verlo por la capucha con la que cubría su cabeza, Lucía intuyó que su adversario había palidecido. Para cualquiera que entendiera un poco de ordenadores, se trataba de una amenaza intimidante.

—Dime... dime lo que quieres —titubeó el tipo de negro, asustado también por el radical cambio de la situación.

Lucía mantenía un gesto firme. Debía convencer al otro de que estaba dispuesta a todo. Y así era.

—Es muy sencillo: primero tire el cuchillo, y después teclee su código de apertura para abrir el acceso —la chica señalaba el pequeño cuadro de botones que había junto a la puerta—. Luego salga usted delante a cierta distancia, dejando la puerta abierta. Solo pretendo escapar de aquí, eso es todo.

–Imposible, no puedo abrir esa puerta –repuso el hombre–. Mi jefe es el único que tiene la clave.

Lucía se fijó una vez más en la vestimenta lujosa de aquel ayudante de Dahmer. No le creyó, sobre todo porque tampoco tenía más opciones.

–Qué pena, entonces –sentenció–. Nos podríamos haber evitado lo que va a ocurrir.

La informática se dispuso, exagerando, a soltar los cables y tirar el agua sobre aquel ordenador central.

El hombre, perdiendo el aplomo que había pretendido aparentar ante aquella agresividad, claudicó desprendiéndose de su arma, que depositó en una mesa.

–¡Está bien, está bien! –acabó accediendo–. ¡Haremos lo que dices, pero aparta la botella del servidor!

Lucía sonrió.

–Cuando vea la puerta abierta, señor. Y movimientos lentos –le exigió, rogando por que no apareciese Dahmer–. Evitemos un malentendido que podría provocar grandes daños.

–De acuerdo, de acuerdo –ahora el tipo se mostraba dócil. Aquel giro de las circunstancias le superaba.

Cuando el acceso estuvo libre, Lucía pidió al guardián que saliese primero y avanzase unos metros. El hombre volvió a dudar.

–Se me está acabando la paciencia –amenazó ella.

Con exasperante lentitud, el guardián inició su caminar por el corredor, hasta alejarse unos cuatro metros. Allí se detuvo, esperando que la informática cumpliese su parte del trato. Lucía sabía que ahora llegaba la parte más delicada del plan. Con calma, empezó a separarse de la máquina que había utilizado como rehén, dirigiéndose a la puerta. Los dos se miraban a los ojos, preparados para reaccionar ante cualquier imprevisto. A los pocos segundos, Lucía alcanzaba ya el umbral abierto de la habitación. Entonces, como un relámpago, bifurcó sus intenciones para seguir su verdadero plan: sin llegar a salir, cerró la puerta de golpe y corrió a coger sillas con las que bloquear el acceso.

Mientras lo hacía, oyó el rotundo golpe contra la puerta que provocaba la veloz llegada de su guardián, y el sonido agudo que hacía al teclear de nuevo el código de apertura, al otro lado de la hoja blindada. ¿Le daría tiempo a colocar las sillas antes de que se abriese la puerta y surgiese el gigante furibundo?

Le dio. Y, segundos después, con el ruido de fondo de los golpes inútiles de su vigilante, ella se sentó frente al ordenador que dirigía el juego. Frotándose las manos, quitó el dispositivo automático que había programado Dahmer. Ahora mandaba ella. Nueva dirección de la partida. En la pantalla, sus amigos seguían con vida, ajenos a quien a partir de entonces manejaría las riendas de su destino.

* * *

Garcés fue conducido por un hombre joven hasta el primer piso, a un amplio despacho de paredes cubiertas por estanterías rebosantes de libros que llegaban hasta el techo. En un escritorio frente a él, una antigua lámpara verde de biblioteca creaba un ambiente acogedor. Solo faltaba la chimenea.

—Espere, vendrá enseguida —le comunicó quien le había guiado hasta allí, interrumpiendo su inspección visual.

—De acuerdo, gracias.

Se sentó en una de las butacas que había frente al escritorio. Mientras aguardaba, explicó en susurros dónde se encontraba para orientar a sus compañeros de la policía, que seguían atentos al micrófono que llevaba oculto. Bastaría la frase convenida, «Hace calor», para que los agentes preparados asaltasen la casa. Su pistola también estaba a punto.

—Buenas noches, inspector.

La voz, aunque afable, le sobresaltó. No había oído llegar a su anfitrión. Cuando Garcés se volvió, no pudo evitar plantearse si estaba metiendo la pata: un sonriente anciano, muy bien vestido y de evidente buena educación, extendía en ese momento su brazo para estrecharle la mano. ¿Aquel señor podía ser un sanguinario asesino? Lo dudó.

—Soy Arturo Ramos. ¿En qué puedo servirle? Siempre es inquietante recibir la visita de la policía a horas tardías. ¿Ha ocurrido algo grave? Espero que a mi familia...

El inspector, puesto de pie, miró su reloj: eran las once de la noche. El empresario, mientras, había rodeado la mesa y se sentaba en el sillón principal.

–No, no, señor Ramos –contestó Garcés, volviendo a su asiento–, su familia está bien. Siento que sea tan tarde, pero no he podido acercarme antes. Perdone.

–No se preocupe. El único problema es que no dispongo de mucho tiempo, ¿sabe? Si hubiera avisado con más antelación...

–No le robaré mucho tiempo.

El inspector recordó la visita a Raquel. Por lo visto, todo el mundo estaba muy ocupado cuando él aparecía en escena. ¿Sería cierto? Le vino a la mente John Wayne Gacy, un célebre asesino de adolescentes apresado por la policía estadounidense hacía años. Por aquel entonces, los detectives que investigaban la desaparición de un joven llamado Robert Piest llegaron a hablar por teléfono con Gacy, quien lo estaba torturando en el sótano de su casa en aquellos precisos momentos. «Estoy enfermo», se excusó el psicópata. «Mañana acudo a comisaría». Y así lo hizo, aunque para entonces Robert ya estaba muerto, tras haber soportado toda una noche de sufrimientos. La policía cometió un error fatal, que Garcés no cometería: no aplazaría sus movimientos por nada.

–Aunque no me conoce, yo a usted sí –advirtió el empresario–. Mi sobrino es José María Ramos, compañero suyo, ¿verdad?

–Pues sí, llevamos varios años trabajando juntos.

A Garcés le habría encantado poder decirle que esa etapa había terminado para siempre. Pero se calló.

–Le admira mucho –continuaba el empresario–. Siempre está hablando de «lo competente que es Paco como policía».

«Usted mismo podrá comprobarlo si está implicado en lo que investigo», se prometió Garcés. «No espere un trato de favor por sus vínculos familiares».

–Bueno –comenzó el inspector su réplica, con aparente modestia–, de los compañeros siempre se habla bien. No es para tanto.

Garcés iba a continuar con un cumplido equivalente para su antiguo compañero, pero se negó. Ni siquiera por disimular caería tan bajo: el sobrino era un corrupto y un asesino. Nada más.

–Así que aquí tiene su negocio –dedujo el policía, volviendo a lo importante–. ¿Ocupa toda la casa?

Ramos negó con la cabeza.

–No, solo este piso y unos almacenes abajo.

–¿Quién me ha abierto la puerta de la casa?

–Carlos, un empleado.

—Pero son las once de la noche. ¿No es un poco tarde para que estén todavía trabajando?

El empresario sonrió.

—Es que ellos viven en esta casa también, en los pisos superiores. Mi empresa es como una gran familia, ya ve. El caso es que tenemos un pedido muy urgente, y por eso estamos ahora ultimando los preparativos. Eso es todo.

Garcés había sacado su libreta y tomaba notas. Imaginaba a sus compañeros en el interior de una furgoneta escuchando con los auriculares puestos, preparados para una señal de alarma que no llegaba. Quizá se había equivocado y Arturo Ramos no era su hombre. Podía ser la metedura de pata más colosal de la historia.

—¿A qué se dedica su empresa, en concreto? —quiso saber el policía.

—Abarcamos bastantes productos dentro del sector de la informática: equipos, *software*... Pero todo a una escala mediana, tampoco somos una compañía muy grande. Tengo diez empleados. INFORASA es nuestro nombre comercial: «Informática Ramos, Sociedad Anónima».

Hasta ahí, todo correcto, nada comprometedor. Como Garcés seguía con sus dudas, lanzó un pequeño proyectil:

—¿También fabrican juegos de ordenador?

Ramos se tomó un breve tiempo para contestar, pero cuando lo hizo no mostró ningún síntoma sospechoso:

—Pues sí, pero no es nuestro principal género. ¿Acaso le interesan esos programas?

—No en especial. Era solo por completar los datos, eso es todo.

«Nada extraño, aunque lo cierto es que Ramos ha omitido lo de los juegos en su primera respuesta», reflexionaba Garcés.

—Confío en que me dirá la razón por la que necesita la información que le estoy facilitando, ¿verdad? —Ramos no perdía su tono amable, pero se notaba que era una persona de talante autoritario, acostumbrada a mandar—. Como es algo tan poco usual...

—Claro, señor Ramos. Estamos colaborando con la Unidad de Delitos Fiscales, ¿sabe? —improvisó—. Hacienda. Lo de siempre: dinero negro, evasión de capitales...

—Ya entiendo.

—¿Podría ver sus instalaciones?

Ramos puso cara de contrariedad.

–Lo lamento, pero eso no va a ser posible ahora –se apresuró a disculparse–. Ya le he dicho que estamos muy ocupados preparando un pedido, y...

–Será poco rato –intentó Garcés.

–Lo siento, de verdad. Venga mañana por la tarde y me tendrá a su disposición. Supongo, además, que no trae orden de registro...

El inspector se dio cuenta de que, a pesar de sus maneras tranquilas, aquel empresario le acababa de recordar que no podía exigirle nada.

–Tampoco pretendía efectuar una inspección seria –se defendió Garcés–. Solo echar una ojeada.

–Claro, y créame que, en otras circunstancias, le habría dicho que sí sin necesidad de la orden. Seguro que me entiende.

El inspector se empezó a poner nervioso. Seguía sin poder ordenar la entrada de la policía en aquel edificio, y su tiempo allí dentro se agotaba. Los últimos granos del inmenso reloj de arena de su investigación iban deslizándose a la cápsula inferior. El plazo se acababa. «Si salgo de la casa, todo está perdido», dictaminó.

–¿Alguna cosa más?

Ramos le observaba desde el otro lado del escritorio. Garcés apuntaba palabras inconexas en su libreta, para ganar minutos, segundos. Seguía sin distinguir ningún resquicio por el que introducir la suspicacia. Al fin, resignado ante su fidelidad a los principios del buen policía, asumió que debía irse. Ramos no le había podido tratar mejor, eso era indiscutible. Y, objetivamente hablando, allí no veía nada sospechoso. Sin una orden de registro otorgada por un juez, no podía llegar más lejos. Nada quedaba por hacer.

Hacía calor en aquella habitación y, ajeno a los pensamientos de Garcés, el empresario se aflojó la corbata para soltarse el último botón de la camisa. Un brillo, fue solo un brillo. Pero bastó para que el inspector descubriese la posibilidad de un asidero en su naufragio investigador: ¡Ramos llevaba al cuello una gruesa cadena de oro, uno de cuyos eslabones había quedado a la vista una décima de segundo! La suposición del policía estaba clara: ¿se trataría del mismo medallón que llevaba Raquel, el del grabado de la guadaña?

Garcés procuró aparentar naturalidad; era imposible que Ramos supiera que ya tenían detenida a Raquel Jiménez.

–Vaya, he visto que lleva una cadena de oro, ¿verdad? –preguntó.

El empresario tardó en caer en la cuenta de a qué se refería, dado el giro brusco de la conversación.

–Pues sí.

–¿Le importaría enseñármela? –Garcés hablaba en un tono inofensivo–. Es que me apasiona la joyería, ¿sabe?

Por el semblante que ponía, a Ramos no le hacía ninguna gracia la idea de enseñar su cadena al inspector. Sin embargo, no podía argumentar ninguna razón para evitar mostrársela, así que no tuvo más remedio que acceder. Aun antes de terminar de sacársela de debajo de la camisa, Garcés ya pudo leer en el colgante la palabra *Obscuritas*. Lo siguiente fue, por supuesto, el dibujo de la guadaña.

«Dios mío, este es el cuarto hombre. Estoy ante quien ordenó la elaboración del plano de los túneles romanos». El corazón de Garcés latía a toda máquina. Estaba delante de un monstruo, al que además tenía que atrapar vivo si quería pillar también a sus cómplices y a los clientes de su siniestro negocio.

* * *

En pocos minutos, Lucía entendió el sistema de comandos que regía la dirección del programa de los túneles. De algo tenían que servir las horas que se había pasado jugando, ¿no?

Había activado el PiP, un mecanismo que permitía compaginar la imagen general del monitor con otros contenidos que quedaban enmarcados en un recuadro más reducido dentro de la misma pantalla. Era algo de lo que disponían muchas televisiones para poder ver lo que hay en otras cadenas sin cambiar la que se está viendo.

Gracias al PiP, Lucía tenía en la esquina inferior izquierda de la pantalla gigante un recuadro con el plano completo del laberinto de pasadizos comprendidos en el recinto del juego. Una lucecita roja intermitente señalaba el emplazamiento de Gabriel y Mateo dentro de aquel pequeño trazado. Mientras, en el resto de la pantalla seguía asistiendo a un primer plano de la marcha sin rumbo de sus amigos.

De repente, una luz azul surgió en el plano general, cerca del lugar que atravesaban Gabriel y Mateo. Aquella luz empezó a moverse, siempre en dirección a los chicos.

–Peligro, peligro –susurró Lucía–. Algo se os acerca. Tenéis que salir de ahí. Algún usuario del juego, cansado de esperar emociones, ha dado una nueva orden mortal.

«Esto es una mezcla de Alien y del juego de comecocos», cayó en la cuenta la informática, hipnotizada por la tensión subyugante de las imágenes. Las vidas de sus amigos dependían de ella. Jamás como entonces había tenido que demostrar sus habilidades. La apuesta era inconcebible. Seguro que ella, como máster del juego, podía cancelar las instrucciones de los usuarios. El problema era que, mientras buscaba cómo hacerlo, el juego continuaba. ¡Tenía tantas tareas que hacer al mismo tiempo!

Localizó la red de sonido, que también recorría todo el laberinto. A partir de ahí fue fácil activar los altavoces de los tramos en los que iban entrando sus amigos. Presionó la tecla de *enter* y acercó el micro a sus labios. En teoría, ahora Gabriel y Mateo podrían oírla. En teoría. Llegaba el instante de hacer la prueba. Los llamó por sus nombres.

En la imagen general, Lucía pudo comprobar que sí la oían: los dos chicos se habían detenido, alucinados, y miraban hacia arriba en todas las direcciones, sin localizar los altavoces.

–¡Soy Lucía! –les gritó, presa de una emoción incontenible, y se echó a llorar.

Un brutal golpe casi desencajó la puerta del puesto de control, a pesar de su solidez. Lucía, devuelta al mundo real, saltó asustada de su asiento. ¡Estaban utilizando algún tipo de ariete para derribar la puerta, que, a juzgar por los impactos, no aguantaría mucho!

Tenía que lograr salvar a sus amigos, y en poco tiempo. El punto azul seguía avanzando hacia ellos, y a buena velocidad. ¿Cómo se podía detener el juego, anular las órdenes de los clientes?

Descubrió que, presionando la tecla F4, podía escuchar las voces de Gabriel y Mateo.

* * *

–¡Es Lucía! –repitió Mateo–. ¿Has reconocido su voz? ¡Esto es increíble!

A Gabriel le parecía demasiado bueno para ser cierto. ¿Y si se trataba de una trampa? Aquella gente era capaz de haber manipulado el sonido de la llamada.

«Se aproxima un peligro hacia vosotros», clamó aquella voz cuyo origen no distinguían. «¡Corred por el túnel que se abre a vuestra derecha, rápido!».

Mateo, alucinado, ya se disponía a obedecer, pero el intelectual lo detuvo.

–¡Para, Mateo! ¿Otra vez igual? ¿Y si es un engaño y ese aviso nos lleva directos a la muerte? Mierda, Mateo, ¿por qué nunca te cuestionas las cosas?

La voz repetía su mensaje con insistencia:

«Lo tenéis cada vez más cerca. Salid de ahí, por favor. No hay tiempo».

Gabriel seguía mirando hacia el techo, a punto de volverse loco.

–¿Cómo sabemos que no es una trampa? –aulló, víctima de una crispación insoportable.

A aquel desafío siguieron unos segundos de silencio. La voz pensaba.

«Gabriel, recuerda el beso que te di. Confía en mí. Corred, salvaos».

Mateo tuvo que empujar a su amigo para que empezase a correr por donde les indicaba Lucía. El intelectual se había quedado como abotargado de la impresión. Era ella, no había duda. Los de negro jamás habrían conocido ese dato. Era ella.

* * *

Arturo Ramos leyó en sus ojos como ante un libro abierto de letras claras y visibles, pero Garcés no se dio cuenta a tiempo. Todo lo que sabía pasó al cerebro del empresario, cuyas facciones adquirieron una sombra diabólica. Garcés había fallado; por un instante se había desprendido de su máscara de tahúr y había enseñado sus cartas. Ramos había asistido a la impresión que provocaba al inspector ver aquel medallón de la guadaña. *Obscuritas*. Y todo le había encajado. Garcés se había comportado como un poli principiante.

Inclinado hacia delante, la postura que había empleado para ver el medallón del empresario, Garcés recibía la cuchillada que Ramos le dirigió con una agilidad increíble en un hombre de su edad. El filo era diminuto. Debía de tener el arma en algún bolsillo secreto de las mangas de su americana. Pero era un filo muy cortante, que hizo bien su trabajo rasgando la garganta del policía.

Por suerte para Garcés, su papada y su propia postura bamboleante hicieron perder eficacia al ataque de Ramos, que no consiguió seccionarle la yugular, como pretendía. Aun así, la boca del inspector se llenó de sangre y, caído en el suelo, no logró articular palabras comprensibles. Ya a cuatro patas y con una mano tapando la herida chorreante, vio a Ramos escapar por una puerta secreta camuflada entre las estanterías. Le hicieron falta dos intentos más para que sus compañeros policías entendieran por el micro la patética llamada: «Hace calor».

Qué paradoja. Precisamente el calor había sido el detonante por el que había descubierto el medallón de Ramos.

Apoyándose en una de las butacas, Garcés consiguió ponerse de pie. Antes de que pudiera decidir cómo taparse la herida o si seguir a Ramos, entró al despacho una figura que, aunque no había visto nunca, reconoció al momento: un encapuchado vestido de negro y armado con un machete.

Aquel tipo de apariencia amenazadora se lanzó a por él, pero, antes de poder alcanzarle, Garcés había sacado su arma y le disparaba dos tiros que lo dejaron tirado sobre la alfombra. Nuevas detonaciones se oían por la casa, y los conocidos anuncios de la llegada de la policía eran gritados por diversos rincones.

* * *

Lucía oyó disparos por encima de su cabeza, en pisos superiores, y sin previo aviso dejaron de aporrear la maltratada puerta del puesto de control. Ocurriera lo que ocurriese, menos mal que estaba dirigiendo a sus amigos bien lejos de aquel sector, hacia la red auténtica de alcantarillas de Zaragoza. Al menos ellos se salvarían.

Por fin supo cómo dirigir el punto azul que continuaba persiguiendo a los chicos. Lo primero que hizo fue detenerlo, y cuando ya se disponía a mandarlo en dirección opuesta a la seguida por Gabriel y Mateo, otro punto rojo apareció en escena. Lucía, extrañada, tecleó un comando para que la pantalla le ofreciese la imagen de aquel inesperado visitante. ¿Sería Álex?

La informática se quedó anonadada. No era Álex. Era el gran jefe de aquella sádica organización, vestido todavía de traje, con una linterna y corriendo a toda velocidad. Estaba claro que escapaba de algo o de alguien, pero en la pantalla del monitor principal no se veía ningún peligro. Qué raro.

Los disparos seguían oyéndose, cada vez más cerca. También llegaban hasta ella gritos que no entendía, y otros que solo eran de dolor. Lucía no se atrevió todavía a soñar que el Bien se enfrentaba al Mal y ganaba; que la Luz llegaba por fin a aquellas lóbregas catacumbas, tras años de muerte y oscuridad. Había sufrido demasiado como para creerlo tan fácilmente.

–Chicos, seguid corriendo y coged el corredor central. Ánimo, estáis muy cerca de la salida. Ánimo.

Volvía a llorar como una tonta. Antes de intentar localizar el calabozo donde tenían encerrado a Álex, Lucía tomó una decisión que quedaría para siempre alojada en su interior: presionando las teclas oportunas, envió el punto azul hacia el jefe, que seguía corriendo. No sabía qué peligro enviaba a aquel tipo maligno, pero sí que era algo muy dañino y que atacaría a aquel hombre mayor por sorpresa. Perfecto.

Aquella maniobra ausente de piedad la dedicó Lucía a todos los jóvenes que no habían vuelto a la superficie, quebradas sus vidas por sadismo y dinero. Luego pidió perdón por su duro afán justiciero, pero no canceló la orden. El propio ordenador iba indicando al punto azul el camino más corto para encontrarse con el objetivo. Un pequeño reloj calculaba, en la parte inferior derecha de la pantalla, el tiempo estimado para la «colisión»: treinta segundos. No quiso ver lo que iba a ocurrir; era mucho más importante intentar salvar a Álex. Ella se quedaba la última, pero no le importó. Si moría, solo estaría pagando el precio de lo que acababa de hacer para evitar que el jefe huyese. Le pareció justo.

Por último, se dispuso a romper todas aquellas máquinas que tenía a su alrededor. Cuando vinieran a por ella la encontrarían, claro. Pero antes habría destruido por completo aquel engendro informático que había hecho posible un infierno en la Tierra.

* * *

Arturo Ramos tuvo que dejar de correr enseguida; su edad no le permitía continuar avanzando a ese ritmo. Llevaba un maletín con documentos y dinero, y una ruta que pocos conocían: recorría un pasadizo que acababa desembocando en la ribera del río Ebro, junto al Puente de Piedra. En realidad, un arco completo de aquel puente romano se hallaba enterrado bajo el pavimento del paseo de Echegaray y Caballero. Los secretos de Zaragoza.

A pesar de lo que había logrado recoger, Ramos era consciente de que dejaba en los ordenadores de la casa toda su base de datos. Lanzó una maldición, lleno de odio. ¡Menuda alegría para la policía encontrarse con los datos de los clientes del juego, con los de los proveedores, con la información de las víctimas! Le sabía fatal aquella falta de profesionalidad, pero su repentina fuga no había permitido una salida mejor. Lo prioritario era su propia vida.

En cualquier caso, la olvidada ribera era un buen lugar para salir y desaparecer. Mientras seguía caminando, tuvo que reconocer que aún no entendía cómo se había podido complicar todo tanto. Con lo calculado que tenía cada detalle de su próspero negocio... Tantos años explotándolo, desde que encargase el único plano existente de la red de túneles romanos a Ramón Alonso y Antonio Valls. Arturo Ramos suspiró, sin detener su avance. Había tenido que acabar con ellos ante los peligrosos avances del inspector Garcés. Y con Balmes. No había tenido más remedio.

Durante años había utilizado las desconocidas galerías subterráneas para grabar vídeos prohibidos y obtener otros oscuros materiales que luego vendía a precio de oro. Se había forrado con su organización *Obscuritas*. En los últimos tiempos, el mercado de lo ilegal se había decantado más por los juegos de ordenador, y él había llevado a cabo una enorme inversión para adaptarse, logrando un importante éxito. Tenía clientes de nueve países distintos. Y todo se había perdido.

No obstante, en el fondo, le daba igual. Disponía de cuentas bancarias numeradas en Suiza con la suficiente cantidad de dinero como para no tener que preocuparse hasta su muerte.

Unos metros más adelante, una figura imponente le cortó el paso, interrumpiendo también sus reflexiones. Cuando se hubo recuperado del susto, enfocó con la linterna el obstáculo, aunque casi fue peor saber qué tenía delante: se trataba de Thor. Ramos sintió que le faltaba la respiración. ¿Qué hacía allí esa bestia?

Thor era un individuo de complexión fuerte, con una disfunción cerebral muy grave que lo convertía en un ser sumiso ideal para cualquier tipo de adiestramiento, lo que ellos habían aprovechado para crear un animal asesino. Iba siempre con su hacha. Lo solían tener encerrado, sacándolo solo cuando algún usuario del juego de los túneles solicitaba sus servicios con alguna joven presa. Era imparable y letal. Se le daban unas instrucciones a través de los altavoces y las cumplía con fidelidad absoluta. Había aprendido a obedecer la voz mecánica de los bafles como si fuera la de su amo.

La única explicación que justificaba la aparición de aquel monstruo allí –era un hombre carente de iniciativa propia– resultaba estremecedora: le habían enviado a por él. Ramos supo que no tenía ninguna oportunidad contra aquella máquina de matar. Tan solo disponía de un puñal, pues, con las prisas de su fuga, no había podido coger ningún arma de fuego, y eso servía de poco.

Thor se acercó, emitiendo sonidos guturales, y levantó su hacha. De nada sirvieron los ruegos de su víctima, que retrocedía aterrorizada en medio de aquella penumbra. La pesada cuchilla silbó al caer. Ramos la esquivó por poco, pero su propio movimiento le hizo tropezar y caer. A su edad, la agilidad era un mero recuerdo. Antes de que pudiese levantarse, el hacha ya estaba de nuevo arriba, preparada para caer sin compasión sobre aquel cuerpecillo tan ridículo con su traje arrugado y ennegrecido. Ramos reparó en una de las cámaras instaladas en el techo, y comprendió aquella última jugada: Lucía, claro. Craso error, dejarla en el puesto de control sin más vigilancia que el inútil de su ayudante.

El arma cayó sobre el empresario con la fuerza irrefrenable de un rompehielos. Esperando el tercer tajo, en medio de la sangre y aullando de dolor, Arturo Ramos reparó con rabia en que había dedicado el último pensamiento a su verdugo.

13
Y LLEGÓ LA LUZ

Los agentes de la policía alcanzaron pronto el puesto de control, donde Lucía permanecía aún encerrada. Habían llegado más refuerzos, a la vista de lo que estaban encontrando. Y es que los tipos de negro se resistían como numantinos a ser arrestados, enfrentándose a los agentes en cada rincón. Por fortuna no eran muchos, ni tampoco tenían una especial iniciativa; habían sido aleccionados para recibir órdenes, y en aquellos momentos se hallaban sin jefes. Por ello su forma de combatir era caótica, poco eficaz. El ayudante de Arturo Ramos habría podido dirigirlos, pero había muerto en la refriega al recibir un disparo en el pecho. A pesar de todo, los individuos de oscuro habían herido gravemente a tres policías, mientras Garcés era trasladado en un coche patrulla al hospital Miguel Servet.

Aunque les costó, los agentes acabaron convenciendo a la chica de que no se trataba de una trampa, de que eran auténticos policías. Eso evitó la destrucción de los ordenadores, lo que permitiría arrestar a los clientes del juego asesino. Para llegar hasta ella tuvieron que terminar de arrancar de sus goznes la puerta blindada del puesto de control. Al encontrarse con ellos, Lucía los miró extasiada. ¡Estaba salvada!

Bien informados por el inspector, aquellos hombres reconocieron enseguida a la informática. De todos modos, lo registraban todo. No querían sorpresas.

–¡Por favor! –pidió ella–. ¡Gabriel y Mateo están a salvo, pero nuestro amigo Álex todavía está en una de las celdas! ¡Hay que sacarlo de allí!

–¿Puedes guiarnos hasta ese lugar? –le preguntó un sargento, pistola en mano–. Nosotros te protegeremos.

–¡Claro! –Lucía había acabado localizando los calabozos en el plano del monitor gigante, aunque no estaban dotados de cámaras de vídeo, por lo que no había podido obtener imágenes de su amigo desaparecido–. Vamos, deprisa. Estamos cerca.

Recorrieron el trayecto que los separaba de las celdas en poco tiempo, aunque siempre con cautela. Ya no se oían detonaciones. Los pocos encapuchados que quedaban libres se habían escabullido por los túneles, con la esperanza de que aquella red laberíntica les ofreciera refugio y la posibilidad de escapar por alguna conexión con la red de alcantarillas. La informática se apresuró a informarles de cuáles eran las salidas existentes en el trazado de galerías romanas, para que ellos pudieran enviar agentes a los puntos clave. Así se hizo, de modo que los tipos de negro que pudieran quedar en los túneles se vieron atrapados. La policía los esperaba en todas las salidas.

Ya ante las portezuelas de las celdas, Lucía echó a correr llamando a Álex. La había invadido un aterrador pensamiento. ¿Y si se lo habían llevado? ¿Y si lo habían matado ante la llegada de la policía? La historia no podía acabar así; habían sufrido demasiado.

Por suerte, sus tristes premoniciones no se cumplieron. Quizá los jefes sí habrían empleado a Álex como rehén para fugarse, pero a los oscuros guardianes no se les había ocurrido semejante idea ante la inesperada redada policial. Encontraron al chico en el tercer calabozo, gritando sin fuerzas el nombre de Lucía. Los agentes destrozaron también la puerta de aquel reducido espacio y, por si acaso, entraron ellos primero. Solo cuando comprobaron que no había peligro permitieron el paso a la informática, que se lanzó sobre su amigo. El abrazo fue impresionante.

Lucía se apartó un instante y, procurando secarse los ojos llorosos, observó a Álex. Estaba casi en los huesos, herido y muy sucio. Casi irreconocible.

–¡Tío, estás asqueroso! –le soltó riendo.

–Tú tampoco estás mucho mejor –susurró él con voz agotada–. Gracias. De verdad. Siempre supe que me encontraríais, por eso resistí. El grupo no abandona a sus miembros.

–Puedes jurarlo, Álex. Gabriel y Mateo también están cerca, ahora los veremos. ¡Por fin juntos!

–¿Sabéis algo de Raquel? –preguntó Álex–. ¿Cómo está?

–No está enterada de nada de todo esto –reconoció Lucía–. Preferimos mantenerla al margen. Como tampoco tenemos confianza con ella... Aunque –añadió–, y siento ser tan dura, Raquel sí cree que te fugaste. Vaya cómo te puso hablando con Gabriel...

–Se nota que no os cae demasiado bien –la defendió Álex–. Es normal su reacción: llevábamos muy poco tiempo saliendo, apenas me conoce.

Diez minutos después llegaba un médico que revisó el estado del joven, y algo más tarde hacían acto de presencia el intelectual y el pijo, rescatados por una patrulla bastante lejos de allí. Mateo lucía un aparatoso vendaje en uno de sus brazos, pero sonreía como siempre. Se produjo un nuevo abrazo en el que los cuatro volvían a unirse. Lucía, después, ofreció a Gabriel el largo beso que le debía. Los otros aplaudieron, mientras el intelectual descubría así la sustancia de los sueños.

–Basta de guarradas sentimentales. ¿Cuándo hacemos reunión en mi chalé, como marca la tradición? –preguntó Mateo, irreprimible en su alegría a pesar del dolor de su herida–. Hay mucho que recuperar.

Sobre las doce de la noche, los chicos salieron de la casa custodiados por la policía. Álex caminaba con su típica cojera. Allí fuera tuvo lugar otro momento de gran intensidad: volvían a la libertad, llegaban a la superficie. Aunque todo estaba oscuro, dada la hora que era, les dio igual: sobre los edificios intuyeron la inmensidad del cielo, e incluso distinguieron el brillo parpadeante de alguna estrella. Retornaban al reino de la Luz. Habían triunfado.

Al día siguiente irían a ver a Paco Garcés en el hospital. Sin duda, lo nombrarían «miembro de honor» de su club. De puro milagro, la herida en la garganta del inspector no era muy profunda, así que se recuperaría pronto. Todos celebraron aquel diagnóstico.

Antes del amanecer de aquella recién estrenada libertad, Álex conoció la triste realidad sobre su antigua novia, que en aquellos momentos confesaba en la comisaría del centro su implicación en algunas de las desapariciones de la organización *Obscuritas*. Al chico no le extrañó del todo: algo en ella siempre le pareció turbio. Por eso, aquella fatídica noche del secuestro, él prefirió llamar a Gabriel. En realidad la conocía poco. Su relación sentimental había nacido en el chat y apenas llevaban tiempo saliendo.

Por lo visto, ella servía como cebo para captar chicos jóvenes aficionados a juegos de ordenador, a los que además estudiaba para informar a su único enlace, el inspector Ramos. Álex había sido uno más, aunque todo se precipitó por el *email* equivocado que facilitó al chico las claves del juego. Si no se hubiera metido en la web prohibida...

Por aquel cometido, Raquel cobraba mucho dinero. Tanto en su caso como en el del policía corrupto, la ambición desmedida les había destruido la vida. «Nunca quise saber lo que les ocurría a los chicos», se justificó Raquel, desmoronándose en el interrogatorio de la policía.

«Volvías la cabeza para no ver, pero seguías manchándote de sangre», replicaría Álex en la única visita que hizo a la chica días después, tras escuchar de su boca los mismos argumentos. «Cerraste los ojos ante lo que ocurría con tu cooperación, y eso no evita tu responsabilidad. Asúmela, intenta rescatar la escasa dignidad que te queda».

Álex salió de aquel encuentro experimentando una extraordinaria serenidad. Tardaría en recuperarse de la espantosa experiencia vivida; jamás volvería a sentirse tranquilo ante la noche. Pero se recuperaría. Le daba fuerzas la convicción de que el Bien siempre triunfa. Aunque a veces demore su aparición alargando el sufrimiento.

Terminó apoyado en las barandillas del Puente de Hierro, contemplando la imagen de la Basílica del Pilar reflejada en las apacibles aguas del Ebro. Allí tuvo un recuerdo para todos los jóvenes desconocidos que le precedieron en la oscuridad y no volvieron. Viviría por ellos.

Álex se echó a llorar. De entre las nubes se escapaban tímidos retazos de sol; pero brillaban.

* * *

Garcés, medio incorporado en la cama de aquella habitación de hospital, sonreía ante los recién llegados.

–Vaya, si tengo aquí a los héroes: Lucía, Gabriel y Mateo. ¿Cómo estáis, chicos? Me alegro de veros.

–El héroe es usted –matizó la informática, inclinándose para darle dos besos en la mejilla–. Sin su ayuda, estaríamos muertos ahí abajo.

Todos, incluido el policía, sintieron un escalofrío al recordar las temibles catacumbas que habían conocido.

–Sí. Muchas gracias, de corazón –ahora hablaba Gabriel, emocionado–. Vamos a escribir a sus superiores para contarles todo lo que ha hecho por nosotros.

–Y yo pienso hablar con mi padre –añadió Mateo–, que conoce al comisario jefe de Zaragoza.

Garcés volvió a sonreír, con cuidado de no mover su cuello herido.

–Chicos, creo que no hará falta. Según me han dicho, en el próximo acto oficial de la policía me van a imponer una medalla al mérito policial, nada menos. ¡Puede que incluso me asciendan! Y, por favor, tuteadme. ¡Ya nos conocemos bastante!

Todos rieron.

–Inspector, ¿qué vas a hacer cuando te den el alta? –quiso saber Gabriel, empleando ya el nuevo tratamiento–. Deberías descansar, te lo has ganado. Eres una máquina investigando.

–¡No te pases! Claro que voy a descansar. Aprovecharé todas las vacaciones que me deben para irme de viaje con mi mujer. Ella también se merece una recompensa, creedme. ¿Qué tal está vuestro amigo Álex?

–Más o menos bien –respondió Mateo–. La semana que viene empieza un programa de recuperación psicológica. Van a ayudarle a superar todo lo que ha vivido. Ha tenido que ser terrible.

Los demás estuvieron de acuerdo. Garcés adoptó entonces un gesto avieso:

–Chicos, con vuestro permiso, voy a fumar. ¡Avisadme si se acerca la enfermera!

–Cuenta con ello –aceptó Lucía–. Para eso están... los amigos. Porque aquí tienes a tres, inspector. Y de los de verdad.

–¡Caramba! Muchas gracias –a Garcés se le veía satisfecho, feliz–. Consideradme también amigo vuestro. ¡Menudo equipo hemos formado! ¿Me dais un abrazo? Con cuidado, eso sí. A ver si se me van a soltar los puntos.

Los tres jóvenes obedecieron de inmediato.

–Por cierto... –el inspector les guiñó un ojo–. Viendo vuestras aptitudes... ¿os interesaría entrar en la policía?

AGRADECIMIENTOS

Quiero manifestar mi especial agradecimiento a Alberto por sus expertas valoraciones; a mis amigos y críticos tradicionales José Ángel e Íñigo; a mi hermano Carlos por sus comentarios sobre la primera parte; a Javier por el estimulante informe; a los funcionarios de infraestructuras del Ayuntamiento de Zaragoza por su asesoría; a mi *hacker* particular, Carlos; a Pepe y Asun por las fotos; a mis primeros lectores, Gonso y Carlos; a Alfonso por la cita, y a todos los que han creído en mi vocación como escritor durante estos años.